Michael Köhlmeier
Bleib über Nacht

Michael Köhlmeier

Bleib über Nacht

Roman

Piper
München Zürich

Bleib über Nacht. Morgen, so er dich nimmt, wohl; gelüstet's ihn aber nicht, dich zu nehmen, so will ich dich nehmen, so wahr der Herr lebt. Schlaf bis zum Morgen.

Das Buch Ruth, 3.13

ISBN 3-492-03617-1
3. Auflage, 12.–14. Tausend 1993

Gesetzt aus der Sabon-Antiqua
Gesamtherstellung: Clausen & Bosse, Leck
Printed in Germany

Erster Teil

Erstes Kapitel

I

Es begegneten einander ein Mann und eine Frau, der Mann trug eine Uniform mit einem Dolch als Schmuck, denn er war Leutnant. Die Frau schob ein Fahrrad. Sie hatte ihr Haar an den Schläfen mit zwei Kämmen gestrafft und im Nacken hochgesteckt. Ihr Gesicht war herzförmig, und an manchen Tagen ärgerte sie sich darüber, denn ihr Spiegelbild sah zufriedener aus, als sie es sich wünschte.

Der Mann war vierundzwanzig Jahre alt und noch gar nichts Eigenes in seinem Leben hatte er erledigt. Er war groß und mager und pfeilgerade. Er hatte kurzgeschorenes Kraushaar, eine hohe, streng begrenzte Stirn und schmale Züge, und obwohl er Soldat war, glaubte er, daß er ein langes und wichtiges Leben vor sich habe und eine achtunggebietende Laufbahn dazu, das war ihm ins Gesicht geschrieben. An einem freien Nachmittag ging er mit dem Kameraden Julius Neustedt durch den Hofgarten in Coburg. Dort begegneten sie einander.

Die Frau arbeitete als Sekretärin in der Handwerkskammer, und sie war gewohnt, am Sonntag ihre Freundin Hilla Medicus auf dem Schloßplatz zu treffen und mit ihr hinauf zur Veste zu spazieren. Es war Sonntag und Frühling. Der erste Frühlingstag. Die ungeschlachte Luft der vergangenen Wochen war milde geworden. Die beiden Frauen wollten von der Veste aus über die Brandensteinsebene, am Ekkartstrum vorbei, zur Ekkartsklause radeln und dort eine Tasse Kaffee trinken. Wären sie ohne ihre

Fahrräder gewesen, wahrscheinlich würden sie der Mann und sein Freund nicht angesprochen haben. Denn der Mann war nicht einer, der Frauen auf den Wegen anspricht, und Julius Neustedt tat, was der Mann tat, und was dieser unterließ, das unterließ er auch. Die beiden Frauen aber sahen aus, als mühten sie sich mit ihren Rädern, und in kleiner Not fallen die kleinen Grundsätze als erstes.

Der Mann sagte: »Dürfen wir Ihnen behilflich sein?« Oder so ähnlich. Er nahm das Lenkrad mit einer Hand, mit der anderen gestikulierte er beim Reden. Seine Arme zirkelten große Bereiche ab, und seine Worte taten dasselbe. Es redete sich zu viert viel leichter als später zu zweit.

Die Frau war dreißig, wurde dreißig im Dezember, sagte aber, sie sei bereits dreißig, weil sie das Erstaunen darüber genoß. Sie sah jünger aus. Zwei Männer, die sie geliebt hatte, waren bereits gefallen. Der dunklere von beiden hatte nach der Natur gezeichnet, die Frau hatte ihm manchmal Modell gestanden. Er starb als einer der ersten. Sein Tod stürzte sie in Hoffnungslosigkeit und Scham. Weil jeder denkt, daß auch das Unglück recht hat, wo es zuhaut. Sie haderte mit Gott. Als dann auch der zweite, der Weißblonde, umgekommen war, biß sie die Zähne zusammen. Ihn hatte sie seit ihrer Kindheit gekannt. Er war eine sichere Sache gewesen. Sie überzählte ihre Lebensjahre und beschloß, sich bei Gelegenheit schnell und kühn zu entscheiden. »Nur höflich soll er sein, das schon«, sagte sie zu Hilla Medicus, »und wenn es irgendwie geht, katholisch.« Aber die war ja noch jung, die Hilla, erst zweiundzwanzig. Außerdem war sie protestantisch. Bei denen hatte das Wort *Mischehe* nicht solches Gewicht.

Die Frau war zierlich von Statur. Aber sie hatte starke

Hände. Das Fahrrad zur Veste hinaufzuschieben hätte ihr keinerlei Schwierigkeiten bereitet. Ihre Augen waren blau und blank, ihre Großmutter hatte immer gesagt, »deine Augen, mein Kind, und dem Rothschild sein Geld«, und das war eine ganze Menge. Ihre Brauen hatten einen hohen Schwung, das sah übermütig aus. Niemand wußte, machten die Augen den Schelm, oder machte der Schelm die Augen. Sie war katholisch, und Coburg war eine protestantische Stadt. Die Katholiken bildeten eine festgegründete Gemeinde, und von Kindheit an hieß es, wir leben in der Diaspora. Das war ihr vorgekommen wie ein Haus voll von komischen Winkeln und ellenlangen Strafbänken, wo in jeder Nische ein Heiliger versteckt war, den es vor den Angriffen der Protestanten zu bewahren galt, was in erster Linie dadurch geschah, daß man seinen Namen, seine Leidensgeschichte und seine Fürbittzuständigkeit kannte.

Linden, Kastanien, Ulmen und Eschen säumten den Weg. Die Äste hatten schon ihr Laub, und die Kronen wölbten sich über den Spaziergängern.

»Woher stammen Sie«, fragte die Frau. Denn die Sprache des Mannes hatte eine Färbung, die ihr unbekannt war.

»Ich bin Österreicher«, sagte er.

»Und ich habe Sie für einen Schweizer gehalten«, sagte Hilla Medicus.

»Ich ihn zuerst ja auch«, sagte Julius Neustedt.

Der Mann lachte laut und wirkte wie ein fertiger Mann.

»Was hätte ich dann hier verloren in dieser Uniform! Ich bin Österreicher!«

»Schrei nicht so«, sagte Julius Neustedt und entschuldigte sich für ihn: »Er ist ein Bauer.«

Die Erfahrungen des Mannes bestanden aus Krieg.

Vor allem Front. In einer Woche wird er einen Familienvater, vierzigjährig, in seinen Armen gehalten und mit Gutzureden versucht haben, ihm das schluckaufhafte Schluchzen wegzubringen. Davon wußte der Mann an diesem Sonntag freilich noch nichts, aber er hätte es für möglich gehalten. Er fühlte sich stark und zukunftsfroh. Von Anfang an war er verliebt in die kleine Frau, die neben ihm ging. Durch die Liebe wird der Krieg leichter und schwerer zugleich. Das erste, weil man sie wenigstens gehabt hat, das zweite, weil man sie um alles in der Welt weiter haben möchte. Vielleicht war er schon einige Male verliebt gewesen – wenn das bedeutete, daß einem dann Gedanken kamen, die es wert waren, niedergeschrieben zu werden. Den einen oder anderen Gedanken in seinem Leben hatte er schon zu Papier gebracht.

Die vier waren noch gar nicht weit gegangen, da drehten sich die Gespräche nur noch um den Mann und die Frau. Hilla Medicus machte Werbung für sie, Julius Neustedt für ihn.

»Sie kann furchtbar forsch sein«, sagte Hilla Medicus, »ich muß da jeden warnen!«

»Ach, Hilla«, sagte die Frau, »hör auf, ich bin doch kein Kind mehr!«

»Sie kann vor die Leute hintreten«, sagte Hilla. »Soll ich erzählen, wie du's letzte Woche beim großen Hoffmann gemacht hast?«

»Ach, bitte, hör auf, Hilla«, sagte die Frau. Sie wußte nicht, ob es hier von Vorteil war, eine dezidierte Art zu haben.

»Ja, bitte, erzählen Sie doch«, sagte Julius Neustedt. Er tat neugierig. Der Mann nicht. Obwohl er's war. Er blieb still. Aber er lächelte ein wenig in sich hinein.

Julius Neustedt war ein Hesse aus Lollar, er hatte

einen gutgepolsterten Rücken und massige Beine, mit denen er beim Gehen einwärts schlenkerte. Er machte einen schreckhaften Eindruck und hatte sich dem Mann angeschlossen, weil der alles, auch die große Angst draußen, interessant und betrachtenswert fand. Bei einer Amputation habe er, erzählte jetzt Julius Neustedt, die Hand des Patienten gehalten und ihm jeden Vorgang punktgenau geschildert. Der Patient sei nur wenig betäubt gewesen, und das habe geholfen.

Die Frauen schlenderten neben den Soldaten her, die ihnen die Räder schoben. Wer wem gefiel, war ja klar, wie seit Beginn ausgemacht. Der Mann, der so wenig Erfahrungen in der Liebe hatte und an allem interessiert war, schwärmte später manchmal davon. Vergoldete diese Stunde. Begeisterte sich an der Parteilichkeit des Zufalls. Deswegen, weil der Zufall zu ihnen geholfen habe. Oben bei der Veste flog ein Taschentuch von der Brüstung, und der Mann stieg über die Mauer und an den Felsen hinunter und holte es herauf und sagte, in seiner Heimat könnten das sogar die Schulbuben. Er sagte *die Schulerbuben*, nicht die Schulbuben. In seiner Heimat sage man *Schulerbuben*, nicht Schulbuben. Da war in den Herzen schon viel bereitet.

Im Burghof stolzierten auch noch andere Soldaten umher, manche hatten junge Frauen am Arm, manche rauchten Zigaretten und saßen dabei auf den alten, gußeisernen Kanonen, die durch die breiten Scharten in der Mauer auf das Land hinaus zeigten. Die Soldaten hoben die Hand an die Mütze und grüßten den Mann.

»Sind Sie katholisch«, fragte Hilla Medicus und drückte der Frau ein Auge.

»Also weißt du, das geht dich doch wirklich nichts an!« empörte sich die Frau.

»Bei uns sind alle katholisch«, sagte der Mann. »So oder so. Aber wichtig ist es nicht.«

Die Frauen verzichteten schließlich ganz aufs Radfahren, kein Wort wurde darüber verloren, die Männer schoben die Räder den ganzen Weg, und so rauschten sie knöcheltief durch das Buchenlaub des vergangenen Herbstes.

Zwischendurch ergab es sich, daß der Mann und die Frau ein Stück weit voran und allein waren. Da wurde es still. Aber die Stille war ihnen nicht lästig. Eigentlich ist er zu groß für mich, dachte sie, sogar zu seinen Schultern muß ich aufschauen. Seine Zähne waren unregelmäßig, und das ließ ihn noch jünger erscheinen. Ihr gefiel das alles. Alles an ihm gefiel ihr.

2

Für Julius Neustedt und Hilla Medicus war es nur eine kurze Sache gewesen. Namen und Adressen wurden auf Zettel geschrieben, und die Zettel gingen verloren. Der Mann und die Frau aber trafen sich schon am nächsten Tag wieder. Das hatten sie heimlich vereinbart. Und weil der Mann gar nichts, aber auch gar nichts in Coburg kannte, verabredeten sie, sich wieder im Hofgarten zu treffen. Im Veilchental. Das sei dort, wo der Weg durch die offene Wiese führt.

»Mitten auf dem Weg!« sagte sie.

»Ja«, sagte er, »mitten auf dem Weg.«

»Und in jedem Fall?«

»In jedem Fall.«

Es regnete. Der Soldat hatte keinen Schirm. Ein Soldat

trägt keinen Schirm. Er hätte sich ein Stück weit unterhalb des Weges zwischen die dunklen Bäume des Parks stellen können. Aber wer weiß, vielleicht wäre dann die Frau nur bis zum Waldrand gegangen, hätte gedacht, er ist nicht da, und wäre wieder umgekehrt.

Der Mann war viel zu früh an der verabredeten Stelle. Fast eine Stunde lang wartete er im Regen. Dann sah er sie.

Sie kam den Weg heraufgelaufen, in ihrem Cape wirkte sie wie ein Kind. Sie winkte ihm mit ihrem Schirm zu, einem gelben Schirm mit umbrafarbenen Streifen und lackiertem Holzgriff. Auf seiner Mütze hatte sich ein See gebildet. Der fiel ihr auf die Hände, als er sich vor ihr verneigte. Sie gab ihm den Schirm. Wie hätte sie auch den Schirm über ihre beiden Köpfe halten können, wo sie doch um soviel kleiner war als er.

Sie spazierten zur Veste hinauf, er erzählte von seiner Heimat – »weil Sie gestern danach gefragt haben« –, daß der Föhn im Frühling Sehnsuchts- und Fernwehgerüche bringe und den Schnee von den Bergen schleife. So drückte er sich aus. Er fuchtelte mit dem Schirm durch die Luft, drehte ihn und balancierte ihn auf einem Finger. Die Frau fing von Rilke an und von Walter Flex. Kenne er nicht, sagte er, und sie lobte Rilke und hielt nicht viel von Flex, das machte ihn wortkarg, weil er fast gar nichts dazu zu sagen wußte.

Sie nahmen den unteren Weg bei der Brandensteinsebene, weil der obere Weg gesperrt war, da warteten die Fieseler Störche.

»Wohin gehen wir?« fragte er.

»Wohin wollen Sie?«

»Sie wissen doch, ich bin hier fremd.«

»Was machen Sie denn den ganzen Tag?«

»Ich weiß es nicht. Ich könnte es Ihnen nicht sagen. Warten wahrscheinlich.«

»Sie sitzen in der Kaserne und warten?«

»Nein. So nicht. Warten ist der falsche Ausdruck. Es gibt viel zu tun.«

»Was denn zum Beispiel?«

»Bei so vielen Männern. Da gibt es viel zu tun. Dasitzen gibt es nicht.«

In ihrer Unterhaltung trat eine Pause ein. Sie kamen an Sträuchern vorbei, die waren über und über voll von weißstrahligen Blüten. Die Zweige neigten sich tief hinunter, denn sie waren schwer vom Regen.

»Nein, Warten ist der völlig falsche Ausdruck«, wiederholte der Mann, und es klang nachdenklich, als ob die Frage der Frau, die nun schon eine Weile zurücklag, ein besonders sorgsames Abwägen beim Finden der Antwort verlangte. Vielleicht aber war er auch nur für einen Augenblick abwesend.

Sie sagte: »Ich verstehe.«

Und er grad noch einmal: »Warten ist der falsche Ausdruck. Obwohl wir natürlich schon warten.«

Und sie: »Ich verstehe.«

Und schließlich er: »Aber morgen geht's ja wieder ab. Nach Polen. Leider. Dann ist auch das Warten vorbei.«

Er hielt den Schirm am ausgestreckten Arm. Sie wollte nicht zu nahe bei ihm sein, aber sie wollte auch nicht, daß er allein im Regen stand und sie unter dem Schirm, und darum trat sie einen Schritt zurück, und nun bekamen sie beide den Regen ab, und der Schirm war für den Weg da.

»Ich nehme Sie mit zu mir nach Hause«, sagte sie. »Meine Mutter und ich werden Ihnen die Uniform aufbügeln, und Sie trinken einstweilen eine Tasse Tee, sonst erkälten Sie sich, und ich wär schuld.«

Dann fiel ihnen nicht mehr viel ein, was sie hätten bereden können, und sie dachte, ob er mich für zu stürmisch hält.

»Er hat nichts übriggelassen, hat alles allein gemocht«, erzählte die Frau später ihrer Freundin Hilla Medicus. Sie meinte damit den Rest Marmorkuchen, den ihre Mutter dem Leutnant vorgesetzt hatte. Er habe mit wenigen großen Bissen alles weggeputzt und dabei den Kopf in den Nacken gelegt. Damit ihm die Brösel in den Mund fielen und nicht auf den Teppich.

Am Abend, als seine Uniform getrocknet war, fragte er sie beim Abschied, ob sie ihn nicht duzen wolle, er wolle sie nämlich gerne duzen.

Es hatte zu regnen aufgehört. Sie trat mit ihm vor das Haus und lehnte sich an die Mauer, um ihn noch einen Augenblick hier zu halten. Sie hatte sich eine Strickjacke über die Schultern gelegt. Das sollte zeigen, daß man sich nicht unbedingt beeilen mußte. Der Himmel hatte im Westen aufgerissen, die Veste ragte wie ein Scherenschnitt in das saubere Blau.

»Wir haben den schönsten Blick auf die Veste«, sagte sie. »Wir sehen gerade auf die breite Seite.«

»Das stimmt«, sagte er, »alle Photographien, die ich von der Veste kenne, zeigen sie von dieser Seite.«

»Die Bilder sind von hier oben geknipst worden«, sagte sie.

»Wie ein großes Schiff aus Stein«, sagte er.

Eine Weile schauten sie hinüber zur Veste, um die der Himmel allmählich dämmrig wurde.

»Den schönsten Himmel«, sagte er, »habe ich in Polen gesehen. Der Himmel sieht an den verschiedenen Orten ja nicht nur verschieden aus. Er ist tatsächlich verschieden, weißt du.«

Sie nickte und merkte, daß es ein ungeduldiges Nicken war. Sie verstand ihre Ungeduld nicht. Sie wollte ja nichts anderes, als hier vor dem Haus stehen und noch ein wenig mit diesem Mann reden.

»Man dürfte den Himmel nicht photographieren«, sagte sie. »Das ist immer enttäuschend. Auf dem Photo sieht das enttäuschend aus. Man weiß beim ersten Hinsehen gar nicht, was da eigentlich photographiert worden ist. Man kommt gar nicht auf den Gedanken, daß der Himmel photographiert worden ist.«

»Man muß das Einmalige in der Seele bewahren«, sagte er.

Sie nickte. »Hast du einen Photoapparat?«

»Nein«, sagte er.

»Ich habe einen«, sagte sie. »Aber ich knipse selten. Das ist schade.«

Er gab ihr recht. Sie warf ihm einen forschenden Blick zu, denn ihr kam vor, er rede nur so drauflos und denke derweil etwas anderes. Sie redete nämlich so drauflos und dachte derweil an etwas anderes.

Sie begleitete ihn bis hinunter zur Kreuzung beim Gefängnis. Den Abschied schmückte er mit einem Späßchen aus, und sie nahm traurig ihren Weg zurück.

Am Dienstag ging der Krieg für ihn weiter.

3

Der Mann und die Frau schrieben einander. Die Briefe nahmen lange Wege. Aber sie kamen alle an. »Lieber Ludwig«, schrieb sie, und als Absender: »Pauline Laube«. Monate über Monate. Er schrieb: »Meine liebe Line«. In der Feldpostliste stand Ludwig Juen. Das war ein Name, wie man ihn in Deutschland nicht kannte.

Zu Anfang ließ sie seinen Briefen einen Vorsprung. Erst als sein zweiter Brief angekommen war, schickte sie ihren ersten. Und nach seinem vierten Brief folgte ihr zweiter.

Im ersten Brief stellte er sich vor, nannte sein Geburtsdatum, und bedauerte, daß er die Realschule wegen des Kriegsausbruchs nicht habe beenden können. Daß sein Vater gestorben und seine Mutter eine willensstarke Frau sei, schrieb er, und in spaßigem Ton erzählte er von seinen beiden Brüdern, Jakob und Kaspar. Sein Elternhaus sei an einen Stall angebaut und an eine Scheune und liege ganz in der Nähe des Bodensees. Er gestand auch, daß er Nichtschwimmer sei. Im letzten Satz des Briefes erst kam er auf Pauline zu sprechen: »Ich denke immer an Dich.«

Trotz ihrer Entschlossenheit war Pauline dankbar, daß Ludwig mit dem Schreiben begonnen hatte. Sie hätte es nicht fertiggebracht. Sein Bild war sehr schnell in ihr verblaßt, und es wäre gewesen, als schriebe sie in die Luft hinein. Sie war es nicht gewohnt, persönliche Briefe abzufassen, und sie befürchtete, daß sie den ersten Ton nicht richtig träfe und in der Folge ein Bild von sich entwürfe, das gar nicht wirklich war. Und angenommen, Ludwig würde eines Tages wieder in Coburg auftauchen, dann müßte sie gegen dieses Bild antreten. Gegen ein Bild aber kann man nicht antreten.

Sie bat den Kommerzienrat Grimm, ihren Vorgesetzten in der Handwerkskammer, um einige Briefbogen vom *Feinen*, und als er ein Gesicht machte, als wollte er »Sapperlot!« sagen, da zog sie die Nase kraus und nickte. Er war ihr gewogen, und sie mochte ihn gern.

Zu Hause entwarf sie einen Brief auf Konzeptpapier, und nachdem Ludwigs zweiter Brief angekommen war, übertrug sie den ihren, ohne etwas daran zu ändern, auf das *Feine*. Der Brief enthielt eine beiläufige Schilderung ihres Alltags in der Handwerkskammer, einen Satz, daß sie sich sehr auf seinen nächsten Brief freue, und einen weiteren Satz, daß sie viel über den Himmel und seine Verschiedenartigkeit nachdenke. Damit der Ton leicht und ungezwungen wirkte, setzte sie fast nur Beistriche und wenig Punkte. Diese kleine Eigenart erlaubte sie sich.

Im selben Maße, wie ihr Ludwigs Briefe vertrauter wurden, schwand ihre Erinnerung an sein Gesicht, seine Schultern, seine Hände, seine schlanke Brust in der engen Uniformjacke. Das Schreiben fiel ihr dadurch aber nur leichter, und bald schrieb sie die Sehnsucht nieder, die lange vor diesem Leutnant in ihr gewesen war. Ihre Briefe wurden von Mal zu Mal länger. Auf seine Fragen antwortete sie nicht. Seine Briefe überflog sie und hielt nur dort inne, wo er von ihr sprach. Der Briefwechsel wurde unrhythmisch. Manchmal schickte sie drei Briefe ab, ehe sie seinen nächsten erhielt. Auch im Büro, wenn gerade nicht viel zu tun war, warf sie schnell ein paar Sätze auf einen Zettel, die sie dann zu Hause auf Briefpapier abschrieb. Sie sah Ludwig vor sich, wie er die

Hand zum Hinterkopf führte, um seiner Mütze mit einem festen Ruck einen lässigen Sitz zu geben. Er hatte kein Gesicht mehr.

An schönen Tagen machte sie nach der Arbeit einen Umweg durch den Hofgarten. Eine hartnäckige Trauer war in ihr, die ließ sich nicht erweichen. Sie dachte über den Umstand nach, der ihr Ludwig zugeführt hatte. Sie sagte sich, es gebe keine Zufälle. Jener Tag sei ihr als der wichtigste aller ihrer Tage vorgezeichnet gewesen. Denn vor dem Zufall empfand sie Abscheu. Ein Leben aus dem Zufall war ohne Sinn und ohne Trost. Eine gräuliche, klebrige Sauce, zusammengequirlt aus allem nur Denkbaren. War nicht die Religion eine Brandmauer gegen den Zufall? Aber wenn es den Zufall doch gab? Wenn das Banale und das Erhabene sich gleichermaßen vom Zufall herleiteten? Wenn selbst die Liebe zufällig war? Sie trug sich Argumente vor: daß sie nie vorher und nie mehr seither im Hofgarten von einem Mann angesprochen worden sei. Das war ein schwaches Argument für ein Vorbestimmtsein, so schwach, daß sie darüber lachen mußte. Zufällig hatten sie sich gefunden, zufällig konnten sie sich wieder verlieren – und wenn es so war? Sie glaubte, sich an ihren Gedanken zu erinnern, als sie Ludwig zum ersten Mal angesehen hatte: Wenn er der Richtige ist, dann habe ich Pech, denn er ist Soldat und kann bald sterben.

An der Stelle, wo Ludwig im Regen auf sie gewartet hatte, zog sie mit dem Absatz eine Markierung in den Kiesweg. Sie schalt sich eine einfältige Liese. Sie sah den Zwiebelturm der Morizkirche hinter den Bäumen aufragen. Auf seiner Spitze stand ein eiserner Hahn. Es war ihr, als hätte sie sich schon von der Stadt verabschiedet. Die Heiligen, dachte sie mit wehmutvoller Ironie, die kann man sich überallhin aufbuckeln, die wiegen nicht die Welt.

Ein Liebespaar kam ihr entgegen. Die beiden blieben mitten auf dem Weg stehen und streichelten sich und küßten sich und beschnupperten einander. Aber es sah nicht zärtlich aus, es sah aus, als kontrollierten sie etwas an ihrer Kleidung und ihrem Teint und ihren Frisuren; als wäre ihr Karessieren eine notwendige Vorbereitung zu einer Veranstaltung, einer Art Maskenball vielleicht. Der Mann und die Frau bemerkten, daß sie beobachtet wurden. Sie gingen vom Weg ab und verschwanden unter den Kastanienbäumen. So wie die beiden auf mich möchte ich nicht, daß Ludwig und ich auf andere wirken, dachte Pauline.

Sie wäre sich so gern sicher gewesen. Aus Ludwigs Briefen las sie, daß er ebenso zweifelte wie sie. Seine Behutsamkeit löste gleichermaßen Rührung und Unwillen in ihr aus. Irgendwann, sagte sie sich, wird es mit der Umsicht ein Ende haben müssen. Sie schüttelte die Faust und sprach laut mit sich selbst.

Am liebsten schrieb sie zu Hause in ihrem Zimmer, das hinter der Küche lag und früher als Abstellraum gedient hatte. Als Paulines Bruder Otto zu groß war, um weiter neben den Eltern im Gitterbett zu schlafen, hätte eigentlich er dorthin übersiedeln sollen. Aber Pauline hatte sich gewünscht, daß er das größere Zimmer bekam, das nach hinten hinaus auf den Hof wies. In die Abstellkammer paßte zwar nicht mehr als ein kurzes Bett und ein schmaler Tisch, aber durch das Fensterchen konnte sie auf die Veste schauen. Außerdem hatte sie hier ihre Ruhe. Sie hörte in der Nacht Radio und störte dabei niemanden. Sie war vernarrt ins Radiohören, liebte jede Art von Musik. Früher hatte es deswegen Auseinandersetzungen mit der Mutter gegeben. Die Mutter hielt Musik für zielloses Getöse, das sie in zwei Kategorien einteilte: in solches mit Klavier, das nannte sie *Gelüddel*, und in solches ohne Klavier, das hieß einfach nur *Krach*.

Ihre Kleider – und es waren nicht wenige – hatte sie im großen Schrank bei den Eltern untergebracht. Wenn sie schrieb, saß sie auf dem Bettrand, für einen Stuhl war in der Kammer kein Platz mehr.

Sie mochte ihr Zimmer gern. Sie hatte es mit einer Stofftapete auskleiden lassen, die Vorhänge am Fenster hatte sie selbst genäht. Auf dem Tischchen standen eine Federablage aus Bakelit und eine Vase aus Terrakotta, die vor Jahren eine Freundin getöpfert hatte. Dem Fenster gegenüber hing eine Kohlezeichnung an der Wand. Sie zeigte Pauline, den Kopf in die Hand gestützt, im Hintergrund, zart schraffiert, war das Kapitell einer jonischen Säule angedeutet.

Wenn sie am Mittag nach der Arbeit nach Hause kam, betrat sie als erstes ihr Zimmer und sah nach, ob ein Brief von Ludwig auf dem Tisch lag. Die Mutter achtete auf Paulines Sachen. Otto war nämlich neugierig. Er war ein hochgeschossener Fünfzehnjähriger, der sich in militärischen Dingen besser auskannte als der Vater, beim Mittagessen politische Reden schwang und über seinen Pudding hinweg Durchhalteparolen nach Osten schickte. Vor Paulines Zimmer hatte er allerdings Respekt.

Am Tag wartete sie auf den Abend, bis Otto zu Bett gegangen war und ihre Eltern im Wohnzimmer saßen. Der Abend war der festliche Teil ihres Tages. Dann zündete sie sich eine Kerze an, stellte alle Bücher, die sie besaß, wie eine Mauer um die Schreibunterlage herum, legte Ludwigs letzten Brief neben ein leeres Blatt und begann zu schreiben. Sie dachte keinen Satz, kein Wort voraus. Die Feder zog sie auf dem Papier fort, und sie folgte ihrer Schrift nach wie einem blauen Faden. Sie schrieb mit solcher Innigkeit, daß sie die Zeit vergaß, und erst wieder zu sich kam, als sie alle Bögen aufgebraucht hatte. Nur das feine Büttenpapier kam in Frage für ihre Briefe an Ludwig. Sie räumte die Bücher vom Tisch, lehnte sich zurück und überflog, was sie geschrieben hatte. Sie konnte sich kaum daran erinnern.

Der Kommerzienrat Grimm – das wußte sie – würde eine Freude daran haben, seiner Sekretärin einen weiteren Stoß vom *Feinen* zu überlassen.

Vor dem Einschlafen rauchte sie eine Zigarette, ihre einzige am Tag. Sie öffnete das Fenster und blies den Rauch in den Himmel. Es gab Nächte, da stand der Mond wie eine riesige Perle über der Veste. Da wünschte sie sich, ein versonnener, melancholischer Charakter zu sein. Sie war stolz auf ihre Briefe. Wenn sie einen Abend lang geschrieben hatte, war ihr, als hätte sie gearbeitet, eine schöne Arbeit, ein Werk. Dann dachte sie kaum noch an Ludwig. Nur sein Gesicht hätte sie zu gern gesehen, wenn er das Kuvert aufschnitt und ihre Zeilen las. Es gebe eine schmucke Bank aus Stein dort bei ihm, hatte er geschrieben, die sei umringt von jungen Fichten, hier sitze er manchmal und lese ihre Briefe. Das war leicht sich vorzustellen.

Wenn sie dann im Bett lag, träumte sie, er läge bei ihr. Es wäre alles schwarz um sie herum, und sein Gesicht sähe sie nicht. Es war, als ob die inneren Gespenster aufstünden. Für die schönen, lenkbaren Träume war der Tag da. Die Bilder der Nacht beunruhigten sie.

Ludwigs Briefe wurden mit der Zeit feierlicher im Ton. Pauline vermutete dahinter Erstaunen und Schüchternheit, und das spornte sie an. Dann, eines Tages, ohne daß eine Absicht vorausgegangen wäre, begann sie einen Brief mit »Mein Geliebter«, und als sie den Brief durchlas, klang ihr die Anrede nicht fremd.

4

Es war bereits Hochsommer, da sah sie ihn durch ihr Fenster bei der Handwerkskammer draußen auf der Straße stehen. Er wartete, dem Gebäude gegenüber, in der grellen Sonne. Sie wünschte ihn weg. Sie wollte nicht von ihm überrascht werden. Sie wollte nicht von ihm abgeholt werden. Er hatte die Uniformjacke aufgeknöpft und die Hände in die Hosentaschen gesteckt. Die Sonne blendete ihn, er drehte sich um, und sie sah auf seinen Nacken nieder. Ja, sie wünschte ihn weg. Er hatte einen bubenhaften Nacken, und das mißfiel ihr.

Als sie aus dem Tor trat, überquerte er die Straße. Im Gehen knöpfte er seinen Rock zu. Die Mütze behielt er in der Hand. Er umarmte sie nicht, obwohl er es in seinen Briefen versprochen hatte. Und sie umarmte ihn auch nicht. Sie gaben sich lediglich die Hand. Er machte dazu eine korrekte Verbeugung.

Der Kommerzienrat Grimm hatte zu ihr gesagt: »Pauline, ich wünsche Ihnen das Glück wie sonst niemandem.« Sie wußte, daß er jetzt oben am Fenster stand und in fürsorglicher Neugier zu ihnen herunterschaute.

Ludwig hatte nur wenige Stunden Zeit. Sie kehrten in der *Lorelei* ein, aßen eine Portion gehackten Hering und schritten anschließend ihren *alten Weg* ab. Schwatzten gerade über solche Dinge, die sie am wenigsten angingen. Über die moralische Vertretbarkeit oder Nichtvertretbarkeit von großen Erbschaften oder weitgehend risikolosen Wettgewinnen. Sie wußten selbst nicht, wie sie darauf gekommen waren. Unter einem Ahornbaum, dessen Blätter schon gelb waren, verweilten sie und schwiegen. Das Licht, das durch das Laub fiel, tauchte Paulines Gesicht in einen weichen Schatten.

»Na du«, sagte sie.

Und er auch: »Na du.«

Auf der offenen Weite der Brandensteinsebene küßten sie sich zum ersten Mal. Sie hielt ihn an den Ohren fest und strich immer wieder mit ihrem Gesicht über das seine, lobte seine Schulterklappen und seine Abzeichen und ließ ihn nicht zu Wort kommen. Sie ergriff seine Hände und legte sie an ihre Scham. Sie wollte mit ihm schlafen, ganz egal, wie kompliziert es werden und wie das Ende sein würde, sie wünschte, daß er sie berührte und ihr dabei Dinge sagte, die sie selbst nie aussprechen wollte. Ihr Kopf war voll von sich widersprechenden Strategien und dem hämmernden Befehl, sie solle wenigstens einen Herzschlag lang, verdammtnochmal, das Denken einstellen. Sie spürte, daß seine Hände rund und weich wurden, und sie schloß die Augen, und dachte, das hätte ich nicht gedurft, und als er etwas sagen wollte, kam sie ihm zuvor: »Ich liebe dich für immer und ewig, für immer und ewig.« Sie wußte, daß es die Wahrheit war. Und war auch eine Arznei gegen ihre Gespenster.

Danach fiel ihr das Schreiben wieder schwer, und sie ließ ihm wieder zwei Briefe Vorsprung. Ihre ersten Briefe waren kleinlaut und vorsichtig, als wären sie an einen anderen gerichtet und es gälte, sich nicht zu verraten.

Er schrieb von seiner Liebe. Nichts anderes schrieb er mehr. Er kannte nur wenige Worte dafür, und deshalb waren seine Briefe alle sehr ähnlich. Sie legte sie übereinander und las sie wie einen, immer wieder, und konnte nicht genug kriegen. Weil Ausgangssperre war, mußte sie auf ihren abendlichen Bummel durch den Hofgarten verzichten. Ein Teil ihrer Träume blieb dort draußen auf den Wegen liegen. Sie mußte sich neue Dinge ausdenken.

Die Mutter drangsalierte sie jeden Tag: »Bete, daß er dir wiederkommt!«

Und natürlich betete Pauline. Sie hatte keine Angst wie bei den anderen Männern, denen ihr Beten nichts geholfen hatte. Es gab keine gewichtige Vergangenheit, um die sie hätte trauern können, wenn Ludwig im Feld geblieben wäre, und um eine verlorene gemeinsame Zukunft trauert man nicht. Der Gedanke an seinen Tod machte sie nur ein wenig stumpf, so als stünde ihr dann nicht Leid, sondern Langeweile bevor. Sie betete dafür, daß er sie liebte.

Sie heirateten während eines Fronturlaubs. Es war Winter, wenige Tage nach Weihnachten. Bis dahin waren sie gezählte elf Stunden zusammen gewesen. Sie hatte ihm vierundachtzig Briefe geschrieben, er ihr zweiundfünfzig.

Es war ihr nicht möglich gewesen, goldene Eheringe zu besorgen. Andere wollte sie nicht.

»Dann könnten es ja gleich Gardinenringe sein«, sagte sie.

Zweites Kapitel

1

Die Hochzeit war als etwas Intimes gedacht gewesen – Paulines Vater und Mutter, ihr Bruder Otto, und als Trauzeugen Hilla Medicus und Herr Rupert Peters, ein altmodisch schnurrbärtiger Arbeitskollege aus der Handwerkskammer.

Dann aber hatte sich zu den Feiertagen eine fern verwandte Sippe aus Schweinfurt angesagt, sechs Personen, darunter zwei Kinder, ein Bub und ein Mädchen, quirlig und mager wie Spatzen. Pauline hatte diese Verwandten noch nie im Leben gesehen. Sie waren vor Monaten ausgebombt worden. Eine Zeitlang hatten sie in einem katholischen Pfarrhaus gewohnt, dann in der Scheune bei einem Bauern. Am Heiligabend, im engen Wohnzimmer bei Paulines Eltern, baten sie darum, vorübergehend aufgenommen zu werden. Das war ganz unmöglich, es waren ja nur vier kleine Zimmer da, außerdem stand eine Hochzeit bevor; aber es war auch ganz unmöglich, den Verwandten am Heiligen Abend ein Nein hinzusagen. Das war ganz und gar unmöglich, auch wenn kein Zweifel bestand, daß es die Verwandten genau darauf angelegt hatten.

Als Pauline im weißen Kleid neben Ludwig, der Uniform trug, aus der Kirche St. Augustin trat, wurden sie nun doch von einer richtigen Hochzeitsgesellschaft begrüßt, und alle waren herzlich und umarmten sich, und das enge, beleidigte Nebeneinander der vorangegangenen Tage war vergessen. Die Kinder streuten Tannenreisig, und vom Himmel schaukelten vereinzelt Schneeflokken, und die Dächer der Häuser waren weiß.

Der Pfarrer Schwarzmann – er hatte Pauline aus der Taufe gehoben und war ihr Beichtvater seit der Erstkommunion – schob sich an ihr und Ludwig vorbei, auch er wollte das Brautpaar von vorne sehen.

»Vorsicht«, sagte er, »die Tritte sind…« – und jetzt laut flüsternd – »…arschglatt.« Gern sagte der Pfarrer Schwarzmann über sich selbst, er werde dereinst zur derben Truppe im Himmel zählen, zu denen, die für die Ausbesserungsarbeiten am Himmelstor herangezogen würden, und gern hörte er es, wenn er *Schwarzmännle* genannt wurde. Er war ein Spätberufener, hatte vorher Maurer gelernt und war stolz auf diese Tatsache – nun schon seit fast vierzig Jahren.

Eine Weile blieb das Brautpaar noch auf den Stufen vor der Kirchentür stehen. Von hier aus war ein schöner Blick über das Theater, die Ehrenburg, bis hinüber zur Morizkirche. Über die Giebel der mittelalterlichen Häuser ragte das graublaue Schieferdach des Spitaltores.

»Jetzt habe ich vor Aufregung den Photoapparat zu Hause vergessen«, sagte Pauline. »Otto hätte uns so gerne geknipst!«

»Soll ich schnell heimlaufen«, rief Otto. Das wurde ernsthaft erwogen.

Getafelt wurde zu Hause im Korridor. Über zwei Sägeböcke waren Bretter gelegt worden, ein paar weiße Leintücher darüber und fertig. Kerzen und Stühle waren reichlich vorhanden. Herd und Ofen waren schon am Morgen vor der Zeremonie angeschürt worden. Herr Peters, der Beziehungen zu einem Weinhändler hatte, brachte als Hochzeitsgeschenk zwei Kisten Bocksbeutel von der Vogelsburg mit. Pauline selbst hatte am Vorabend noch schnell vier süße Weißbrotzöpfe gebacken. Die hatten die Farbe von mildem Milchkaffee.

»Wo hast du denn das weiße Mehl her?« fragte Hilla. »Was ich da hinterher war!«

»Gezaubert«, sagte Pauline.

Hilla hatte einen Kuchen mitgebracht. Auch ein Wunderding. Der enthielt nämlich nicht ein Schäufelchen Mehl, weder weißes noch dunkles.

»Schade, daß der nette Junge von damals nicht dabei sein kann«, sagte Hilla. Sie war noch immer ledig, und sie hatte auch keinen Schatz.

»Julius Neustedt«, sagte Ludwig.

»Ist er gefallen?« fragte Hilla.

»Er ist nach Afrika.«

»Ist das gut oder schlecht?«

»Für seinen Rücken ist es angeblich gut«, sagte Ludwig.

»Er hat was am Rücken?« fragte Hilla.

»Schon seit immer.«

Alles war heiter angeregt. Die Gäste mußten nahe am Tisch sitzen. Sie konnten sich auf ihren Stühlen nicht zurücklehnen, denn der Korridor war schmal. Otto, der Zappelphilipp, bekam seinen Platz auf dem Armsünderhocker ganz unten am Tischende angewiesen. Gerade daß sein Kopf über die Tischplatte ragte. Das gab viel zu lachen, während man auf das Essen wartete.

Und dann das Essen!

»Dieses Essen, Freunde, hat etwas Historisches«, sagte Ludwig mit feierlicher Miene. Er hatte sich bereits am Nachmittag in der Küche als Topfgucker betätigt. Er trug Gerüchte über »sagenhafte Leckerbissen« hinüber ins Wohnzimmer, wo Schnaps und Blümchenkaffee getrunken und Zigaretten geraucht wurden. Der Schnaps war goldbraun gefärbt, man stufte ihn als Kognak ein.

Die Frauen waren begeistert von Paulines hochgewachsenem Gatten. Drei Stunden hatten sie Kartoffeln gerieben und ausgepreßt, Weißbrotbröckchen geröstet und Klöße geformt. Dazu gab es eine Sauce, die mit geweichtem Lebkuchen eingedickt war und in der Rosinen und Haselnüsse schwammen. Es war eine *falsche Sauce*, ohne Fleisch zubereitet. Niemand hätte es für möglich gehalten, aber sie schmeckte wie eine Sauce vom Wild. Verschiedenste Ingredienzen in minimalsten Quantitäten hatten das zustande gebracht.

»So gut ist sie noch nie geworden«, sagte die Mutter, und das hatte etwas zu bedeuten, denn von Eigenlob hielt sie nicht viel.

Die gefüllten Teller wurden von einem zum anderen weitergereicht, das bot abermals Gelegenheit zu Scherzen. Ludwig dirigierte die Prozedur. Nie vorher hatte ihn Pauline so gutgelaunt gesehen. Mit einer verschnörkelten Handbewegung stellte er den Teller vor sie hin – und wieder fielen ihr seine wohlgeformten Hände auf.

»Bittesehr, die Dame, wenns a bissl aufpassen wollen, die Unterlage ist außerordentlich heiß, gelt!«

So machte er es bei allen. Es wurde viel gelacht. Die Mutter konnte bald nicht mehr und bekam einen Schluckauf.

Pauline lachte auch, freilich platzte sie nicht so heraus wie die anderen. Ein-, zweimal wollte ihr ein überschnelles Aufschluchzen in den Hals hüpfen. Das war leicht zu schlucken, und sie machte sich keine Gedanken deswegen. Wie kann es denn auch anders sein, dachte sie, man sieht mir jedenfalls nichts an. Und warum sollte sie auf Ludwigs Spaßigkeit eifersüchtig sein!

Sie sagte: »Diese Seite kenne ich noch gar nicht an dir.«

Unter dem Schein der Unabsichtlichkeit streifte sein Unterarm ihren Hals. Ein Schauer lief über ihren Rükken, und plötzlich war in seinem Blick wieder dieses Drängen, das früher immer da gewesen war, wenn er Scherze gemacht hatte; ein Verlangen, das sie schwindlig werden ließ, weil es ihr zu verstehen gab, daß ihm eigentlich gar nicht nach Scherzen zumute sei. Jetzt aber dachte sie, er verstellt sich, und dachte, vielleicht auch schon früher. Und dachte aber auch gleichzeitig: Warum nur dieses Mißtrauen!

Die Mutter wischte sich die Lachtränen aus den Augenwinkeln. »Wollen wir doch erst beten«, sagte sie.

Und der Vater sagte: »Auch für alle, die jetzt draußen sind.«

Es wurde ruhig am Tisch. Der Vater begann. Sie beteten das »Komm, Herr Jesus, sei unser Gast«.

Ludwig betete stehend.

Als Dessert wurde Backsteinkäse serviert. Gut gelagert. Fast zu gut. Und für den, der es süß bevorzugte, gab es Hutzelbrot und Coburger Schmätzle. Und dann wären auch noch eingemachte Birnen dagewesen. »Wenn einer will, mach ich das Glas auf«, sagte die Mutter. »Wenn nicht, laß ich's zu, wär ja schad.«

2

Schließlich waren sie allein. Das Bett für das Brautpaar war im Elternschlafzimmer bereitet. Im Korridor wurde die Tafel abgetragen, die Bretter und die Böcke schob man lediglich beiseite, man würde die Sachen dann morgen in den Keller räumen, man wollte im Stiegenhaus keinen Krach machen, die anderen Mieter des Hauses waren ohnehin gekränkt, weil sie nicht zur Hochzeit eingeladen worden waren. In den Zimmern und der Küche wurden die Nachtlager für die Familie und die Gäste hergerichtet. Otto und zwei von der Sippe sollten im Korridor auf Wolldecken schlafen.

Pauline schloß die Tür hinter sich. Ihr Brautkleid hatte nicht gelitten. Sie war behutsam damit umgegangen. Denn nur für diesen Augenblick war es ja bestimmt. Nicht für die Trauung und nicht für die Feier danach. Für jetzt. Sie stand unruhig bei der Tür und blickte auf den großen schlanken Soldaten, der nun ihr Mann war. Auch wenn es allgemein hieß, ein Mannsbild müsse nicht unbedingt schön sein – Pauline maß dem Äußeren bei einem Mann großen Wert bei. Daß er gepflegt war und gut roch und kräftige Hände hatte. Und wohlgeformte dazu. Die Männer in ihrer Phantasie waren alle schön, schlank, groß; ob sie auch gut waren, edel oder gescheit, danach wurde in der Einbildung nicht gefragt. Diese Eigenschaften waren dort wohl Voraussetzung. Gut, edel, klug, dachte Pauline, sind viele Männer, obendrein schön nur wenige. Mein Ludwig, dachte sie, ist einer davon. Er sagte zu ihr hinüber, daß sie hinreißend aussehe. Dieses Wort mochte sie nicht. Hinreißend klang ihr nach einer Art Ischiasleiden.

Sie merkte, daß sie in ihrer Aufregung zum Kritikastern ebenso neigte wie zu verschwärmten Ausuferungen. Sie mußte auf sich achtgeben. Alle möglichen anderen Gefühle lauerten dicht unter ihrer Kehle darauf, ihr in den Kopf zu schießen. Und dann rutschte ihr womöglich etwas heraus, was eine Verstimmung anrichten konnte. Ihre Füße wollten auch keinen Augenblick ruhig bleiben. Sie machte zwei Tanzschritte daraus oder etwas Ähnliches, damit es wie Absicht aussähe und nicht, als gehorchten ihr die Beine nicht mehr.

Ludwig hielt den Kopf leicht gesenkt. Seine Haltung erinnerte sie an einen Knaben, der noch nicht weiß, ob er gelobt oder getadelt wird, und sich vorsorglich auf Tadel einstellt. Seine Hände guckten aus den Ärmeln, als wären sie angeschraubt. Und doch, als er die Arme hob und sich anschickte, ihr entgegenzukommen, da wünschte sie sich, er wäre bewegungslos geblieben. – Es war der Gegenteilsteufel, der sie stachelte und wirr machte. Sie mahnte sich, es nicht so weit kommen zu lassen, daß ihr von nun an alles, was Ludwig tat, mißfiele. Sie lehnte ihren Kopf an seine Brust. Sie spürte einen Knopf seiner Uniformjacke an ihrer Wange und überlegte, wie sie die nächsten Minuten hinbringen sollte. Aber jetzt wollte sie erst einmal so bleiben.

»Was denkst du gerade«, fragte er.

Sie hatte gelesen oder gehört oder man sagte, daß genau dieser Satz zwischen zwei Liebenden unter gar keinen Umständen ausgesprochen werden dürfe.

»Ich denke gar nichts«, sagte sie.

Denn dieser Satz sei wie ein Schild, auf dem geschrieben steht: Hier beginnt euer Ende.

»Etwas denkt man immer«, sagte er.

»Unsinn«, sagte sie, »Unsinn denke ich.«

»Und was?«

»Nichts. Nichts denke ich.«

»Unsinn ist auch etwas.«

»Mein Unsinn ist nur Unsinn.«

»Dann sag mir wenigstens deinen Unsinn!«

»Nein.«

»Ah was, ich glaube dir ja sowieso nicht, daß du Unsinn denkst, Pauline. Du doch nicht!«

»Warum sollte gerade ich um Himmels willen keinen Unsinn denken dürfen!«

»Ja, natürlich«, sagte er ungeschickt. »Ich bin derjenige, der Unsinn redet.«

Als sie das Schlafzimmer betreten hatten, hatte eine Verzagtheit ihn ergriffen, und sein Blick war fahrig geworden, und freilich war ihr klar, was der Grund dafür war. Sie hatte diesen Moment vorausgedacht. In ihren Phantasien war er willenlos gewesen. Ein gespannter, magerer Körper. Und kein Gesicht. Und es reizte sie, ihm das zu sagen: Komm, setzt dich und hör zu, ich leg dir jetzt dar, wie ich mir das Folgende im voraus ausgemalt habe. Daß es gewesen sei wie Klavierspielen auf seinem Körper. – Sie drückte ihn fester an sich, vergrub ihr Gesicht in seiner Jacke.

»Es muß schrecklich gewesen sein in Schweinfurt«, sagte Ludwig. »Er hat mir nur wenig erzählt. Das hat genügt.«

»Ja«, sagte Pauline.

Sie ließen sich los und standen dann so herum. Jeder für sich. Die Vorhänge hatte Pauline schon am Morgen zugezogen. In der senffarbenen Lampe an der Decke brannte eine schwache Birne. Die gab ein trauliches Licht. Und hielt sich an militärische Order.

Wir haben noch kein wirkliches Wort als Mann und Frau miteinander gesprochen, dachte sie, noch nicht einmal ausgesprochen haben wir es, daß wir jetzt verheiratet sind. Ein flinker Gedanke meldete sich. Ob er achtgeben kann, daß ich nicht schwanger werde, oder ob wir uns darum gar nichts scheren sollen...

Ludwig schob den Vorhang ein wenig beiseite. »Wenn

ich mir vorstelle, daß sie es mit eurem Coburg genauso machen!«

»Machen sie nicht.«

»Woher willst du das wissen?«

»Weil wir mit den Engländern verwandt sind. Unser Albert, weißt du.«

»Wenn das etwas nützt«, sagte er.

»Das nützt«, sagte sie. »Du bist wirklich ein schöner Mann.«

»Ach was«, sagte er.

»Frag die Hilla, sie schwärmt von deinen Augen.«

»Ach was, von meinen Augen.«

Sie wußte nicht, ob Ludwig schon mit Frauen geschlafen hatte. Er hatte nie davon erzählt. Sie hatte ihn nie gefragt. Und von sich hatte sie auch nicht erzählt. Es war ihr nicht wichtig erschienen. Sie hatte das nicht als Unehrlichkeit empfunden. Beide Männer waren schließlich tot. Und bei dem einen war es ja nur eine flüchtige Vereinigung gewesen. Sicher, irgendwann würde sie es Ludwig erzählen. Wann hätte sie es bisher tun sollen? Als er sie besucht hatte, war die Zeit so knapp gewesen. Nicht einmal lange genug, um sich nicht mehr fremd zu sein. Sie hatten auch nie darüber gesprochen, wie es sein würde, wenn sie in der Hochzeitsnacht beieinanderlägen. Wann hätten sie darüber sprechen sollen? Manchmal hatte sie das Thema in einem Brief anschneiden wollen. Sie ließ es. Sie wußte einfach nicht wie. Das war ja kein Thema, das man anschneiden konnte, als gäbe es daneben noch andere Themen. Außerdem wurden die Briefe der Zensur vorgelegt.

»Ich war drauf und dran, vorhin deutlich zu werden«, sagte er. »Aber ich kenne deine Leute aus Schweinfurt nicht.«

»Ich auch nicht.«

»Man weiß ja nicht, was einer denkt, der alles verloren hat.«

»Wie meinst du das?«

»Wem er die Schuld dafür gibt.«

»Aber das ist doch keine Frage.«

Auf ihren Spaziergängen war es etliche Male geschehen, daß sich Ludwig umdrehte, um einem Mädchen einen zweiten Blick nachzuschicken. Einmal auf dem Schloßplatz unter den Arkaden war er sogar stehengeblieben. Eine Schwarzhaarige war es gewesen. Sie hatte sich gebückt und Sand aus ihrem Schuh geschüttelt. Ludwig hatte sie lange betrachtet. Aber das hatte Pauline nicht gestört. Umgekehrt. Neben einem, der ausschließlich und stur nur auf dich starrt – so sagte sie sich –, wird dein Leben launenhaft und mit der Zeit beliebig, und du fängst an, ihm ein schlechtes Gewissen zu machen, und zuletzt besteht dein Tag darin, dir immer neue Angriffe und Fallen und Erpressungen auszudenken.

Ludwig löste ihr den Brautschleier aus dem Haar. Er strich mit dem Finger über ihren Scheitel.

»Hoffentlich nicht mehr so viele Briefe«, sagte sie.

»Wie es aussieht, dauert es nicht mehr lang«, sagte er.

»Du hast allen gefallen«, sagte sie.

»Ich wünsche der Hilla, daß sie bald jemand Liebes kennenlernt«, sagte Ludwig.

»Ja, das wünsche ich ihr auch«, sagte Pauline. »Sie hat solche Komplexe.«

»Aber warum denn, um Gottes willen?«

»Sie findet, sie sei zu dick.«

»Zu dick!«

»Im Gesicht. Sie ist etwas kräftig ums Kinn.«

So hielten sie sich eine Weile fest und wiegten sich, und

Pauline bemühte sich, ihm den Eindruck von Hingabe zu vermitteln. Dabei dachte sie an den nächsten Satz. An *seinen* nächsten Satz. Ob sie ihn erriete.

Die Mitte des Zimmers nahm das Doppelbett ein, straff überzogen mit weißen Leintüchern, darauf wuchtige, bestickte Zierkissen und zu strengen Klötzen geformte Federbetten. Dem Bett gegenüber stand ein Spiegeltisch. Der Spiegel war hinter einem weit ausladenden Strauß von geschmücktem Tannenreisig verborgen. An die Vase waren Glückwunschkarten gelehnt.

»Wer hat die Betten gemacht«, fragte er. »Du?«

Sie nickte.

»Darf ich«, fragte er.

Sie nickte wieder. Er ließ sich mit weiten Armen nach hinten fallen. Dabei drückte er die Federbetten ein.

»Welche Seite ist meine«, fragte er.

»Ich habe Zigaretten für dich«, sagte sie, holte eine Packung aus dem Nachttischkästchen und warf sie ihm zu. Ludwig fing sie auf und roch daran.

»Ist das meine Seite«, fragte er.

»Ich habe sie versteckt«, sagte sie, »sonst hätten sie dir die anderen weggeraucht.«

»Leg dich neben mich«, sagte er.

Sie machte es wie er und ließ sich auf den Rücken fallen.

Sie lauschten auf die Geräusche in der Wohnung. Aus der Küche war das Klappern von Geschirr zu hören. Im Wohnzimmer weinte eines der Kinder. Es hatte schon den ganzen Abend geweint. Eine Fistel am Zahnfleisch tat ihm weh. Ludwig hatte sich den Mund des Kindes angesehen und ihm dabei zärtlich in die Backe gezwickt.

Im Korridor redete Herr Peters auf ihren Vater ein.

Er war schon betrunken und fand nicht auf den Weg. Sie konnten jedes Wort verstehen. Es waren keine Belanglosigkeiten, die dieser unruhvolle, wahnwitzig ehrliche Mensch da von sich gab. Eigentlich mochte ihn Pauline gern. Wenn seine Stimme zu laut wurde, machte Paulines Vater: »Pst!«

Sie warteten, bis unten die Tür abgeschlossen wurde und der Vater wieder zurückgekehrt war. Sie hörten Herrn Peters auf der Straße pfeifen. So falsch aber, daß die Melodie nicht zu erkennen war.

»Wollen wir zu Bett gehen«, fragte Pauline.

»Mhm«, sagte Ludwig und schwang sich auf.

»Komm«, sagte sie, »wer schneller fertig ist.«

Sie griff sich an den Rücken und öffnete den obersten Knopf ihres Hochzeitskleides. Ludwig schaute ihr zu. Es sah aus, als hätte er Haltung angenommen. Aber das machte nur die Uniform.

»Steh doch nicht so da«, sagte sie und kicherte schnell hinten nach. Sie wollte nicht ungeduldig erscheinen.

Er zündete sich eine Zigarette an. Dabei hielt er die Flamme in der hohlen Hand und beugte den Kopf vor. Die ersten Züge paffte er aus. Der Rauch hüllte sein Gesicht ein.

»Du mußt mir helfen«, sagte sie. »Nur die Knöpfe am Rücken.«

Er nickte, behielt die Zigarette im Mund.

»Den Aschenbecher habe ich vergessen«, sagte sie. »Ich geh schnell.« – Das war nicht klug von mir, dachte sie, aber da war sie schon zur Tür draußen.

Sobald Pauline das Schlafzimmer verlassen hatte, wurde es still in der Wohnung. Sie zwängte sich im Flur an den am Boden Liegenden vorbei, klopfte an die Küchentür und nickte dem Vater einen Gruß zu, als sie eintrat. Er lag auf einer provisorischen Pritsche und lächelte sein lebenslang auswendig gelerntes Lächeln.

»Guts Nächtle, Papa«, sagte sie.

Ludwig wartete, auf dem Bett sitzend.

Und dann waren sie wieder am Anfang. Er rauchte noch zwei Zigaretten, eine rauchte Pauline mit. Auf dem Nachttisch brannte eine Kerze. Pauline hatte sie zusammen mit dem Aschenbecher aus der Küche geholt.

»Warten wir, bis alle schlafen«, sagte Ludwig.

Sie rauchten, umarmten sich und sprachen leise. Ludwig schaute Pauline beim Sprechen auf den Mund und nicht in die Augen. Sie sagte: »Du sollst mir in die Augen schauen, wenn du sprichst! Oder bist du ein Hallodri?«

Er schaute ihr wieder nicht in die Augen und sagte: »Entschuldigung, das ist unhöflich, oder?«

Sein mutloser Ton rührte sie. »Ich liebe dich so sehr«, sagte sie. Er sagte es auch.

Bald war es ruhig in der Wohnung. Pauline zog das Hochzeitskleid aus und auch ihre Strümpfe; Ludwig seinen Rock, das Hemd und das Unterhemd. Die Hose behielt er an.

»Du hast ja Sommersprossen«, sagte sie. »Und so weiße Haut.«

»Ich bin eigentlich ein roter Typ«, sagte er. »Meine Mutter war rothaarig. Jetzt ist sie grau. Früher war sie ein richtiger Feuerpinsel.«

»Du mußt im Sommer aufpassen.«

»Ich krieg immer einen Sonnenbrand, ja.«

»Du mußt dich eincremen.«

»Das mag ich nicht so gern.«

»Dann mußt du dir ein Hemd anziehen.«

»Ich zieh mir immer ein Hemd an, ja.«

»Ich freu mich darauf, im Bodensee zu schwimmen.

Du sitzt dann am Ufer, rauchst deine Zigarette und schaust mir zu.«

»Jetzt sind wir ein Leben lang zusammen«, sagte er.

»Hoffentlich ein langes Leben«, sagte sie.

»Wenn ich zusammenrechne, was ich mir alles schon vorgestellt habe«, sagte er und grinste dabei verloren vor sich hin, »dann sind die ersten zwei Jahre bereits voll.«

»Ich glaube, bei mir sind es ein Stück mehr als zwei Jahre«, sagte Pauline.

»Drei Jahre?«

»Mehr.«

»Vier Jahre?«

»Vielleicht vier Jahre, ja.«

»Dann hätten wir schon einmal sechs Jahre beieinander«, sagte er.

»Es sollen aber mehr als sechs Jahre werden«, sagte sie.

»Viel mehr«, sagte er.

»Leutnant Ludwig Juen.«

»Mit Gemahlin.«

»Leutnant Ludwig Juen mit Frau.«

»So ist es.«

»Ich liebe dich«, sagte sie.

»Ich liebe dich auch«, sagte er.

Das war ihr Refrain.

Sie nahm seine Hände und klemmte sie in ihren Achselhöhlen ein.

»Glaubst du, daß einer von ihnen schläft«, fragte Ludwig.

»Die Kinder schlafen«, sagte Pauline. »Die anderen nicht.«

»Die anderen schlafen nicht, nein«, sagte er.

»Ich glaube nicht«, sagte sie.

Sie löschten die Kerze und öffneten das Fenster. Die kalte Luft strömte auf ihre Beine nieder. Sie legten sich die Bettdecken um und blickten hinaus. Ein Stück Himmel konnten sie sehen, eingerahmt von den Dächern der Nachbarhäuser. Es hatte aufgeklart, die Temperatur war gefallen. Ein paar Sterne zuckten in dem verschobenen Viereck des Firmaments. Sie schienen wie winzige, bunte Kreisel, die sich um sich selber drehten und ihre Buntheit mehr ahnen als sehen ließen. Gott hat sie ins Dasein gerufen, nicht nur für uns, aber auch für uns, dachte Pauline, und Ludwig – wie ein Wunder – sprach eben diesen Gedanken aus. Er sagte: »In dieser Sekunde, Pauline, sind diese Sterne da oben für uns da. Sicher auch für andere, aber eben auch für uns.« Und wie er es sagte, klang es so, als habe er diesen Satz seit langem vorbereitet, aber doch nicht bis an sein Ende.

»Du bist mein lieber, lieber Mann«, sagte sie.

Pauline fröstelte, und sie schlossen das Fenster und setzten sich wieder nebeneinander aufs Bett. Sie behielt die Decke über ihren Schultern. Sie wünschte nur, daß er sie umarme, und er umarmte sie, und so blieben sie.

Noch einmal meldete sich der Teufel des Gegenteils und hußte sie auf. Ihr war ganz und gar nicht zum Lachen zumute, aber wie sie so saß und sich an Ludwigs Schulter lehnte, sah sie im Spiegel, daß ihr Mund doch lachte. Wer mit sich selber lacht, lacht mit dem Teufel.

»Wenn du wieder gehst, diesmal habe ich Angst«, sagte sie.

»Mensch, einer wie ich«, sagte er, »dem kannst du Kirchtürme auf den Schädel hauen.«

»Das meine ich nicht«, sagte sie. »Daß es mit uns nicht hält, das meine ich.«

»Aber was heißt das?«

»Was das eben heißt.«

»Ich weiß nicht, was das heißt, Pauline. Ich weiß es wirklich nicht.«

Sein Gesicht zeigte, daß kein Argwohn in ihm war, daß er wirklich nicht begriff, worum sie sich sorgte.

Eine bittere Wallung stieg in ihr hoch. »Wir machen es jetzt nicht, oder?«

Er gab darauf keine Antwort.

»Nein, jetzt nicht«, entschied sie.

Er nickte. Es war aber nicht die Erleichterung in seinem Gesicht, die sie erwartet hatte.

Sie lauschten auf Ottos waches Husten im Korridor, auf das Schnarchen des Vaters aus der Küche, auf die kreischende Tür zum Lokus und auf das Wimmern des Kindes aus dem Wohnzimmer.

»Wenn wir nur erst unsere eigenen vier Wände haben«, sagte Pauline. Sie sagte es oft hintereinander. Es meinte viel zuviel, als daß es nur einmal hätte gesagt werden dürfen. Aber beim letzten Mal brach sie mitten im Wort ab. Weil sie merkte, wie sehr ihre Stimme den Ton einer vorwurfsvoll leiernden Wehmut angenommen hatte.

»Das nächste Mal«, sagte er, »wenn ich komme, dann ist schon sehr viel anders, glaub mir das. Auf jeden Fall kann ich dann über Nacht bleiben. Das ist auf jeden Fall sicher, daß ich von jetzt an immer über Nacht bleiben kann.«

Sie schmiegte sich an seinen Arm, so blieben sie, bis sie von weit unten aus der Stadt die Morizkirche drei Uhr schlagen hörten. Und lehnten aneinander wie zwei übernächtige Hängenbleiber.

Sie spürte seinen Atem warm an ihrer Kopfhaut und sie dachte, wir hätten warten sollen bis nach dem Krieg.

Denn in Wahrheit war er ihr nicht vertrauter als am ersten Tag. Da waren sie vor dem Haus an der Mauer gestanden, und er hatte vom Himmel über Polen gesprochen. Jetzt war er ihr Mann, und er war ihr fremd. Sie sagte sich, das liegt auch daran, daß ich die Augen geschlossen habe, ich wollte ihn doch nicht aus den Augen lassen.

Die glücklichen Monate, als sie Briefe geschrieben und Briefe bekommen hatte, waren vorbei. Sie bat Gott, er möge ihr seine schützende Hand nicht vorenthalten und den Teufel des Gegenteils aus ihrer Seele vertreiben.

Drittes Kapitel

I

Pauline saß in ihrem Zimmer über einer kleinen Arbeit, und der Vater schaute herein und sagte, daß der Krieg fertig sei, nun endgültig.

»Wir gehen jetzt los«, sagte er. »Du willst nicht, gell? Vielleicht willst du doch? Gib dir einen Ruck, Pauline!«

»Eigentlich nicht«, sagte sie.

»Du mußt nicht«, sagte er. »Dann gut.«

»Ihr richtet ihr doch aus, daß sie nicht böse sein soll. Ich habe noch soviel zu tun. Es ist alles liegengeblieben«, sagte sie.

»Vielleicht kannst du am Abend doch einen Sprung bei ihr vorbeischauen.«

»Ich glaube schon, daß ich das mache.«

Der Vater war bereits in Hut und Mantel. »Paß auf deine Augen auf«, sagte er. Pauline hatte in letzter Zeit öfter Kopfschmerzen gehabt. Die Eltern meinten, schuld daran sei das Lesen bis spät in die Nacht hinein.

Die Mutter und Otto warteten draußen auf der Straße.

»Und du kommst nicht doch noch mit?«

Pauline schüttelte den Kopf.

»Es ist schon recht«, sagte der Vater. »Ich will dich nicht drängen.« Er tat, worum ihn die Mutter gebeten hatte. Er solle sie sanft überreden, auf ihn höre sie noch. Er zwinkerte ihr zu. »Dann muß ich's halt allein über mich ergehen lassen. Soll's sein! Operetten.«

Er zögerte, blieb in der Tür stehen. Aber er war ihrem Blick nicht gewachsen. »Na gut, dann machen wir uns eben auf den Weg«, sagte er.

»Ist gut«, sagte Pauline.

Sie wußte, was in ihm vorging. Er wollte ein Wort finden: Ludwig wird sich schon melden. Oder: Wenn was wäre, hättest du Nachricht. Oder einfach nur: Sei nicht traurig, Pauline.

»Gut«, sagte er und grüßte mit einem Finger am Hut. Er hatte Achtung vor ihrer Verzweiflung.

»Und vergiß nicht, ihr Grüße und alles Gute zu sagen«, sagte sie.

»Vergeß ich nicht«, sagte er.

Pauline hatte kein Geschenk für die Tante, und ihren Geburtstag hatte sie vergessen, und es war ausgerechnet der fünfzigste. Die Tante war eine wuchtige Person mit einem Vollmondgesicht, die zu lauten Ausrufen neigte und ein Grammophon besaß, vor dem sich alle fürchteten, und die immer an Pauline herumfucherierte, wie es Pauline nannte, ihr Schuppen vom Kragen wischte, eine Wimper von der Wange zupfte, ihr beim Reden ans Kinn griff, sich bei jeder Gelegenheit in eine unbehagliche Nähe rückte. Eine Person zum In-die-Luft-Gehen! Ihr Sohn war längst zurückgekehrt. Als einer der ersten. Eine kaputte Brille war alles, was er abgekriegt hatte. Ein Stinker, Pauline mochte ihn nicht. Ein durch und durch gewöhnlicher Kerl. Er hatte angeboten, ihr zu helfen. Er kenne eine Menge Leute. Dabei machte er eine schlurige Bewegung mit der Hand. Die sollte wohl zeigen, was für Leute das waren.

»Dienst ist Dienst«, sagte er, »heute eben Suchdienst, mein Mädel.«

Paulines *Fall* wurde in der Verwandtschaft verhandelt. In ihrer Anwesenheit. Aber immer so am Rand der Verallgemeinerung entlang. Das sollte Rücksicht sein. Pauline schwieg dazu beharrlich und beschäftigte sich. Sie empfand die Gespräche als gegen sie gerichtet. Was hätte sie denn tun sollen? Als ob es an denen läge, die zu Hause warteten! Als ob man jemanden herbeiwarten könnte! Als ob ihr Warten nicht ganz in Ordnung wäre! Nicht nach Vorschrift. Nicht fest genug vielleicht. Und immer wieder sagte die Tante: »Na, Pauline?« Mit einem Beerdigungsfragezeichen in der Stimme. Aber durchaus vorwurfsvoll. – Sie war dicht daran zu explodieren. War es so, daß sie einen Makel hatte, ein Mal auf Brust und Rücken gezeichnet? Klebte Pech an ihr? Wie sie dieses Malzkaffee- und Stickdeckchengerede verabscheute! Dieses niederträchtige Gewaaf!

Ohne Anlaß hatte sie geschrien. »Laßt mich bitte in Ruh endlich!« Alle waren empört gewesen. Über soviel plötzliche Galle.

Zu Hause hatte ihr die Mutter heftige Vorwürfe gemacht. – Was warf sie ihr denn vor? Daß sie sich nicht selber verrückt machte? Wenn Ludwig verlorengegangen war, wohin hätte sie aufbrechen sollen, um ihn zu suchen? Nach Sibirien? Wenn er tot war, was halfen dann die Verbindungen ihres Cousins Manfred! Und wenn für Ludwig mit dem Ende des Krieges auch alles ein Ende genommen hatte, was während des Krieges begonnen worden war? Wenn er wohlauf war und nur nach vorne blickte? Ein reiner Zukunftsmensch.

»Aber, Line«, sagte die Mutter, »wir machen uns doch nur Sorgen um dich. Verstehst du das denn nicht? Es ist Mitgefühl, Line, Kummer, Bangigkeit.« – Nein, diese Worte ergaben für Pauline keinen Sinn!

»Ich möchte so sein dürfen, wie ich bin«, sagte sie, »eine, die sich nicht von euch helfen lassen will. Basta.«

Eine Zeitlang noch hagelten die verwandtschaftlichen Ratschläge weiter auf sie nieder, bis sich der neueste Stand ihres Gemüts durch die Runde geflüstert hatte. – »Sie will gar nicht!« – Dann ließ man sie endlich in Ruhe.

Sie war träge, willenlos. Und zerstreuungssüchtig. Damit meinte sie, daß sie gern durch die Stadt trödelte und sich die amerikanischen Jeeps ansah und die Geschützwagen und die Panzer und die Neger mit den runden Helmen und die Militärpolizisten mit den weißen Streifen an den Hosen. Sie fühlte sich vergeblich. Eine, die sich vom erstbesten Eckensteher anmachen ließ. In den Augen der fremden Soldaten sah sie Respekt vor dem ungeahnt Grauenhaften, das sie in diesem Land vorgefunden hatten. Wenn sie an ihnen vorüberging, huschte sie ein perverses Gefühl an: verruchter Stolz einer niedergezwungenen Bestie. Eine deutsche Frau. Eine Trophäe. Mit so einer im Bett – very, very well!

Manchmal kam Hilla mit ihrem Strickzeug vorbei und half ihr über eine Stunde hinweg. Sie war nicht Verwandtschaft. Sie wünschte nicht Richtigkeit der Verhältnisse, sondern Frieden für Pauline.

Ihr gestand Pauline, daß sie es lieber hätte, Ludwig wäre tot. »Als daß er mich abgeschrieben hat. Oder ich wäre tot.«

»Wie kannst du so etwas sagen!« rief Hilla. »Wie kannst du so etwas nur denken!«

»Man kann nichts dafür, wenn man doch denkt, was man nicht denken darf«, sagte Pauline. Es tat ihr wohl zu sehen, wie Hilla die Tränen hochstiegen, die eigentlich ihr hätten hochsteigen sollen. Hilla war nahe am Wasser gebaut. Hilla war eine Butterseele.

»Aber so denkst du doch nicht, Pauline!« flehte sie.
»Doch, so denke ich, Hilla.«
»Aber immer denkst du doch nicht so!«
»Immer nicht. Nein, immer nicht.«
Hilla saß im Schneidersitz auf Paulines Bett. Sie klapperte heftig mit den beinernen Stricknadeln, als lieferte sie dem Schicksal einen Fechtkampf. Pauline ging die zwei Schritte, die vor und zurück gerade noch ins Zimmer paßten. – Dieses Zimmer, in dem nirgends auch nur ein Spürchen Staub war, in dem alles seine endgültige Ordnung gefunden hatte! Sie wollte daraus fort!
»Bleib doch einmal stehen«, sagte Hilla. »Du machst mich ganz dusselig!«
Pauline rieb die Knöchel ihrer Fäuste aneinander und sagte immer wieder: »Keine dreißig Stunden, Hilla, keine dreißig Stunden.«
»Hör auf, das halt ich nicht aus«, wimmerte Hilla. Sie krampfte sich an Paulines Ärmel fest und drückte sie aufs Bett nieder. »Die Liebe besteht vom ersten Augenblick an«, sagte sie. »Man kann sie doch nicht in Stunden messen, Pauline.«
»Ich bin mir eben nicht mehr sicher, Hilla.«
»Aber du mußt es doch um Gotteswillen wissen!«
»Was? Was gibt es zu wissen! Stell mir eine Frage, bitte, Hilla, stell mir eine Frage!«
»Pauline, kleine Pauline«, sagte Hilla. »Verzweifle doch nicht! Wenn zwei Menschen wie du und Ludwig sich so kurz kennen und so sehr lieben und in Liebe heiraten, Pauline, dann ist das doch Sicherheit!«
»Wer heiratet denn nach elf Stunden, der vernünftig ist«, schrie Pauline hinaus.
»Um Gottes willen«, sagte Hilla, »mach doch nicht alles kaputt, Pauline!«

»Was mach ich kaputt, was!« Solange ihr Redefluß nicht abriß, konnte sie das Schluchzen in die Brust zwingen. Sie schlug die Gardinen zur Seite und blickte hinaus auf die Veste. *Wie ein steinernes Schiff.* Aber dann war sie am Ende. Es drängte sie danach, ihrer Freundin alles zu erzählen. Daß nichts zwischen ihr und Ludwig geschehen war. Daß die Ehe nicht vollzogen war. Aber das vermochte sie nicht von sich aus zu sagen. Das mußte aus ihr herausgefragt werden. »Stell mir eine Frage, Hilla! Bitte! Ich meine es ernst. Eine Frage.«

»Was für eine Frage soll ich dir denn stellen, Pauline. Ich verstehe dich nicht!«

»Frag mich aus über Ludwig und mich.«

»Aber ich weiß doch alles, ich war doch dabei.«

»Wenn du ich wärst, was würdest du dann wollen, daß ich dich frage!«

Aber nur einmal war es so mit Hilla. Von da an mieden sie es beide, allein in Paulines Zimmer zu sein. Sie machten Spaziergänge. Im Freien war es leichter. Und immer fast nur das eine Thema: Die drei Möglichkeiten – entweder er ist tot oder er kann sich nicht melden oder er will sich nicht melden.

»Tot ist er nicht«, sagte Pauline. »Das weiß ich. Das hätte ich gemerkt.«

»Das ist doch schon einmal gut, wenn du das weißt«, sagte Hilla. Es wurde in der Stadt viel von Witwenträumen erzählt. Hilla glaubte daran.

Die Tatsache blieb: Kurz nach der Hochzeit waren noch zwei Briefe von Ludwig gekommen, es war nicht zu ersehen, woher. Seither hatte man nichts mehr von ihm gehört. An dem Tag, an dem der Krieg fertig war, endgültig diesmal, war Pauline weder mit Sicherheit Witwe noch nach katholischem Recht Ehefrau, denn die Ehe war nicht vollzogen worden. Kein Wort, das Bestand hatte, war über sie gesprochen worden, und das Wort, das über sie gesprochen worden war, hatte keinen Bestand. Das Haus, die Straße, die Stadt waren voll von Flüstermäulern.

Vielleicht hatte Ludwig ja wirklich keine Möglichkeit, einen Brief zu schreiben. Wahrscheinlich war es so. Alle sagten das. Das würde das Glück zwar verzögern, aber nicht auslöschen. Vielleicht mußte sie Jahre warten, ehe er kam. Es würde ihr nicht schwerfallen. Von Tag zu Tag würde das Warten leichter werden. Das war nicht Paulines Sorge. Nicht das Warten. Paulines Sorge war das Vergessen. Daß sie ihren Mann bald vergessen könnte, daß sie eines Abends feststellen würde: Ich habe heute den ganzen Tag nicht an ihn gedacht. Daß Ludwig ihr Herz verließe wie ein zufälliger Besucher, der leise die Tür hinter sich schließt, weil der Gastgeber eingeschlafen ist. Sie wußte, das konnte sehr bald geschehen. Sie wollte es nicht zulassen.

Darum machte sie sich auf den Weg. Ließ sich von ihren Impulsen und Eingebungen lenken.

Sie reiste. Reiste mit Zuversicht. Immer hatte sie sich von einer verborgenen Macht beschützt gefühlt. Sie war gewiß, daß diese Macht auch über Ludwig wachte. Solange sie unterwegs war, war sie unterwegs zu ihm. Damit war gesichert, daß er den Sinn gab für alles, was sie tat. Und mehr konnte sie nicht anfangen, um zu halten, was ihr Glück werden sollte.

2

Ein Tag, den sich Pauline in alle Zukunft merken würde: Als der Krieg zu Ende war und Tante Martha ihren Fünfzigsten feierte. Nachdem der Vater die Wohnung verlassen hatte, wartete Pauline nicht lange. Sie packte zusammen, sicherte den großen Koffer zusätzlich mit einer Schnur, legte den Eltern eine Nachricht auf den Küchentisch und verließ das Haus. Den Koffer hob sie auf den Gepäckträger des Fahrrads, und das Fahrrad schob sie in die Stadt hinunter. Sie betrat die Militärkommandantur, dann ließ sie den Dingen ihren Lauf.

In einem Güterzug reiste sie nach Süden. Der Mond über den Bäumen schien vor ihr zurückzuweichen. Irgendwo hielt der Zug. Niemand sagte, man müsse hier aussteigen. Aber alle stiegen aus, und Pauline folgte den anderen, und da fiel ihr erst auf, daß sie am wenigsten Gepäck hatte von allen. Sie half mit beim Ausladen, ließ sich aber immer nur ein Gepäckstück reichen, denn unter gar keinen Umständen wollte sie ihren Koffer aus der Hand geben.

Da war kein Bahnsteig und war kein Bahnhof. Nichts weiter als zwei Stränge frisch beschotteter Geleise und eine Betonplatte, vierzig Meter lang, zehn Meter breit. Um sie herum standen Pfeiler, grobgehauene Baumstämme, wie sich herausstellte, die trugen ein Blechdach. Keine Laterne, nur der Mond, sehr gelb und sehr nah. Auf dem Dach lagen Steine, krumme, ausgebeulte Monolithe, so groß wie Wäschekörbe, und ein Hahn krähte auf dem Dach, und wenn der Hahn krähte, bewegten sich die großen Steine und lachten mit Männerstimmen. Für diese Männer, die wie Steine aussahen, auch noch als sie sich bewegten und lachten, war es wohl besser, auf dem Dach zu schlafen als unter dem Dach. Worüber lachten sie? Sie lachten unbändig, trampelten dabei auf das Blechdach, daß die Kinder darunter zu schreien anfingen. Warum führten sie sich so auf? Doch nicht deshalb, weil einer von ihnen das Kikeriki eines Hahnes nachgemacht hatte! Und ein paar andere das Kakeln von Hühnern. Waren die oben andere als die unten?

Ein Graben war gezogen von der Plattform hinaus in die Dunkelheit, aus dem erhob sich Gestank, und man sah ihn nicht enden. Und man sah auch nicht, was in ihm war. Zwei Männer schlugen ihr Wasser ab und stöhnten dabei.

Unterdessen war die Menge beträchtlich gewachsen. Denn der Zug war viel länger, als Pauline vermutet hatte. An jeder Station waren Waggons angehängt worden. Männer mit Feldmützen, in Ulanenmäntel gehüllt, die von der Lokomotive kamen und sich wie Verantwortliche gebärdeten, zündeten den Wartenden mit ihren Feuerzeugen ins Gesicht, so als suchten sie jemanden.

Gruppen bildeten sich. Einzelne streunten teilnahmslos dazwischen umher, ihre jämmerliche Habe an die Brust gekrallt. Konservendosen mit Schmieröl und Holzwolle wurden in Brand gesteckt und verteilt. Eine Frau mit zotteligem weißem Haar winkte jemandem und öffnete dabei den Mund, um zu rufen. Ihr Gesichtchen, grade eine Handvoll, war runzlig und braun wie ein vertrockneter Holzapfel. Um einen Pfosten drängten sich helle Wesen, von denen man nicht sagen konnte, wer Mann war und wer Frau. Wie Vogelscheuchen sahen sie aus, die hier abgestellt worden waren, mondweiße, glatte Gesichter, halb verhungert, staunende

Kinderaugen. In dauernder Verblüffung verharrend. Ein Bündel weichgewordener Kerzen. Einer von ihnen trat auf der Stelle, war gezwungen, unaufhörlich einen Fuß nach dem anderen an den Leib zu ziehen und gleich wieder sacht auf den Boden zu setzen. Dabei reckte er im selben Rhythmus Kinn und Kiefer in die Höhe. Um diese Blassen herum knisterte Getuschel. Krächzende Stimmen zum Teil, zwei Drittel Luft, ein Drittel Ton, zerbrochen vom jahrelangen Flüstern.

Einer der Männer sprang vom Dach und schritt mit langen Beinen durch die brennenden Konservendosen. Seine linke Augenhöhle war zerfetzt, er wirbelte einen dünnen Spazierstock durch die Luft. Dann zog er ein Papier aus seiner Jacke und las vor: »An die Bürger von Österreich! Ansprache des Befehlshabers der Truppen der 3. Ukrainischen Front, Marschall der Sowjetunion Tolbuchin ...« – Ein anderer Mann vom Dach trat zu ihm, verschloß ihm den Mund mit der Hand und führte ihn hinaus auf die Wiese.

»Mein Gott, sind wir schon in Österreich«, fragte Pauline.

»Ein Quatsch!« sagte einer dicht neben ihr.

Eine ungute Spannung lag in der Luft, es war zu gewärtigen, daß jeden Moment Entsetzliches aus dieser verschlungenen Düsternis losbräche.

Ein Streichholz zischte auf, Pauline bekam eine Zigarette in die Hand gedrückt. Sie rauchte sie hastig im Stehen, dann legte sie sich zwischen die Leute, die sie nicht kannte. Sie rollte sich ein, so daß ihr Körper auf dem Koffer Platz fand. Den Kopf bettete sie auf etwas Metallisches, das aussah wie ein Stück Rohr. Jemand gab ihr eine Decke. Sie döste hinüber, bewacht von diesem Rudel närrischer Pilger. Ihre Beine und Arme rutschten vom

Koffer und sie wachte mit dem Gefühl auf, ihr sei Einblick ins Fegefeuer gewährt worden.

Die meisten Menschen um sie herum waren wach geblieben. Sie unterhielten sich auf eine vertraute Art, kappelten wegen Bagatellen, kicherten aber auch – gerade so wie zu Hause am Ofen. Eine Familie hockte zwischen aufgestapelten Kisten. Das erinnerte Pauline daran, wie sie, das Blatt umstellt von einer Mauer aus Büchern, ihre Briefe an Ludwig geschrieben hatte.

Ein Mann beugte sich über sie, der hatte eine Flasche mit Milch in der Hand. Er bot ihr an.

»Ist frisch«, sagte er.

Sie wischte den Rand ab und trank.

»Kann man auch Wasser haben«, fragte sie.

»Man müßte ins Dorf gehen«, sagte er.

»Was für ein Dorf«, fragte sie.

Er zeigte über einen Schienenstrang hinaus auf die Ebene, die vom Mond beschienen war.

»Das hier ist nur provisorisch«, sagte der Mann.

Alles war friedlich nun. Kann man nicht hinüber, muß man eben hinunter, dachte sie und schlief wieder ein. Der Mann stellte ihr eine Kiste unter die Beine.

Am Morgen war der Güterzug abgefahren. Da war nur noch ein Mann mit einem Fahrrad da. Pauline wußte nicht, war es derselbe, der ihr in der Nacht zu trinken gegeben hatte, oder war es ein anderer. Er fragte, ob sie denn nicht abgeholt werde.

»Nein«, sagte sie.

»Es halten aber sonst keine Züge hier«, sagte er. Er trug eine Jacke, die ihm zu eng war, vielleicht weil er unter ihr Dinge versteckt hatte. »Oder halten doch welche? Wissen Sie etwas darüber?«

»Das weiß ich nicht«, sagte Pauline.

»Höchstens, es ist wieder eine Ausnahme.«

»Ich dachte, das ist ein provisorischer Bahnhof.«

»Ja schon, aber das braucht es jetzt nicht mehr. Wir haben ein Glück gehabt, stimmt's?« Er lachte laut auf, denn er meinte es ernst mit dem Glück, das sie gehabt hätten. »Das meine ich ernst mit dem Glück«, sagte er. Er hatte sehr unregelmäßige Zähne.

»Wo sind wir«, fragte Pauline.

»Sie wissen nicht einmal, wo wir sind?«

»In der Nähe von München schon?«

Der Mann wiegte den Kopf von einer Seite zur anderen. »Vom Nordpol aus betrachtet sind wir nah bei München, ja«, sagte er, »sehr nah sogar. Von Augsburg aus betrachtet ist es noch ein ordentliches Stück.«

Sie lachte auch und fuhr sich mit der Hand durchs Haar. Die Milch, die sie in der Nacht getrunken hatte, hatte ihr einen schlechten Geschmack im Mund hinterlassen. Ihr Staubmantel war zerknittert. Wie ich so dasitze, dachte sie, das muß aussehen. Sie prüfte ihren Koffer. Die Schnüre saßen fest.

»Noch alles da«, fragte der Mann.

»Ist ja nicht viel«, sagte sie.

Der Mann hatte einen langen Kopf, das sah so aus, weil ihm die Haare wirr nach oben standen und er die Schläfen rasiert hatte. Er zog ein Taschenmesser aus seiner Jacke.

»Wenn Sie mir helfen«, sagte er, »dann laden wir um und gehen ein Stück zusammen.«

Es war ein schwarzes Damenrad, das er besaß, und es war schon vollgepackt mit Kartons und Netzen. Sie legten Paulines Koffer über den Sattel. Der Mann schnitt die Schnüre auf und band ihn am Rahmen fest.

»Ein wunderschöner Tag ist heute«, sagte Pauline.

Und es war wirklich ein wunderschöner Tag!

Sie mußten ein Stück durch die Wiese gehen, ehe sie auf einen Weg kamen. Sie schritten nebeneinander her. Der Mann schob das Rad.

»Ja«, sagte er, »nicht einmal die Schweden können den Himmel, die Erde und das Gras mit sich fortschleppen!«

Die Morgensonne schien ihnen ins Gesicht. Das flache Land prangte im satten Grün des Frühlings. Das anzusehen, was vor ihr lag, tat Pauline wohl, und sie dankte Gott. Sie waren die einzigen Menschen weit und breit.

Sie sagte: »Sie erinnern mich an meinen Mann.«

»Ich dachte erst, vielleicht hat sie Angst vor mir«, sagte er.

»Nein, natürlich nicht«, sagte sie.

»Sie lagen so ruhig da, und ich dachte, ich kann sie nicht so daliegen lassen, so allein. Treibt sich doch allerhand Gelichter herum. Aber wenn ich sie aufwecke, dachte ich, dann kriegt sie einen Schock womöglich. Die längste Zeit hab ich hin- und herüberlegt. War es denn richtig, was ich gemacht habe?«

»Natürlich war es richtig«, sagte sie.

»Der Schreck würde ja vielleicht noch viel größer sein, habe ich gedacht, wenn sie aufwacht und niemand ist mehr da.«

»Wo sind die anderen hin?« fragte sie.

»Jeder seiner Wege«, sagte der Mann. »Und Sie, wohin wollen Sie?«

Pauline zuckte mit der Schulter. Sie drehte sich um. Weit hinten sah sie das Blechdach in der Sonne glitzern. Dieser Nacht jedenfalls war sie entkommen.

Der Mann hatte etwas Proviant dabei, Brot und gekochte Kartoffeln. Vorsichtig legten sie das Rad in den Weggraben und setzten sich daneben. Von den Feldern wehte es warm zu ihnen herüber. Schweigend saßen sie nebeneinander und kauten, und die Stille und das Wenige gaben ihnen beiden Kraft.

»Ihr Mann«, sagte er, »ist der dort, wo Sie hinwollen?«

Pauline erzählte. Aber nicht viel. Sie endete damit, daß sie wiederholte, er würde ihrem Ludwig sehr ähnlich sehen.

»Sie sind eine sehr, sehr schöne Frau«, sagte der Mann. »Das darf ich doch sagen, jetzt, wo wir schon so lange nebeneinander hergegangen sind, oder?«

Er legte den Arm um sie, und sie stieß ihn nicht zurück. Plötzlich sagte er: »Ich liebe dich.«

Sie ließen sich nach hinten ins Gras fallen und hielten sich fest, und er sagte wieder: »Ich liebe dich.«

Sie liebte ihn nicht. Natürlich liebte sie ihn nicht. Sie stützte sich auf die Ellbogen, senkte ihren Kopf zu ihm nieder und küßte ihn auf den Mund. Sie fuhr mit der Zunge über seine unregelmäßigen Zähne, ihre Hände bebten und das Licht zuckte ihr in den Augen, und das tat weh. Sie blieb über ihm, hielt seinen Kopf zwischen ihren Unterarmen und küßte ihn in einem fort. Er schob den Mantel und das Kleid über ihre Schenkel, drückte Pauline auf sich nieder und stemmte sich ihr entgegen. Er schob die Hand zwischen ihre Körper und versuchte, seine Hose zu öffnen; da hielt sie einen Augenblick inne mit ihren Liebkosungen, in Wahrheit, weil sie überrascht war, aber er zog schnell seine Hand unter ihr hervor, und gleich flogen sie auseinander und entschuldigten sich, er sagte, es sei seine Schuld, selbstverständlich ganz allein seine Schuld, und sie sagte, ach was, es sei genauso die ihre. Er würde sich niemals so aufgeführt haben, sagte er, wenn sein Leben nicht ein solches Durcheinander wäre.

»Ich will aber sagen, daß ich gern eine Frau hätte wie Sie«, sagte er noch. »Ich habe Ihre Situation nicht ausnützen wollen.«

»Das haben Sie nicht«, sagte Pauline.

Sie hoben das Fahrrad auf und machten sich weiter auf den Weg. Es war ihnen, als würden sie sich seit Jahren kennen.

Ihr fiel ein Aberglaube ein, daß für jeden auf Erden ein Teufel bereitstehe. Wie es für jeden Menschen einen Schutzengel gibt, so hat jeder neben sich seinen Teufel. Der irrlichtert durch die Welt auf der Suche nach Schlichen und Schlingen, mit denen er seinen Befohlenen zum Straucheln bringen kann. Der Himmel ist verschwenderisch, die Hölle spart an allem. Die Schutzengel sehen aus wie Engel. Der Hundling und Halunke aber sieht aus wie ein Mensch. Und er gleicht dem, dem er zugeordnet ist. Und dieser hier sah ihrem Ludwig schrecklich ähnlich. Wußte er etwas und sagte er es nicht? Einen Dreh, wie sich alle Wirrnis erklärte?

Man müsse sich nach der Decke strecken, sagte er, wenn Pauline schon Katholikin sei, dann solle sie das ausnützen und sich an einen von denen wenden, wenigstens für eine Nacht müßte man sie doch unterbringen können, irgendwo.

Der Weg führte über einen Erddamm zwischen brachliegenden Feldern.

»Gibt es einen Pfarrhof in der Nähe«, fragte sie. »Ist man hier überhaupt katholisch?«

»Ich weiß es nicht«, sagte der Mann. »Aber das muß sich ja herausfinden lassen. Wir können ja Maria und Josef spielen, dann sollen die Pfarrer beweisen, daß ihnen ihr großes Märchen nicht unnütz eingebleut worden ist.«

Sie gelangten in ein Dorf. Es war früh am Nachmittag. Da hatte es eine Kirche. An der Mauer klebten Schwalbennester. Die Tür stand offen. Auf der Straße war niemand.

»Soll ich nicht warten«, fragte er.

»Ist nicht nötig«, sagte sie.

»Dieser halbe Tag hat mich gesund gemacht«, sagte er. Er band ihren Koffer ab und fuhr davon. Und gleich verdämmerte er zur Erinnerung an einen Traum.

Pauline betrat die Kirche, setzte sich in die erste Bank und begann zu beten. Sie betete den freudenreichen Rosenkranz. Ein Hochgefühl war in ihr, daß sie jetzt auf der Wanderschaft war. Die Seitenaltäre zeigten das Herz Jesu und die Mutter Maria. In den Hauptaltar aber war ein Bild eingelassen, das stellte einen wallbärtigen Mann in weißer Kutte dar, der sich zu einem Löwen niederbeugte, dabei aber den Betrachter im Auge behielt. Pauline schätzte ihn entweder auf den Kirchenvater Hieronymus, wobei dagegensprach, daß das Buch fehlte, oder den großen Propheten Daniel oder den Evangelisten Markus, das schien ihr am wahrscheinlichsten. Darüber hingen ein Auge Gottes, ein Kreuz und eine Taube. Sie träumte, der Mann mit dem Fahrrad sei in Wahrheit nicht Ludwigs Teufel, sondern Ludwig selbst gewesen, und auch der Mann, der ihr die Milch zu trinken gegeben hatte, sei Ludwig gewesen. Und sie erschrak im Traum, denn auf solche Art begegnen einem nur die Toten. Ein Witwentraum. Nein, sagte sie sich im Traum, es ist ja in Wirklichkeit geschehen! Alles, alles, rief sie in den Traum hinein, alles, nur nicht, daß er tot ist, versprich mir, daß er nicht tot ist! – Wer sollte ihr das versprechen?

Sie wachte auf, weil sie jemand an der Schulter rüttelte. Sie lag auf der Kirchenbank, ihre Hand umschloß den Griff ihres Koffers. Entweder hatte sie sehr lange geschlafen oder nur kurz. Draußen war es hell. Immer noch oder schon wieder.

»Man schläft hier nicht«, sagte der Mann. Weißes, kurzgeschorenes Haar bedeckte seinen Kopf. Auf der Stirn hatte er einen Sonnenbrand. Über die Wangenflächen breiteten sich blaue und rote Äderchen aus. Er war nicht der Pfarrer, für den ihn Pauline zuerst hielt. Einen Pfarrer gebe es in dem Dorf keinen mehr. Nur einen, der die Kirche putzt, das sei halt er. Ein empörtes Staunen war im Blick dieses Mannes.

»Jetzt schläft man schon in der Kirche«, murmelte er. »So weit darf's doch nicht kommen.« Er trug Paulines Koffer und klopfte ihr auf den Rücken, damit sie schneller aus der Kirche ging. Die Straße war immer noch leer.

Der Mann brachte Pauline zu seiner Schwester. Dort konnte sie sich waschen. Und zu essen gab es auch. Und ein Bett zum Schlafen auch. Die Frau hatte eine Base, die in München in einem Mädchenheim arbeitete.

»Das kann doch auch was für Sie sein, oder?« sagte sie.

3

So bekam Pauline eine Anstellung in einem Heim für elternlos aufgefundene protestantische Mädchen in München. Ergreifend magere Dinger waren das. Sie half in der Küche mit. In Eisenpfannen, die fest auf dem Herd montiert und so groß waren wie Tische, bereitete sie mit einem

Rechen Kaiserschmarren zu. Der war blaß und sandig. Bei den Mädchen galt sie als Spaßvogel. Manchmal, wenn sie das Essen auftrug, machte sie mit den Tellern so verschnörkelte Bewegungen und sagte: »A bissel aufpassen, die Damen, die Unterlage ist außerordentlich heiß.«

Sie blieb ein Jahr und drei Monate. Das war eine wirklich glückliche Zeit. Nicht einen Tag war sie traurig und nicht länger als eine Stunde verzagt. Freundschaften wurden begründet, die unter Garantie ein Leben lang halten wollten. Arm in Arm wurde draußen herumgegangen. Mit wildfremden Frauen wurde ungeniert gesprochen wie mit Nachbarn.

Ein fixer Punkt in der Planung des Tages war, den beiden Geigenspielern zuzuhören, die um sich herum einen Kreis in den Staub gefegt hatten und dort ihr Konzert gaben. Sie spielten ununterbrochen »Oh, du schwarzer Zigeuner«. Pauline, die länger stehen blieb als die anderen, kam dahinter, daß die beiden nur dieses eine Stück im Repertoire hatten. Einmal übernahm der Jüngere die Melodie, und der Ältere begleitete, dann wechselten sie sich ab. Die Begleitung bestand darin, daß der Spieler sanft mit dem Geigenbogen auf die Saiten trommelte und dabei die Akkorde griff. So schabten sie stundenlang auf ihren Fiedeln und kokettierten mit ihrer Unzulänglichkeit, wenn jemand stehen blieb und ihnen zuhörte. Auch ihr Spiel war eben ein Beginn.

Über den Trümmern und den Ziegelbergen der Stadt war eine Heiterkeit in der Sonne, und jeder Tag begann mit einem großen Versprechen, und die Tage vergingen wie im Flug. Manchmal wurden an den Abenden im Heim Lieder gesungen, so laut, daß es Pauline dabei schwindlig wurde und sie die Augen schließen mußte, um wieder ins Lot zu kommen.

An ihre Eltern schrieb sie lediglich eine Postkarte. Daß sie auf Suche sei nach Arbeit und Wohnung und daß ihr an nichts fehle. Es wäre zu umständlich gewesen, ihnen ihr gegenwärtiges Leben zu erklären. Außerdem konnte niemand versichern, ob ein Brief auch wirklich dort ankam, wo er sollte.

Wiewohl sie zu schnellen Entschlüssen fähig war, so war sie doch keine schnelle Natur. Sie brauchte Zeit für sich. Und seit ihren jüngsten Mädchentagen hatte sie nicht soviel Zeit und Gedanken für sich gehabt wie in diesen fünfzehn Monaten in München. Sie erfand einen *Roman*. Jeden Abend vor dem Schlafengehen spann sie ihn in ihrem Kopf weiter. Es waren Szenen aus dem Leben mit Ludwig. Da wären sie schon zehn Jahre verheiratet. Jedes Kapitel ein Tag. Vom Aufstehen bis zum Schlafengehen. Jede Folge begann mit dem Klingeln des Weckers. Sie freute sich den ganzen Tag auf ihren Roman, so wie sie sich früher den ganzen Tag auf das Briefschreiben gefreut hatte. Und dieser Wachtraum wurde mit seinem Fortschreiten unerschütterlich wie eine Erinnerung. Je mehr die Hoffnung schwand, daß ihr die notwendigen Papiere von den Besatzungsbehörden ausgestellt würden, um so besser lernte sie ihr phantasiertes Dorf kennen – den Marktplatz, auf dem zweimal in der Woche Obst und Gemüse verkauft wurden; die Kirche mit dem Zwiebelturm, gedeckt mit grauem Schiefer; rechts daneben die Bäckerei, in der sie am Morgen, einen Korb am Arm, Brötchen einkaufte; links die Gemischtwarenhandlung, wo es alles zu kaufen gab, Illustrierte, Briefmarken und Tinte, Rosinen, Mandeln und Haselnüsse in großen Glaskaraffen, Reißverschlüsse, Zahnputzpulver; dann die Fleischerei, über deren Auslage eine rot-weiß gestreifte Markise gespannt war; und wenn man am

Rathaus vorbeispazierte – das der Kirche gegenüber lag und dem barocken Coburger Rathaus glich –, dann hatte man schon die weiße Fläche des Bodensees vor sich. Und dort am Ufer des Sees lag Ludwigs Elternhaus. Die Wiese dahinter reichte bis hinunter zum Wasser...

München war zertrümmert, aber es trachtete ihr nicht nach dem Leben – mehr war nicht zu erwarten. Vor den streunenden Hunden fürchtete sie sich. Aber sonst vor nichts. Und vor niemand. Manchmal bestieg sie eine Ruine und blickte durch das Hitzeflimmern in die Richtung, in der sie Ludwigs Heimat vermutete.

Als ihr schließlich die Papiere ausgehändigt wurden, nahm sie die Anweisungen entgegen, als gälte es, eine lästige Pflicht zu erfüllen, die ihr zufriedenes Leben für kurze Dauer unterbräche. Noch einmal mußte sie Fragebögen ausfüllen, die nach Ziel und Zweck ihrer Reise fragten. Ihre Unterschrift – Pauline Juen – kam ihr komisch vor. Wie eine Finte. In Klammern schrieb sie daneben: geborene Laube. Und das kam ihr vor wie ein Verrat.

Also brach sie wieder auf. Ihren alten Koffer hatte sie bei sich und noch einen zweiten, den sie in München besorgt hatte.

Zweiter Teil

Viertes Kapitel

I

Pauline trug ein neues Kleid, es hatte die Farbe von verwaschenem Zitronengelb und war oben herum mit Rosenmustern bestickt. Dazu einen dunkelblauen kleinen Hut. Die Schuhe waren ebenfalls neu. Und eng. Sie hatte die Sachen in München erstanden, für ordentlich Geld, aber trotzdem günstig. In den fünfzehn Monaten hatte sie gelernt, das zu beurteilen. Viel war von ihrem Lohn nicht mehr übrig. Die Kontrolle in München hatte sich gewundert, daß sie nicht mehr Gepäck bei sich hatte. Nur zwei Koffer. Weniger nimmt man auch auf eine Urlaubsreise nicht mit. Sommerkleidung und zwei mittlere Koffer. Daraus ließ sich kein Anspruch ableiten. So kommt einer an, der nur auf einen Sprung vorbeischaut.

Es war Mitte August.

Das Postauto fuhr durch ein schmales, tief eingeschnittenes Tal. Am Hang gegenüber wuchs ein Fichtenwald hinauf, unterbrochen von hellem Gestein. Über dem Wald waren freistehende Felsrücken sichtbar. Gießbäche stürzten in den Tobel. Pauline drückte ihre Koffer an sich. In den Kurven spähte sie hinunter zum Wasserlauf, der sich schäumend an Felsbrocken teilte, dann wieder verdeckt war von Baumkronen und Gebüsch und weiter unten in eine Kette glatter, schwarzer Tümpel ausflachte.

Nach einem Tunnel öffnete sich ein breites, in seiner Länge von sanften Hügeln durchzogenes Tal. Auf beiden Seiten war es von hohen Berggipfeln eingefaßt. An den

Hängen lauerten Bauernhäuser, vereinzelt und in großem Abstand voneinander. Ein grellweißer Kirchturm mit grünem spitzen Dach tauchte hinter einer Kuppe auf.

Während der Bahnfahrt von München hatte sie keinen klaren Gedanken fassen können. Die Enge und die Hitze im Zug hatten sie gedankenlos gemacht. Das war angenehm gewesen. Dann vor Bregenz hatte sie hinaus auf den Bodensee geblickt. Das Wasser reichte fast bis an die Schienen heran. Hölzerne Badehütten standen auf Pfählen im Wasser. Sie sah die Köpfe von Schwimmenden. Buben in Badehosen winkten ihr zu. Sie dachte an Ludwigs ersten Brief, der abgefaßt war wie ein Bewerbungsschreiben. Am Abend vor ihrer Abfahrt hatte sie alle Briefe noch einmal durchgelesen. Sie hatten sie nicht auf die Reise einstimmen können. Weit hinter der Bucht erhoben sich die Schweizer Berge über dem Dunst, und sie hatten ausgesehen, als ob sie schwebten. Da erst war Pauline von der Aufregung ergriffen worden, auf die sie gewartet hatte, seit ihr die Papiere bei der Kommandantur ausgehändigt worden waren, und auf einmal war solches Grauen auf sie eingestürzt, daß sie glaubte, sie müsse sich übergeben.

Der Omnibus fuhr in ein Dorf ein, und dieses Dorf hatte mit dem Dorf ihrer Einbildungen, dem Dorf ihres *Romans*, keine Ähnlichkeit.

Gar keine Ähnlichkeit. Vor ihrer Heirat hatte ihr Ludwig einmal die Stelle, wo seine Heimatgemeinde lag, auf einer Landkarte gezeigt. Der Weiler war gar nicht eingezeichnet gewesen, die Karte hatte einen zu großen Maßstab. In der Nähe des Bodensees hatte Ludwig gesagt. Ja, dachte sie, vom Nordpol aus betrachtet mag es in der Nähe des Bodensees sein.

Ihr war, als würde sie verfrachtet, und die Leute, die

sie durch das Fenster sah, kamen ihr vor wie Idioten. Der Fahrer holte mit dem Lenkrad aus und drehte das Postauto durch eine enge Kurve um den Dorfbrunnen herum. Der war aus einem Baumstamm geschlagen, an den Rändern verfault und beim Wasserhahn vermoost. Drei Männer hockten an seinem Rand. Drei Frauen daneben stemmten sich gegeneinander, spreizbeinig, mit Holzschuhen an den Füßen. An ihren Händen hingen Einkaufsnetze, die braun waren wie ihre Schürzen und Blusen und ihre wollenen Jacken und ihre Gesichter und ihre Haare. Die Männer trugen Drillichanzüge und hatten Käppis auf dem Kopf. Sie starrten mit zugekniffenen Augen dem Postauto nach, als würde es sie an etwas erinnern. Einer hielt eine Ziehharmonika auf den Knien. Die Leiber der Frauen waren unförmig. Ihre Haare wie mit dem Schraubstock in den Nacken gezwungen. Ihre Gesichter geschwollen. Sie waren voneinander nicht zu unterscheiden. Und auch die Männer waren voneinander nicht zu unterscheiden. Sie sahen sich gleich wie eine Schar von Brüdern und Schwestern. Und alle, wie sie waren, Männer und Frauen, hatten den Mund offen. Nirgendwo würde Pauline ihre Erwartungen einklagen können. Wenn Hoffnungen und Pläne weggebrannt werden, dann gibt das keine Wärme. Du wirst hier eine andere werden. Ob du das willst oder nicht.

Der Omnibus hielt vor der Kirche. Sie war blendend weiß gestrichen und wurde angestrahlt von der Nachmittagssonne. An der Mauer lehnten noch Reste eines Gerüstes. Die beiden Flügel des Tores waren ausgehängt. Das Glasfenster darüber, viergeteilt, zeigte den Evangelisten, den Löwen, den Adler und den Stier. Alle Wirtshäuser, an denen sie vorbeigefahren waren, hatten Tiernamen gehabt. Pauline sah im Halbdunkel des Kirchenschiffs die Bänke und die Brüstung vor dem Altar. Neben dem Allerheiligsten ragten zwei korkenzieherförmige Säulen in die Höhe. Über dem Tabernakel hing ein Gemälde. Es sah aus, als würde es durch nichts in der Luft gehalten. Sie beugte sich vor, wollte wissen, was es darstellte. Aber ein Schatten lag auf dem Gemälde. Sie mußte sich hüten vor schnellen Bewegungen. Die Busfahrt und ihr leerer Magen hatten sie taumelig gemacht. Eine Sage fiel ihr ein: Gott werde einst Stein werden, um die Steine aus ihrer Starrheit zu erlösen. Ihr wurde schwarz vor Augen. Das dauerte, bis der Schatten über dem Gemälde aus der Kirche gefegt kam, herüber zu ihr. Du hast mich erschreckt, sagte sie. Und der Schatten sagte: Du wirst gleich noch viel mehr erschrecken. Und sie: Warum werde ich gleich noch viel mehr erschrecken? Und der Schatten: Weil ich dir den Koffer stehlen werde. Da gab der Fahrer Horn, und die Männer und Frauen unten beim Brunnen winkten herauf.

Und Pauline sah, daß Ludwig dabei war. Sie sah sein Gesicht, sah, daß er etwas zu ihr heraufrief. Aber sie glaubte es nicht. Sie schaute zu, wie sich der, der wie Ludwig war, von der Gruppe beim Brunnen löste und die Straße zur Kirche herauflief. Mit den Armen dabei ausholte. Weit ausholte, genau wie es Ludwigs Art gewesen war. Den Oberkörper vorbeugte, denn etwas hockte ihm auf dem Rücken.

Dann verschwand er aus Paulines Blickfeld. Während die anderen beim Brunnen Maulaffen feilhielten. Dies alles schien wie in einem Traum zur Aufführung gebracht und mußte mit einem geschwinden Erwachen sein Ende finden.

Sie zerrte die Koffer hinter sich her und sprang aus dem Omnibus. Der war schon angefahren. Der Fahrer schrie: »Tür zu!«, gab Gas und fuhr ab, und die Tür fiel von selber ins Schloß.

Sie beeilte sich. Jeden Moment konnte Ludwig oder der, der wie Ludwig war, um die Kurve den Weg heraufkommen. Sie schleifte die Koffer über den Kiesweg in die Kirche, schob sie unter das wuchtige, steinerne Weihwasserbecken gleich beim Eingang und nahm daneben Posten ein. Sie wollte nicht weiter ins Kirchenschiff hineinlaufen. Ihre Schuhe hatten harte Absätze, man hätte das Hallen bis hinaus hören können. Sie drückte sich mit dem Rücken an den Türpfosten. Falls Ludwig oder der Mann, der wie Ludwig war, nur vorüberging und nichts weiter, dann würde er sie nicht sehen können. Wenn das hier vorbei ist, dachte sie, darf ich nicht vergessen, mir das Bild über dem Altar anzusehen. Sie hätte nur die Augen zu heben brauchen. Aber alle Konzentration war auf den Eingang gerichtet.

Sie hörte Schritte, sah den Schattenriß eines Menschen auf dem Steinboden. Der Schatten hob die Hand und bekreuzigte sich. Das konnte sie noch erkennen. Dann verschwammen Licht und Schatten, der Schatten löste sich auf und vereinigte sich mit dem Dämmerschein der Kirche, ringsum wurde es grau, vielleicht war eine Wolke vor die Sonne gezogen. Und plötzlich spürte sie ihn ganz nahe. Er blickte ihr in einer abgründigen und zugleich vertraulichen Weise über die Schulter, wie ein Sterbender. Sie mußte den Atem anhalten, sonst hätte er ihn an seiner Wange gespürt. Er bemerkte sie nicht. Er roch nach Tabak. Seine Augen schienen einen sehnsüchtigen Blick zu haben, als gewahrten sie nicht mehr, was wirklich war, sondern schauten nur noch in die Zukunft. Ein Zukunftsmensch. Sie bekam großes Mitleid mit diesem Mann, weil er aussah, als habe für ihn alles Lebendige und auch alles Gewesene an Bedeutung verloren.

Aber, sagte sie sich, er ist ja keine Erscheinung, er ist wirklich und wahrhaftig, was sich im Nu beweisen ließe, und sie hätte kichern mögen bei der Vorstellung, sie würde dieses furchtsame Geschöpf gleich an der Nase packen und noch einmal zum Traualtar schleppen und dabei Braut und Pfarrer in einem spielen, mit verstellter Stimme, und wenn es sein mußte, den Bräutigam dazu, nur damit das Siegel des Sakraments doppelt gehämmert würde und doppelt hielte, wir Katholiken mit unseren Winkeln und komischen Schnecken im Kopf!

Ihr Gesichtsfeld begann an den Rändern zu flimmern, denn sie getraute sich nicht, ihren Kopf zu drehen, sie schielte aus den Augenwinkeln. Gesteh, fuhr es ihr ein, du weißt es längst, es ist ein Witwentraum. Dieser Mann will dir übermitteln, daß er von nun an unter die Toten zu rechnen sei. Weiß der Himmel, wohin es dich geworfen hat, Pauline, wo du jetzt liegst und schläfst! Mit offenen Augen. Der Tod war hurtig. Bekanntlich.

Sie wagte nicht einmal, mit den Lidern zu schlagen. Sein Blick hätte sich nur um wenige Grade neigen müssen, und sie hätten sich beide in den Augen gehabt. Wenn das geschieht, dann bricht er über meinen Füßen zusammen, und ich wache auf. Dann, Pauline, ist dir eine muntere Lebensweise für alle Zeiten gestrichen. Vielleicht war es ein Fehler gewesen, hierher zu kommen. Wollte sie denn klüger sein als das Schicksal?

Und doch hatte diese Begegnung nicht länger gedauert als drei Sekunden, war nicht mehr gewesen als eine flüchtig erblickte Wahrheit. Der Mann streckte die Hand wie tastend vor sich aus, dann nahm er seinen Weg weiter.

Noch eine Weile verharrte Pauline auf ihrem Platz. Und gleich schon war sie sich wieder nicht mehr sicher, ob sie in einen Tagtraum geschaut oder ob sich alles in Wirklichkeit so abgespielt hatte. Sie hatte immer eine Schwäche gehabt für Hellseherei, sagte sie sich eilig, für Gedankenlesen, Vorahnungen, Traumdeuten, früher hatte sie manchmal an Séancen teilgenommen, wo umgedrehte Gläser gerückt wurden, aber immer waren ihre mystischen Neigungen letztendlich entschärft worden durch eine gewisse humorige Skepsis...

Sie rang nach Fassung. Ließ sich auf einer Kirchenbank nieder und holte erst einmal tief Luft. Was jetzt? Sie blickte auf ihre Armbanduhr. Zwei Minuten wollte sie ihm Vorsprung geben. Die Sache mußte zu Ende gebracht werden. Sie verabscheute hysterische Frauenzimmer.

Die Koffer waren ein Problem. Sie würde nicht weit mit ihnen gehen können. Sie trug sie zum Beichtstuhl hinüber und zwängte sie in die Kammer, die für den Priester bestimmt war. Wer wagt es, aus einem Beichtstuhl zwei Koffer zu stehlen! Und wenn doch, was würde es für eine Rolle spielen.

Ein Arm über dem Kopf, den anderen am Rücken – so war er an einen zurechtgehackten Baumstamm gebunden. Die Stricke schnitten in sein Fleisch ein. In Bauch, Schenkel und Hals steckten Eisenpfeile. Ein Fuß war nach hinten gezogen, zwischen Hals und Ferse spannte ein Riemen. Aber in seinem Gesicht war kein Leid zu sehen. Die Augen waren in einem konventionellen Aufschlag erstarrt. Über dem Kopf schwebte das goldene Oval eines Heiligenscheins. Zu seinen Füßen lagen Früchte und aufgestoßene Haselnüsse. Das Bildnis über dem Altar zeigte den Heiligen Sebastian. Die Haselnüsse enthielten Doppelkerne. Die wurden ›Vielliebchen‹ genannt. Die waren seltener noch als vierblättrige Kleeblätter. Das wußte Pauline. Und brachten darum auch mehr Glück als diese. Also, sagte sie sich, die sind zu meiner Begrüßung da. Weiß der Kuckuck, wenn mich der Mann nicht will, ich werd's ihm nicht krummnehmen, und den Hals wird's mir nicht kosten! Sein Hausaff jedenfalls werd ich ihm nicht, der gefüttert wird, weil man's nicht übers Herz bringt, ihn in den Urwald zurückzuschicken. Derbe Redensarten aus Coburg fielen ihr ein. Sie murmelte sie beschwörend vor sich hin, dieselben Worte mehrmals hintereinander wiederholend, karikierte dabei den fränkischen Dialekt bis zur Unverständlichkeit, schnitt Grimassen, betete sich vor, was das Schlechteste sei, was ihr passieren könnte – »daß er mich gar nicht mehr kennt« –, legte sich Beschimpfungen zurecht, die sie in diesem Fall über ihm auskippen wollte. Bewährte Flüche genauso wie gerade erfundene. Das alles beruhigte sie.

Und dann waren die zwei Minuten um.

Vorsichtig trat sie aus der Kirche. Die Straße war leer. Unten beim Brunnen hörte sie Lachen und Männerstimmen. Vor ihr bog der Weg um eine Hauskante, dann verlief er zwischen Lattenzäunen weiter, schräg zum Tal abwärts. Nach dem letzten Haus verschwand er hinter einem Hügel.

2

Pauline konnte nicht erkennen, was Ludwig auf dem Rücken trug. Ob es ein Rucksack war oder ein Tornister. Es glänzte wie Metall. Er schritt weit aus, war gut zuwege. War etwa noch hundert Meter vor ihr. Wenn er sich umblickte, würde er sie sehen. Aber wenn sie ihm zuviel Vorsprung ließ, konnte sie ihn verlieren. Sie raffte ihr Kleid an sich, duckte sich unter dem Zaun hindurch und lief zwischen zwei Häusern über die Gärten. Dahinter fiel der Hang sanft ab. Ein Stück weit unten weideten Kühe. Die blickten zu ihr herauf und machten ihr Angst. Sie zog die Schuhe aus und rannte barfuß durch das Gras parallel zur Straße.

Hinter einem Erdwall zweigte ein Pfad von der Straße ab. Er führte hinauf zum Wald. Ludwig erreichte gerade den Waldrand. Pauline wartete, bis sie ihn zwischen den Fichtenstämmen nicht mehr sehen konnte. Dann folgte sie ihm nach.

Es war nur ein schütterer Streifen Wald, und nach wenigen zwanzig Metern tat sich eine Lichtung auf. Ludwig saß auf der Wiese und blickte unverwandt zu Pauline herunter. Sie winkte ihm mit ihren Schuhen zu. Rief seinen Namen. Er blieb sitzen, aber er stützte sich mit den Händen am Boden ab. Immer wieder rief sie seinen Namen. Sie rief, während sie auf ihn zulief.

Dann hatte sie ihn vor sich, auf Handausstrecken, und ihr Atem ging so heftig, daß sie erst nicht reden konnte.

»Ich glaub's nicht«, sagte er. »Aber ich habe dich gesehen.«

Sie nickte.

»Im Postauto, oder? Du bist im Postauto gesessen, oder? Line, sag doch, daß es stimmt!«

Sie nickte.

»Ich hab's nicht geglaubt, Line.«

»Bist du's wirklich, Ludwig«, sagte sie.

»Line, ich bin hinaufgerannt zur Kirche, aber da war der Bus schon weg.«

»Ich habe dich gesehen, Ludwig«, sagte sie. »Ich habe dich ja gesehen!«

Sein Gesicht war älter und seine Haare heller. Die Augenbrauen hellblond und buschig.

»Was ist das auf deinem Rücken«, fragte sie.

»Eine Milchkanne«, sagte er. Er legte die Träger ab, wuchtete die Kanne neben sich und zog den Sturz von der Öffnung. Die Kanne war leer. Sie roch nach saurer Milch.

»Jetzt sehe ich es«, sagte sie.

»Komm«, sagte er.

Er stand vor ihr, und weil er über ihr am Hang stand, reichte sie ihm nicht weiter als bis zum Bauch. Was für ein langes Elend er doch war! Sie schlang ihre Arme um seine Hüften und sagte immer wieder seinen Namen. Alle Zweifel, die in ihr gewesen waren, traten jetzt klar und ohne Umschreibung vor sie hin, und sprachen aus, was sie eigentlich immer gemeint hatten, als sie sich hinter Romanen und phantasierten Dörfern versteckten, nämlich die eine Frage: Was hast du noch mit diesem Mann zu schaffen? Die Romane, die sie Abend für Abend gesponnen hatte, waren eine dürre Antwort darauf gewesen: Eine Zukunft habe ich mit ihm, eine Zukunft, die sich vorausdenken läßt, die sich zumindest vorausträumen läßt. – Eine böse und hinterlistige Antwort war das. Denn was ist eine Zukunft? Eine Zukunft ist nämlich gar nichts. Die Einbildungen, so tröstend sie wirkten, behaupteten in Wahrheit: Nichts hast du mit ihm mehr zu tun. Gar nichts. Du erschaffst ihn dir neu und stopfst ihn in die Zukunft. Weil es ihn nicht mehr für dich gibt. Weil du ihn selbst nicht mehr willst. Was keinen Platz im Leben hat, das wird in die Zukunft verladen. Was aber wirklich fortwährt, braucht keine Zukunft, weil es immer gegenwärtig ist. Die Zukunft ist für das Fremde da. Davon will man vielleicht träumen, aber man will es doch nicht haben!

Fremd war ihr Ludwig nicht. Er sah anders aus und er fühlte sich anders an. Aber fremd war er ihr nicht. Kein bißchen. Im Gegenteil. In der langen Zeit der Trennung war ihr Zutrauen zu ihm gewachsen. Das fühlte sie jetzt ganz stark. Früher, als er nur ein, zwei Tage auf Urlaub nach Coburg gekommen war, da war er ihr fremd gewesen. Da hatte es sie Mühe gekostet, die Fäden wieder aufzunehmen. Da hatten sie sich umgewöhnen müssen. Beide. Die Briefe hatten sie mehr auseinandergebracht als zusammengeführt. Das war auch eine Wahrheit. Jetzt, da er ganz anders aussah, als sie sich ihn vorgestellt hatte, älter, größer, schmächtiger, vor allem aber anders gekleidet – er trug ein schmutziges kragenloses Hemd, grobe blaue Hosen, Stiefel aus Filz – sie hatte ihn ja nur in Uniform gekannt –, jetzt war er ihr vertraut, und sie fühlte nur eine zärtliche Scheu vor ihm, und daß sie ihn an sich drückte, hieß, daß sie ihn so sehr liebte, wie ihre Kraft reichte.

Nein, sie wußte nicht, was sie sagen sollte. Nur immer wieder seinen Namen. Wie er sie ansah, begriff sie, daß all das, was sie gefürchtet hatte, auch er gefürchtet hatte. Daß ihre Ehe auseinanderging, noch bevor sie vollzogen war. Das allein war doch ihre große Befürchtung gewesen.

»Du warst verschollen«, sagte er. »Ich habe deinen

Eltern geschrieben. Sie wissen nicht, wo du bist. Wo warst du denn? Was hast du denn gemacht?«

»Umgekehrt«, sagte sie. »Du warst verschollen! Du! Ich habe nichts von dir gehört!«

»Ich war im Rheinland in einem Lager bei den Franzosen und bin dann hierher überstellt worden.«

»Aber warum hast du denn nicht geschrieben?«

»Sie haben die Briefe nicht weitergeleitet. Ich habe geschrieben. Aber sie haben die Briefe nicht weitergeleitet. Und von hier habe ich dir sofort geschrieben. Und deine Mutter hat mir sofort geantwortet. Wo warst du die ganze Zeit?«

»In München war ich, Ludwig.«

»In München? Du kennst doch niemanden in München, Line. Was hast du denn in München gemacht? Oder kennst du jemanden in München?«

»Laß doch, Ludwig«, sagte sie.

Fünftes Kapitel

I

Was sie sah, machte sie fassungslos. Der Hof war eine Ruine. Wohnhaus, Stall und Scheune waren aneinandergebaut, klammerten sich aneinander, was einzig zu verhindern schien, daß das ganze Gehöft auf der Stelle in sich zusammenkrachte. Die Hälfte des Tennendaches war aufgerissen. Die Sparren ragten ins Leere. Als hätte ein Riesentier von oben in dieses Dasein hineingebissen. Dicke Moospolster überzogen den traurigen Rest der Dachziegel. Das Wohnhaus, das mittlere der drei Gebäude, war winzig, das Dach sattelförmig eingesunken, die Schindeln an den Wänden waren auf der einen Seite von der Sonne schwarzgebrannt, auf der dem Wetter ausgesetzten Seite grau und von unten herauf weißlichgrün von Schimmel und Flechten, zum Teil auch schon verfault.

Sie kamen von hinten an den Hof heran und mußten um einen überbordenden Misthaufen herumgehen. Beißender Gestank stach in Paulines Nase. Hühner gackerten und kratzten an allen Ecken, wenigstens fünf Katzen zählte sie. Aus dem Stall war aggressives Schweinegrunzen zu hören. Es klang, als ob eines von ihnen den Kopf abgefressen bekäme.

»Vier Stück nur«, sagte Ludwig kleinlaut. Ab Herbst kämen noch zwei Kühe dazu, die seien zur Zeit oben auf der Alpe. »Ein überschaubarer Viehbestand.«

Der Zuweg zum Haus war mit morschen Brettern ausgelegt. Die waren mit Sand bestreut und führten über nassen Tierkot, Kartoffelschalen und Matsch. Die Quelle, die etwas weiter oberhalb des Hauses aus der Erde trat, hatte keinen geregelten Abfluß mehr, das Wasser sickerte in die Wiese und durchnäßte unten den Platz vor dem Haus. Unter dem tief heruntergezogenen Dachvorsprung steckten die Heinzen fürs Heu, daneben hing eine dichte Reihe goldgelber Maiskolben. Die Traufen waren verstopft mit Vogelnestern.

»Hier bin ich aufgewachsen«, sagte Ludwig. »Und die Wiese bis hinunter zum Wald, die gehört noch uns. Und alle Bäume darauf mit dazu.« Er wies mit der ausgestreckten Hand die Richtung. »Das ist ein Gravensteiner, der ist gerade reif. Du hast nie einen besseren Apfel gegessen.«

Pauline wußte nicht, was sie sagen sollte. Sie war sprachlos. Nein, das Dorf hatte keine Ähnlichkeit mit dem Dorf ihrer Einbildung; aber das Haus – das hätte sie sich gar nicht vorzustellen vermocht.

Durch einen windfangartigen Vorraum traten sie in die Küche.

»Mama, schau, wer da ist«, sagte Ludwig.

Die Küche war obendrein noch: Hausflur, Waschraum, Abstellkammer und Hühnerstall. Hennen mit abgezausten Hälsen liefen ihnen zwischen die Beine und staubten den Boden auf, der zur Hälfte aus in den Lehm gestopften Wackersteinen, zur anderen Hälfte aus Beton bestand. Neben der Tür lehnte ein Fahrrad ohne Reifen, darüber hingen an Nägeln zwei derbe, graue Jacken und ein halbes Dutzend an den Henkeln zusammengebundene Strohkörbe. Hinten im Dustern thronte ein Trumm Herd, schwarzgeschwitzt und starrend vor Schmutz. Ein Vogelbauer aus Draht war von der Decke heruntergelassen. Es war leer und diente Geschirrtüchern, Handtüchern und sonstigen Fetzen als Platz zum Trocknen. – Pauline wußte eines ganz gewiß: Noch nie war sie in einen freudloseren Raum geführt worden.

»Mama, bitte, schau doch, wer da ist!«

Eine große, schlanke Frau mit waagrechten Schultern – das war die Schwiegermutter. Pauline kannte nicht einmal ihren Namen. Sie kehrte ihnen den Rücken zu. Das Kopftuch aus demselben Stoff wie die Schürze, hellblau und winzige Blumen. Arbeitete unbeirrt weiter, die Haltung gerade, als führte sie einer Stube voller Feinde ihr Werk vor. Und dann ein halber Blick über die Schulter. Aber nicht in Paulines Gesicht. Sondern weiter nach unten. Ihr Mund ein Strich. Augen wie die eines Mannes. Eines selbstgerechten Mannes. Schaut sie denn tatsächlich meinen Bauch an? Ein Blick voll neugieriger Entrüstung war das. Wo bin ich hier, dachte Pauline. Was will ich hier? Ihr war, als betrachte sie sich selbst von schräg oben herab, ganz und gar nicht streitbar für ihre Sache fühlte sie sich, nicht einmal sonderlich interessiert daran. Eine Fensterguckerin auf ein eigenes Erlebnis herunter. Eine heitere Ablenkung, dieses Erlebnis. Vielleicht war das alles, was sich hier abspielte, noch ein Teil jener Begebenheit, die sich ihr in der Dorfkirche als Traum geoffenbart hatte. Als ein Witwentraum. Und diese Frau – nichts als lauter ernste Dinge im Sinn – was soll denn das für ein Kind sein, Heilige Notburga von Bühl und Umgebung, das sie sich da drinnen in meinem Bauch denkt!

Die Schwiegermutter war gerade dabei, Teig für Nudeln durch den Wolf zu drehen. »Vielleicht will sie ja gleich wieder gehen, deine Gemahlin«, sagte sie. Bolzgeradeaus zur Wand hin sagte sie das. Drückte dabei mit dem Kochquirl Teig in den Wolf, drehte an der Kurbel.

»Dann braucht man kein Wort zum Fenster hinauszuschmeißen, unnützerweise, vorher. Wer ohne etwas kommt, reist leichter wieder ab. Ist das nicht so?«

Aber Pauline ließ sich nicht kränken. Nicht von dieser näselnden Stimme, die da so einen sempernden Bogen nach unten jammerte. Und sie ließ sich auch nicht ekeln vor dem Schmutz um sie herum und auch nicht vor der Vorstellung, daß diese grauen Würmer, die da aus dem Wolf gequetscht wurden, Nudeln sein sollten, die gegessen werden wollten. Und sie ließ sich auch nicht von ihrem eigenen Schwindelgefühl narren, das ja doch nur ihr leerer Magen und nicht irgendeine Schimäre zu verantworten hatte. Für Kränkung und Ekel war kein Platz in ihr. Ein Gefühl des Unwirklichen blieb. Und dieses Gefühl dämpfte ihr Temperament. Sonst wäre Pauline in Wut geraten. So setzte sie das Verhalten dieser Frau lediglich in Erstaunen. Sie grüßte und hängte eine Floskel an. Und dann schwieg sie.

Ludwig dagegen redete. Unablässig. Weil er sich für seine Mutter schämte. Es wäre nicht nötig gewesen, deswegen viel zu reden. Pauline hörte nicht so genau hin und vergaß auch gleich wieder, was er da sagte. Zu jeder Silbe tanzte seine Hand, und das entzündete eine solche Freude in ihr, daß sie auf seine Worte keine Rücksicht mehr nehmen konnte, denn das hatte sie doch glatt in ihren Träumen vergessen und in ihren Berechnungen übersehen: daß Ludwig diese liebe Art hatte, mit den Händen zu tanzen. Wenn er jemanden überzeugen wollte. Da baut man ganze Dörfer und Häuser, dachte sie, und das Wesentliche vergißt man. An seinen Händen sah sie sich satt.

2

Dann holten sie die Koffer aus der Kirche. Ludwig fand das eine aufgelegte Idee, sie im Beichtstuhl unterzustellen, und er blieb immer wieder stehen, um sich an den Kopf zu greifen und zu lachen. Pauline betrachtete ihn dabei und lachte ein wenig gekünstelt mit. Hatte er früher auch schon soviel auf einmal geredet? Sie fand nicht mehr die Sorglosigkeit, die seinem Gesicht diese fast noch knabenhafte Anmut gegeben hatte. Sein Blick hatte etwas Fahriges bekommen. Das fiel ihr jetzt deutlich auf.

Ludwig führte Pauline weiter taleinwärts aus dem Dorf hinaus und hinunter zum Bach. Er habe noch eine Überraschung für sie, sagte er, und diese Überraschung könnte unter gar keinen Umständen bis morgen warten. Er ging einen halben Schritt vor ihr. Wenn sie zu ihm aufschloß, beschleunigte er. Und die Koffer waren ihm schwer.

»Laß mich wenigstens einen tragen«, sagte sie. »Oder tragen wir sie zusammen, wir können ja einen Stock durch die Griffe schieben.« Aber er wollte das nicht.

Weiter unten im Tal waren die Wiesen feucht. Der Weg führte erst über eine gemauerte Brücke und dann in einigem Abstand neben dem Bach her. Staubiggrüne Weiden wuchsen entlang des Ufers und verstellten den Blick auf das Wasser. Auf den Mostbirnenbäumen saßen Amseln und trällerten in den Abend hinein. Es kam Pauline vor, als wäre es schon eine Woche her, seit sie in Bregenz aus dem Zug gestiegen war. Und fast ebenso lang, seit sie Ludwig durch das Fenster des Postautos gesehen hatte. Und fast genauso lang, seit sie sich auf der Lichtung umarmt hatten. Und die Sicherheit, die während der Umarmung in ihr gewesen war, die gehörte nun auch schon zur Erinnerung an diesen langen Tag. Es machte sie konfus, daß Ludwig immer einen halben Schritt vor ihr ging und sich nicht einholen ließ, und sie sein Gesicht nicht sehen konnte, wenn sie ihn etwas fragte. War er sich denn so sicher, was geschehen wird? Wie die nächsten Tage sein würden, auf Jahre hinaus womöglich? Bedurfte es für ihn keiner Überlegungen, keines Entschlusses? Würde ich mir in seinem Fall nicht Bedenkzeit erbitten, dachte sie. Es war auch nötig, ab und zu laut seinen Namen zu sagen.

»Bitte, Ludwig, geh nicht so schnell! Mir ist schwindlig.«

Sie kamen zu einem Gebäude aus Stein, das ein Stück vom Weg abgerückt mitten auf einem hartgetretenen Platz stand. Kein Stall war angebaut, und überhaupt sah es anders aus als die anderen Häuser hier. Es wirkte wie ein zusammengedrückter Turm, hatte einen quadratischen Grundriß, war nur erdgeschoßig, barg aber offensichtlich eine geräumige Dachwohnung, denn in dem hohen, pyramidenförmigen Dach waren Fenster mit Giebelhauben eingelassen. Auf der Spitze steckte eine breite, gewellte Blechfahne, die einmal bunt bemalt gewesen war. Die Farbe war abgeblättert und das Blech darunter verrostet.

An dem Haus wurde gearbeitet. Der Verputz an den Wänden war heruntergeschlagen. Zum Teil war das Gemäuer eingerüstet. Die Fenster hatten keine Gläser und keine Rahmen. Die Tür, genau in der Mitte des Gebäudes, ruhte auf einem steinernen Podest aus drei Stufen. Zwei Fahrradständer rechts und links daneben sahen aus, als wären sie mit Mehl bestäubt worden. Der Platz war eingefriedet durch ein Spalier aus streng gestutzten Birnbäumen.

Aus dem Inneren des Hauses drang metallisches Hämmern.

»Ich weiß, daß es dir gefällt«, sagte Ludwig.

»Was ist das?«

»Meine Überraschung«, sagte er. »Wenn es drauf ankommt, kannst du arbeiten wie ein Tier, stimmt's?« Er stellte die Koffer ab und wischte sich den Schweiß von der Stirn. »Warte hier«, sagte er. »Ich will ihn nicht erschrecken.« Dann lief er ins Haus.

Das Hämmern brach ab. Pauline sah in einer der Fensterhöhlen das Gesicht eines jungen Mannes. Es verschwand gleich wieder. Und dann traten die beiden vor das Haus.

Ludwig winkte Pauline, sie solle herüberkommen. »Das ist der Kaspar«, sagte er und fügte gleich laut lachend hinzu: »Aber er ist nicht die Überraschung!«

Kaspar war kleiner als Ludwig, nicht älter als zwanzig, und noch hagerer als sein Bruder. Sein Haar war ölig, glatt und rabenschwarz, im Nacken weit hinaufrasiert, fiel es ihm vorn über die Stirn. Er hatte keine Ähnlichkeit mit Ludwig und auch keine Ähnlichkeit mit ihrer Mutter. Seine Brauen waren breit und dunkel, sein Blick war unstet. Er trug ein blutrotes Hemd, das neu war. Aber er gab nicht acht darauf. Das konnte man sehen.

»Pauline, oder? Der Ludwig hat viel von dir erzählt«, sagte er und nahm ihre Hand. Wollte sie gar nicht mehr loslassen.

Umgekehrt hatte Ludwig nicht viel von Kaspar erzählt. Überhaupt nichts hatte er erzählt. Weder von Kaspar, dem jüngeren, noch von Jakob, dem älteren Bruder. In seinem ersten Brief hatte er ihre Namen genannt und ein paar witzelnde Bemerkungen angehängt. Sonst aber nichts.

»Und jetzt«, sagte Ludwig und zeigte auf das Haus, »Pauline, rate, was das ist!«

»Das ist unser Haus«, sagte Pauline prompt.

Ludwig war sichtlich verwirrt, und jetzt lachte Kaspar. Es war ein kurzes Lachen, und es hörte sich an wie ein Husten. Er zog dabei die Oberlippe über den Schneidezähnen zusammen, wie es Leute tun, die schlechte Zähne haben.

»Es ist die Schule«, sagte er. »Bis vor zwei Wochen haben noch die Franzosen hier gewohnt.«

»Marokkaner«, präzisierte Ludwig.

»Und was ist die Überraschung«, fragte Pauline.

Kaspar klärte sie auf: unten die Schule, oben die Wohnung für den Schulwart.

»Und seine Frau«, sagte Ludwig.

»Und das sind wir?«

»Und das sind wir zwei. Ja.«

Pauline spürte, wie ihr alles Blut aus dem Gesicht wich. »Ich weiß nicht, ob ich das will«, sagte sie leise und überschlug schnell in ihrem Kopf, was denn die Obliegenheiten eines Schulwarts sein könnten. »Und läßt sich's davon leben?«

»Wir werden's lustig haben«, sagte Ludwig.

Der Hausflur war breit und vollgestellt mit übereinandergestapelten Schulbänken. An den Wänden entlang waren Regale und Kleiderhaken geschraubt. Hier sollten die Kinder ihre Siebensachen verstauen. Links ging es ins Klassenzimmer ab, rechts ins Lehrerzimmer. Die Türen waren herausgenommen. Pauline warf nur einen schnellen Blick hinein. In dem einen Raum befand sich eine Zementmischmaschine, im anderen stapelten sich Bretter bis zur Decke. Am Ende des Ganges führte eine Stiege nach oben. Schnurstracks schritt sie darauf zu.

»Es sieht noch furchtbar aus, oben«, sagte Ludwig. »Bis vor einem Monat war noch Militär hier.«

Pauline hörte nicht auf ihn. Ein süßlicher Geruch stieg ihr in die Nase. Sie kannte den Geruch: So roch verwesendes Fleisch. Sie drückte den Ärmel ihres Kleides vor das Gesicht und trat mit einem Ruck ein.

Es war ein enger, fensterloser Flur, der durch einen Vorhang aus Wachstuch von einer Küche getrennt war. Von dort her rührte der Gestank. Der Küchentisch war mit Geschirr, Flaschen, Konservenbüchsen und Essensresten bedeckt. Über die Knochen und Fleischreste, die auf einer Unterlage aus Zeitungspapier lagen, war Kalk gestreut worden. Dennoch saßen überall Fliegen drauf. Jetzt surrten sie um Paulines Kopf. Abfälle lagen am Boden, die Wände waren verschmiert, Zigarettenkippen waren in die Tapete gebohrt worden.

»Erschrick nicht«, sagte Ludwig. »Ich habe dich gewarnt.«

Pauline stieß das Fenster auf. Zu der Unsäglichkeit dieses Raumes äußerte sie sich nicht. »Ich verstehe das nicht«, sagte sie, »sind die Kinder denn gar nicht zur Schule gegangen im letzten Jahr?«

»Vielleicht im Nachbarort?«

»Dort waren die Marokkaner ja auch.«

Sie wußten es nicht. Weder Ludwig noch Kaspar.

»Wahrscheinlich gar nicht.«

»Irgendwo sicher.«

Sie wußten es nicht.

Durch eine flügellose Tür mit der Küche verbunden war ein mittelgroßer Raum, der vollgeräumt war mit Betten und Stockbetten. Bei den meisten waren die Böden herausgebrochen. Die Matratzen waren aufgerissen, das Stroh war über den Boden verstreut. Graue Pferdedecken mit aufgedruckten Schriften, Französisch und Arabisch, hingen über den Bettgestellen.

»Davon haben wir noch einen ganzen Stapel im Haus oben«, sagte Kaspar.

Die Fenster waren kahl, aber sie gaben ein gutes Licht. Auch in diesem Raum stank es, wenn auch erträglicher.

Der dritte Raum war kleiner und leer. Verstaubt, grau und leer. Die Wände wiesen tiefe Risse auf, aus den Fugen zwischen Mauer und Gebälk bröckelte der Mörtel. Immerhin konnte man sich hier frei bewegen.

»Hier haben wir angefangen«, sagte Kaspar, der sich immer einen Schritt hinter Pauline hielt.

»Kaspar war das«, sagte Ludwig. Er schaute schuldbewußt von der Küche aus zu, wie sie weiter Türen und Fenster öffnete. »Die Schule ist eben doch eiliger, und ich wußte ja nicht, wann du kommst. Und ob überhaupt.«

»Ich wußte es«, sagte Kaspar. Die Blicke, die er Pauline gab, waren voll Bewunderung.

»Gehen wir heim«, sagte Ludwig. »Für heute reicht es. Morgen ist auch ein Tag. Du wirst Hunger haben, Pauline, und müde wirst du erst recht sein.«

Sie war so hungrig, daß sie meinte, etwas ziehe ihr den Bauch nach innen, und müde war sie zum Umfallen. Aber das hier ließ sich nicht aufschieben. Dies alles war dazu angetan, in ihr Widerwillen und Hoffnungslosigkeit zu erregen, und in der Folge Resignation und Starre. Das mußte sie unbedingt verhindern. Heute gilt nicht, sagte sie sich. Erst ab morgen lasse ich es zählen. Vorher mußten einige Tatsachen frisiert werden. Sie war erpicht auf den nächsten Tag, im frischen Licht des Morgens ließe sich eine Vorstellung von dieser Behausung machen, die durchaus nicht hoffnungslos war. Aber bis dahin mußte einiges verschwunden sein. Sie zerrte zwei

Wolldecken von den Pritschen, prüfte sie und breitete sie auf den Küchenboden.

»Habt ihr Streichhölzer?«

Kaspar sprang hinzu, hatte schon die Flamme in der hohlen Hand. Konnte gar nicht wissen, was Pauline damit wollte.

»Gleich«, sagte sie, »gleich. Gleich brauch ich die Streichhölzer. Nicht hier oben. Benzin habt ihr nicht?«

»Benzin!« rief Ludwig. »Wofür brauchst du denn Benzin, um Christi willen! Natürlich haben wir kein Benzin. Niemand hat Benzin.«

Pauline griff mitten in den Unrat, warf Knochen, schimmelnde Konservendosen, verfaulte Fleischreste und sogar die Teller, alles warf sie auf die Decken, die Flaschen und auch das Besteck. Besteck war nicht viel da, Messer gar keine, Gabeln zwei, drei, hauptsächlich Löffel, die meisten verbogen, schwarz angelaufene Blechlöffel.

»Petroleum habt ihr auch nicht?«

»Petroleum kann ich auftreiben«, sagte Kaspar. »Gleich?«

»Wenn das geht?«

»Dauert eine halbe Stunde«, rief er und schon weg war er.

Pauline band die Decken zu einem Bündel zusammen und reichte es Ludwig hin.

»Und was jetzt damit«, fragte er, und es klang die weinerliche Bockigkeit seiner Mutter mit.

»Ich kann das nicht ein zweites Mal anschauen«, sagte sie. »Du hast gesagt, ich kann arbeiten wie ein Tier.«

»Das sagt man so bei uns. Das ist nichts weiter als eine Redensart hier.«

Hinter dem Haus war ein Garten angelegt. Die Beete erstickten im Unkraut. Die Einfassungen waren vermodert und zertreten. Um sie herum wucherten Brombeeren. Eine Schar aufgescheuchter Spatzen brach hervor. Ein Pfad führte zu einem schmalen Schopf, auf dem, mit Steinen beschwert, rostige Wellblechbahnen lagen. Langstielige Disteln waren fast bis zum Dach des Häuschens emporgewachsen.

»Das muß alles abgeschnitten werden«, sagte Pauline und deutete auf das Brombeergestrüpp. »Wenn hier die Schulkinder herumtollen, die können sich ja verletzen an den Dornen.«

Ludwig setzte das Bündel vorsichtig ab. »Die Teller«, sagte er, »die braucht man doch nur zu waschen. Die muß man doch nicht wegschmeißen.«

»Ja«, sagte Pauline, »das wird uns später sicher leid tun.« Sie hob das Bündel hoch über ihren Kopf und ließ es fallen. »So, jetzt«, sagte sie. Jetzt waren es Scherben.

»Was ist das?« fragte sie. Sie meinte den Schopf.

»Der Abort«, sagte Ludwig.

»Es gibt im Haus keinen.«

»Noch nicht, nein.«

»Gar keine Wasserleitung?«

»Nein.«

Ludwig machte sich daran, ein Loch auszuheben. Er stieß den Spaten in den kiesigen Grund, daß es knirschte und klirrte.

3

Flickschusterei war Paulines Sache nicht. Jedes Verhängnis hat seinen widrigen Knoten, seinen fatalen Punkt in der Mitte, das war ihre Überzeugung. Das Außendaranherumkratzen brachte nur Ärger. Und erforderte Geduld. Ein geduldiger Mensch aber war Pauline weiß Gott nicht. – Das hatte oft genug dazu geführt, daß schlußendlich alles liegenblieb.

Nun saßen sie vor dem Haus auf den Stufen. Blickten geradeaus. Berührten einander nicht. Warteten auf Kaspar und das Petroleum. Pauline verschränkte die Arme über ihren Knien, Ludwig saß zurückgelehnt und hatte die Ellbogen auf die Stufen gestützt. Er zog die Brauen etwas zusammen und pfiff kaum hörbar zwischen den Zähnen.

Da erst fällte sie ihre Entscheidung: zu bleiben, Ludwig eine Frau zu sein, heimisch zu werden in dieser Fremde. In einer einzigen Kraftaufwendung wollte sie alle offenen Angelegenheiten auf einmal klären. Nie war die Vorstellung von dem, was auf sie zukommen würde, weniger wirr gewesen. Ihr Entschluß war ohne Plan für die Zukunft. Ihre Vorsätze reichten nicht weiter als die Dauer eines Gesprächs. In den letzten fünfzehn Monaten hatte sie sich an allen möglichen Visionen abgearbeitet, hatte über ihre und Ludwigs Zukunft ein Rankenwerk aus Phantasien emporwachsen lassen – inszenierte Morgen-, Mittags- und Abendstunden, gepflegte wie spaßige Gespräche, dramatische Geschichtchen, Festlegungen und Mutmaßungen aller Art. Romane eben. Ein Dikkicht war übriggeblieben. Das mußte jetzt niedergerissen werden. Sie wollte sich nicht lange versäumen.

Wenn ich schon einmal dabei bin, dachte sie, dann soll gleich alles erledigt werden, und ohne sich etwas zurechtzulegen, sagte sie geradeheraus: »Ludwig, wir sind verheiratet seit über eineinhalb Jahren, und wir haben noch nicht miteinander geschlafen. Unsere Ehe ist nicht vollzogen.«

Ihre Worte rührten sie seltsam vertraut an, zu oft sich selber vorgesagt waren sie, und sie wiederholte sie noch einmal im stillen, und da klangen sie ihr wie Spott. Hoch zu ihren Häupten kreisten Habichte und Hühnervögel im gläsern blauen Abendhimmel. Die Kämme der Berge waren noch von der Sonne beschienen. Das Tal lag im Schatten. Ludwig schwieg. Der Teufel hat es ins Werk gesetzt, dachte Pauline.

»Wo werden wir heute nacht schlafen, Ludwig?«

»Jetzt ist der Krieg vorbei«, nuschelte er, »jetzt ist alles anders, Pauline. Als wir geheiratet haben...«

Sie unterbrach ihn gleich. »Ich habe dich nicht verstanden.« Das stimmte nicht. Aber sie wollte, daß deutlich und fest über diese Sache gesprochen wurde.

»Ich meine«, sagte er sich räuspernd, »ich meine, daß, als wir geheiratet haben, Pauline, da war das Haus so voll, eure Wohnung meine ich, das weißt du doch, deine Verwandten aus Schweinfurt, dein Bruder...«

»Es ist niemand schuld«, unterbrach sie ihn wieder.

»Nein«, sagte er, »natürlich nicht.«

Dann mußte Pauline von neuem Anlauf nehmen. Sie hoffte nur, daß Kaspar nicht mit dem Petroleum daherkomme, noch bevor alles gesagt war.

»Ich kann nicht darum herumreden, Ludwig«, sagte sie. »Ich möchte, daß wir es heute tun. Aber ich möchte auch, daß es richtig geschieht. Und darum mußt du mir jetzt sagen, wo wir heute nacht schlafen.«

»Eben«, sagte er, »wie ich schon gesagt habe: oben im Haus, ich meine, im Elternhaus.«

»Wo im Haus, Ludwig? In welchem Zimmer? In welchem Bett?«

»Das weiß ich noch nicht.«

»Können wir das Wohnzimmer haben?«

»Ja, das glaube ich schon. Das können wir sicher haben.«

»Ich sollte mich nicht schämen müssen, wenn ich das alles frage. Und du solltest dich auch nicht schämen, Ludwig. Aber ich muß es wissen: Sind wir im Wohnzimmer ungestört?«

Ludwig trat auf den Platz hinaus. Ohne sich zu ihr umzuwenden sagte er: »Nein, im Wohnzimmer sind wir nicht ungestört. Der Gaden ist gleich daneben.«

»Was ist der Gaden?«

»Das Elternschlafzimmer. Wo die Mama schläft. Sie muß durchs Wohnzimmer.«

»Und in deinem Zimmer?«

»Ich habe kein eigenes Zimmer. Ich schlafe mit dem Kaspar zusammen. Oben im Bubenzimmer. In Stockbetten. Er unten, ich oben.«

»Vielleicht schläft der Kaspar im Wohnzimmer, und wir beide können das Bubenzimmer haben.«

»Das tut er sicher, freilich. Ich rede mit ihm.«

Ludwig schleuderte die Stiefel von den Füßen. Sie flogen in hohem Bogen auf den Platz hinaus. Er strich mit den nackten Zehen durch den Staub.

»Pauline«, sagte er gedehnt, dabei drehte er ihr immer noch den Rücken zu.

»Ja?«

»Es ist nicht gut im Haus oben bei uns.«

»Ja, das denke ich auch«, sagte sie.

»Ich kann nicht sagen, warum. Aber ich glaube, es ist nicht gut. Nein.«

»Was tun wir dann«, drängte sie.

»Weiß nicht. Weiß einfach nicht.«

»Denken wir halt nach, Ludwig. Jeder sagt, was er denkt. Es muß nur einer den Anfang machen.«

»Wenn du meinst«, sagte er. Es klang mühsam, wie er sprach.

»Was sollen wir also tun«, fragte sie wieder.

Ludwig suchte sich die Stiefel zusammen und zog sie wieder an. Dabei setzte er sich breitbeinig in den Staub.

Und dann hatte er gesagt: »Warten wir, bis die Wohnung hier fertig ist. Was meinst du. Das sind dann unsere eigenen vier Wände.«

Und ihr war mit einem Mal ganz lind und getrost ums Herz geworden, und sie hatte nicht gewußt, warum.

»Und wie lange?« fragte sie.

Er hob die Schultern. »Zwei Wochen«, sagte er leise. »Nicht darunter. Eher drei.«

»Das ist lang«, sagte sie. »Wenn einer von uns beiden in der Zwischenzeit stirbt...«

Er wandte ihr langsam den Kopf zu und sein Blick hatte etwas Gezwungenes, Gedrücktes. »Was ist dann?«

»Nur ein Spaß«, sagte sie.

»Wer von uns beiden stirbt?«

»Aber niemand! Es war nur ein Spaß! Ich wollte nur sagen, vor der katholischen Kirche sind wir noch kein Paar, und wenn einer von uns beiden jetzt stirbt, angenommen, dann ist das so, als wären wir nie verheiratet gewesen.«

»Aber vor Gott doch, oder.«

»Natürlich vor Gott, Ludwig«, antwortete sie schnell, denn sein Blick wurde ihr unheimlich. »Setz dich wieder zu mir, Ludwig!«

Sie lehnte sich an seine Schulter. »Es soll in den eigenen vier Wänden geschehen, du hast recht.«

»Ja«, sagte er, »das ist gut. Ich liebe dich.«

»Glaubst du wirklich, Ludwig, daß es gut ist«, fragte sie.

»Es ist das beste«, sagte er.

»Du glaubst es also wirklich, ja?« Sie schmiegte sich ganz eng an seinen Arm. Er schien ihr plötzlich so geistesabwesend, daß sie meinte, sie müsse ihn rütteln, um ihn zur Gegenwart zurückzubringen. »Sag doch etwas«, sagte sie.

»Ja, ich glaube es wirklich.«

»Wir machen ein Fest daraus, nicht wahr.«

»Das machen wir.«

»Es ist doch besser so, als nicht richtig, nicht wahr? Ludwig, was denkst du?«

»Viel besser so.«

»Ich habe lange gewartet, und jetzt warte ich eben noch ein bißchen.«

»So ist es bei mir auch.«

Sie sahen den Raubvögeln am Himmel zu, und Ludwig tauschte mit einem Radfahrer Zurufe aus.

»Gut«, sagte sie schließlich und erhob sich. »Ich werde arbeiten wie ein Tier.«

Sie sprach ein schnelles Gebet, die Güte Gottes war ja mit Händen zu greifen. Hoffentlich ist es so, dachte sie.

Die Mutter arbeitete beim Stall. Mit grimmigem Blick führte sie die Mistgabel. Graue Strähnen wehten um ihr Gesicht.

»Warum ist die Schule eigentlich außerhalb des Dorfes?« fragte Pauline. Ludwig wußte darauf keine Antwort. Kaspar auch nicht. Und die Mutter merkte gar nicht, daß die Frage auch an sie gerichtet war.

Im Haus war für Pauline ein Bad bereitet: Im Wohnzimmer wartete ein Holzzuber, und das Wasser darin dampfte. Die Mutter hatte das Stück Kernseife aus der

Küche mit einem Messer abgeschabt. Damit es nicht aussah wie ein Steinbrocken.

In dieser Nacht schlief Pauline im Wohnzimmer auf der Ofenbank. Die hieß nur so, war aber in Wahrheit eine Chaiselongue. Bei Kerzenlicht war das Wohnzimmer freundlich einladend. Diesem Tag jedenfalls habe ich standgehalten, dachte Pauline.

Sechstes Kapitel

I

Der Anfang war schwer. Sie verstand die Leute nicht. Sie beobachtete eine junge Frau und einen jungen Mann, die warteten beim Dorfladen und unterhielten sich dabei. Sie versuchte herauszubekommen, in was für einem Verhältnis die beiden zueinander standen, ob Liebespaar oder verheiratet oder nichts von beidem. Er, ein kraushaariger Komischer mit roten Bäckchen, Tirolerhut im Nacken, Arme braun wie Kupfer. Sie, ohne Zweifel eine Schönheit, blondes Haar, zu zwei Schläfenkränzen geflochten, gertenschlanke Figur, hellblaue Augen, kleines freches Kinn. Pauline hätte gern gewußt, was die beiden miteinander zu bereden hatten. Sie spitzte die Ohren, starrte ihnen schließlich unverfroren auf die Lippen. Sie konnte nicht einmal heraushören, ob sie sich stritten oder einfach nur unterhielten oder ob sie Zärtlichkeiten austauschten. Sie verstand sie nicht. Kein Wort verstand sie.

Gut, dachte sie, ich werde es lernen. Nach so einer ungewissen Reise, dachte sie, ist der Mensch empfindlich, und sie prüfte inständig jede ihrer Regungen, ob auch ja keine Ungerechtigkeit darunter sei. Sie wollte sich vorurteilsfrei ein Bild machen. Ludwig führte sie durch das Dorf. Das waren zwei Wege, die nur aus Höckern und Löchern bestanden und übersät waren mit Hühnern, Hunden, Katzen und Kindern. Aus den Hauseingängen krümmten sich alte Männer, die waren klein und verschrumpft und berichteten sich über die Straße hinweg von den ungewöhnlichsten Vorfällen in ihren Familien. Angeblich. Sagte Ludwig. Das sei hier so Brauch. – Es half kein Leugnen und Sich-etwas-Vormachen: das Dorf erschien ihr ungastlich. Und krank. Warum? Sie hätte es nicht zu sagen vermocht. Eben das ängstigte sie und erzürnte sie gegen sich selbst. Gegen ihren Argwohn, der ihr einflüsterte: Ein Betrogenwerden ist hier nie auszuschließen. Jeder lachte ihr offen und bereitwillig ins Gesicht, egal, ob sie einen Gruß erwidert hatte oder nicht. Ob das Mundauseinanderziehen hierzulande vielleicht eine andere Bedeutung hatte? Eine heimtückische etwa. Ihr fielen Geschichten ein, die zu Hause die Runde gemacht hatten, haarsträubende Erlebnisse deutscher Besatzungssoldaten in den fremden Ländern. Sie sei sehr zynisch, sagte Ludwig. Er verwette sein Bein, daß nicht einer, nicht ein einziger im Dorf auch nur den kleinsten bösen Gedanken gegen sie im Sinn habe.

Sie wurde auch angestarrt.

»Das ist doch verständlich«, sagte Ludwig. »Hier kennt jeder jeden. Hat ja jeder gewußt, daß ich eine Frau in Deutschland habe. Habe ich ja allen erzählt. Ich habe ihnen ja von dir vorgeschwärmt. Ist doch klar, daß sie neugierig sind. Wärst du doch auch. Oder wärst du nicht?«

»Doch«, sagte sie, »entschuldige, Ludwig.«

Keine Stunde verging, ohne daß nicht einer vorbeikam, um sich die Neue aus der Nähe anzuschauen. Frauen, breit wie Heuhaufen, brachten ihr nette Dinge mit, kunstvolle Blumensträußchen oder kleine, mit Eigelb bestrichene Backwaren. Junge Mädchen sanken sich kichernd in die Arme.

»Sie tun, als ob ich eine Reliquie wäre«, sagte Pauline.

Da war einer, dem verschlug es in ihrer Gegenwart gar

die Sprache. Ein ehemaliger Mitschüler von Ludwig. Vom Aussehen her hätte er der Lehrer sein können. Grauhaarig bereits. Nickte und tätschelte ihre Hand. Greisenhaft. Dabei verharrte sein Körper die ganze Zeit über in einer leichten Vorlage. Ein krumm eingeschlagener Nagel.

»Als ob ich Bittgesuche entgegennähme!«

»Sie wollen dir zeigen, daß du willkommen bist. Daß du jetzt zu uns gehörst«, sagte Ludwig und fügte ein wenig gekränkt hinzu: »Vielleicht wirken wir unterwürfig, das mag schon sein. Aber du kannst es mir glauben: wir sind es nicht.«

»Du doch nicht, Ludwig«, sagte sie.

»Ich bin aber wie sie«, sagte er.

Ein anderer wieder brüllte aus Leibeskräften auf sie herunter, als wäre sie eine Schwerhörige, und fuchtelte dabei mit den Armen. »Basches«, brüllte er, die Haut zwischen Augen, Mundwinkeln und Ohren war wie zerknülltes Ölpapier, er sei ein Postadjunkt gewesen, und falls die gnädige Frau jemals gusto habe auf: »... Hung...«

»Was ist *Hung*?«

»Honig«, übersetzte Ludwig.

»... dann soll sie sich an mich wenden!«

»Was, mein Gott, heißt Postadjunkt«, flüsterte Pauline verzweifelt.

»Briefträger«, sagte Ludwig. »Berühmter Imker in der Gegend, der Mann.«

»Und Basches?«

»So heißt er. Sebastian.«

Die meisten aber bestürmten sie mit Fragen. Wie die Lage in Deutschland sei, ob noch immer Hunger herrsche, ob es wahr sei, daß sich in den großen Städten Seuchen ausbreiteten, wie viele man in Nürnberg nun tatsächlich aufgehängt habe. Es gebe keine Informationen im Dorf, nur Gerüchte und die Propaganda der Franzosen. Die freie Zeitung sollte zwar in Kürze wieder erscheinen dürfen, aber das sei schon letzten Monat versprochen worden, sagten sie. In einem Ton, so empfand Pauline, als erwarte man in diesem Belang ihre Einflußnahme.

Manchmal wurde sie von einem Nachbarn eingeladen zu einer Jause vor dem Haus – ›auf dem Bänkle‹. Da gab es dann frische Milch und fettriefende Spiegeleier und selbstgebackenes Brot mit einer harten, schwarzen Kruste. Und der Nachbar wandte den Blick nicht von ihr, während sie aß. Sie sollte essen wie eine halbverhungerte Städterin. Das war es, was erwartet wurde.

Pauline merkte, daß sie den Leuten exotisch und auch etwas rätselhaft erschien, und daß es den meisten bei ihren Fragen nur darauf ankam, sie reden zu hören. Sie fand vorübergehend sogar Gefallen daran, als eine Besonderheit zu gelten und vermied in ihren Antworten Einzelheiten, die diesen Eindruck hätten abschwächen können. Niemand zeigte ihr Abneigung oder begegnete ihr etwa mit politischem Hochmut, nicht einer, der sich ihr gegenüber gleichgültig oder gar abschätzig gab. Jeder sprach Hochdeutsch mit ihr, so gut er es eben beherrschte. Und doch, wenn sie untereinander waren und Pauline wieder kein Wort verstand, weil sie sich in dieser krachenden, unverständlichen Sprache austauschten, dann konnte sie sich des Eindrucks nicht erwehren, daß sie in einer Weise über sie verhandelten, als rechnete keiner von ihnen damit, diese Frau könnte irgendwann einmal – auch am entferntesten aller Tage nicht – eine von ihnen werden.

»Willst du das denn überhaupt«, fragte Ludwig.

»Aber selbstverständlich«, sagte sie. »Was denkst du denn!«

Im Bruchteil einer Sekunde hatte sie sich dafür entschieden, hier zu bleiben, und in einer einzigen Kraftaufwendung hatte sie alle offenen Angelegenheiten klären wollen. Und wenn es dazu nötig gewesen wäre, einen kleinen Finger stellvertretend für ihre Vergangenheit abzuhacken, sie hätte es machen lassen. Sie rechnete ja auch mit Sicherheit auf das Ewige Leben, und dennoch fürchtete sie den Tod. Weil er abstoßend war. Im Vergleich dazu nahm sich alles Irdische freilich als Bitzelwasser aus. Was eine gute Heimat ist, entschied ja nicht ein erster Blick.

2

Nach drei Tagen war Ankunft genug gefeiert worden. Nun ging's an die Arbeit. Pauline lief in Hose und Hemdjacke herum. Röhren und Ärmel mit der Schere gekürzt. Rauhes blaues Zeug. Manchmal Gummistiefel. Meistens barfuß. Auf dem Kopf ein verknotetes Sacktuch. Oder der schwarze Sonntagshut von Ludwigs Vater. Ludwig machte ihr Komplimente. Sie sehe aus wie Charlie Chaplin. Sie wirkte so zart unter dem Groben. Sie konnte mit den Augen blinzeln.

Sie beizte die Fensterläden ab. Verätzte sich die Finger. Als sie die Wohnung geputzt und gescheuert hatte, konnte man sehen, daß der Zustand durchaus nicht hoffnungslos war. Pauline half aber auch beim Ausbessern des Daches. Sie war nicht schwindelfrei. Ludwig schon.

Es waren schöne Tage.

Sie bedachte ihn mit kleinen Geschenken. Aus Pappe faltete sie einen Rahmen und klemmte ihr Hochzeitsbild hinein. Das schmuggelte sie in seine Jackentasche. Sie bat die Frau Theres unten im Laden, ihr eine Zigarettenspitze zu besorgen. Sie dürfe ruhig ein Vermögen kosten, sagte sie. Ob es auch eine gebrauchte sein könne, fragte die. Auf keinen Fall, sagte Pauline. Es war dann aber doch eine gebrauchte, eine aus schwarzem Kunststoff. Pauline weichte sie eine Stunde lang in heißer Lauge ein und zog Wollfäden durch das Loch, bis es an dem Stück nichts mehr zu riechen und auszusetzen gab. Und es war ein schönes Geschenk. Die Spitze wirkte sehr elegant in Ludwigs Hand. Leider fiel sie ihm schon am ersten Tag aus dem Hemd, und er trat darauf. Dafür hatte Pauline ein Eck Speck von der Schwiegermutter abgebettelt und vier Schachteln Astor Filter von Kaspar. Das zusammen mit 400 Reichsmarklappen – diese mehr symbolisch – hatte sie nämlich der Theres auf die Budel blättern müssen.

Und Ludwig arbeitete wie ein Tier. Er lieh sich im Dorf eine zusätzliche Leiter und eine Maurerkelle. Er schwitzte im Gesicht, und der Schweiß rann ihm in die Wimpern. Es war erst wenig Kraft in seinen dünnen Armen. Zu Mittag aßen sie unten bei der Baustelle. Keine Zeit sollte verlorengehen. Sie säbelten Brot ab und zerrissen getrocknete Würste. Oder verdrückten jeder eine Tafel Schweizer Schokolade – wenn Kaspar spendabel gewesen war. Kleine Bissen warfen sie den Eichkätzchen zu, die sich bis nahe ans Haus wagten. Die waren braun wie Zimt und frech wie Oskar Seifert.

Pauline gelang es, Ludwig zum Lachen zu bringen. Sie machte Leute nach, die ihr auf der Straße oder beim Laden begegnet waren oder die auf der Baustelle aufgetaucht waren, um ihnen ein Stück Zeit abzunehmen, und Ludwig mußte raten, wer es war.

Sie war froh, wenn sie seine Aufmerksamkeit über eine kurze Zeit zu halten vermochte. Er arbeitete zügig und genau und in einem stetigen Rhythmus, aber sein Geist schien nicht bei der Sache zu sein. Er konnte nicht aufhören zu träumen. Dann sagte er nur »Ja« oder »Nein«, meistens nur »Ja«. Und blickte immer wieder zur Straße hinüber. Dann wieder kam es vor, daß er eine Stunde lang ohne Unterbrechung redete.

Sie ließen die Arbeit Arbeit sein, hockten sich dicht nebeneinander in eine Ecke, und Pauline hörte sich Geschichten aus der Gegend an. Manchmal prasselte ein Wolkenbruch nieder. Das waren Stunden, die sie gern hatte. Und da fiel es ihr auch nicht schwer, seinem Redeschwall zuzuhören.

Einmal zog sie einen Clownmund und sagte: »Jetzt zeig ich dir die kleine Pauline, wie sie ihren großen Ludwig gesucht hat.« Sie starrte wie vom Donner gerührt, zog den Mund zu einem Halbmond nach unten, runzelte die Stirn – und dann tat sie, als ob sie in ihren Kleidern nach etwas suchte. Krümelte ein unsichtbar Winziges aus ihrer Hosentasche, prüfte es gegen die Sonne, schüttelte traurig den Kopf. Das war eigentlich auch schon alles. Mehr führte sie nicht vor. Es genügte. Sie hatte das einmal im Zirkus gesehen. Ihr selbst wurde ganz mulmig dabei, und Ludwigs Gesicht nahm einen so sehnsüchtig verlorenen Ausdruck an, daß Pauline losheulen wollte, noch ehe sie mit ihrer Vorführung zu Ende war.

»Schau doch nicht so, Ludwig«, sagte sie, »da wird einem ja ganz anders!«

Am Abend sang sie. Die untergehende Sonne hatte

etwas Beschwichtigendes. Das Tal lag bereits im Dunst. Pauline hatte keine besonders schöne Stimme, das wußte sie selber am besten. Aber es gelang ihr, Inbrunst zu vermitteln, das heißt, eigentlich tat sie so, als vermittle sie Inbrunst. Und so wurde auch aus ihrem Gesang wieder eine kleine Posse.

Beim Heimweg nahmen sie die Abkürzung über die Wiese, machten einen Bogen um die berühmten Bienenstöcke des Postadjunkten Basches, und Pauline mußte öfter rasten, weil ihr der Schnauf ausging. Ludwig wartete auf sie und neckte sie, was sie doch für ein Stadtkind sei. Sie hatte das gern. Sie war bezaubert von seiner Art zu gehen, ja, bezaubert war sie, und auch von seiner Art innezuhalten und sich in der Hüfte zu drehen. Sie liebte es, wie er die Schultern straffte. Sie verspürte so starkes Verlangen nach seinem Körper, und das war der wahre Grund dafür, warum sie immer wieder stehenblieb. Und ihre Bewunderung für ihn fand kein Ende. Und sie hätte die Bewunderung für ihren Mann gern in die Welt hinausgerufen.

Am Hang kauerten sie sich aneinander und schauten hinunter auf ihre Schule, deren Dach vom Mond beschienen war. Tiere waren zu hören. Und der Wind ging darüber.

3

In der Nacht setzte sich Ludwig neben die Ofenbank auf einen Stuhl und hielt Paulines Hand, bis sie eingeschlafen war. Das war zu seiner Gewohnheit geworden. Manchmal blieb er bis zum Morgengrauen. Er konnte sich nicht aufraffen.

Falter umkreisten die Kerze. Ludwig betrachtete seine Frau. Er wog den steinernen Aschenbecher in seiner Hand und löschte die Flamme. Er mochte die Form und das Gewicht des Aschenbechers. Sie erinnerten ihn an seine Armeepistole. Als Offizier wäre ihm zwar die leichtere Walther PP oder die griffige PPK oder die elegante Mauser HSC zugestanden. Er aber hatte sich ausbedungen, weiterhin seine Luger O8 zu tragen. Seine Parabellum. Er schloß die Augen und führte mit den Händen exakt und schnell jene Bewegungen aus, die nötig waren, um die Waffe auseinanderzunehmen und wieder zusammenzusetzen. Das Spiel hatte geheißen, ein volles Magazin gegen ein leeres zu tauschen, dann den Lauf an die Schläfe zu setzen und abzudrücken. Das hatte ein sattes metallisches »Tack« gemacht. Er hatte dabei ein wohliges Gefühl im Körper gespürt. Ein wenig Schwindel. Wie nach der ersten Zigarette am Morgen. Er hatte nicht einschlafen können ohne dieses Spiel. Die Gefahr war gering. Es hätte sein können – *hätte sein können* –, daß er in der Dunkelheit das volle und das leere Magazin miteinander verwechselte. Diese winzige Möglichkeit war der Grund gewesen, warum er sein Spiel spielte. Sagte er sich. Es war sein Spiel. Sein Spiel gegen seinen Schutzengel. Sein Trost gegen alles. Wenn er auf seinen Kopf abdrückte, zog er sich vorher die Decke über. Damit die Kameraden das »Tack« nicht hörten. Den wahren Kopfschuß dachte er sich als eine Wolke, die in sich die Sonne trug. Und ein langes Nachglühen unter den Augenlidern. Es war ihm ein Trost sich vorzustellen, sein Körper gehe in Erde über. Die Haut, die Nerven, die Adern.

In der Gefangenschaft war ihm die Pistole abgenommen worden. Seither machte er es mit dem Zeigefinger der rechten Hand. Und das »Tack« machte er mit Zunge und Gaumen. Besonders angenehm war es, wenn er dabei gleichzeitig in der linken Hand den steinernen Aschenbecher wog.

Er beugte sich vor und streichelte Paulines Rücken, kaum berührte er ihren Schlafanzug, ordnete die Decke über ihrer Schulter. Seine Dumpfheit war ohne Konturen, sein Wille gelähmt. Die unbequemste Körperhaltung ließ sich beliebig lange ertragen. Er wollte nicht, daß etwas geschah. Jedem Entschluß schien etwas Ungeheuerliches innezuwohnen, eine unfaßliche tückische Macht, die sich in seinem Versagen ausdrückte.

Er zündete die Kerze wieder an und widmete sich der Zukunft. Pauline kam aus der Zivilisation. Eine zerbombte Zivilisation zwar, aber jeder Mensch dort hatte eine Ahnung davon, was eine Brause war. Wohin war sie nur geraten! Die Lebensverhältnisse im Dorf waren schändlich und ekelhaft. Hier gab es nicht einmal eine Wasserleitung. Die weiter unten im Tal hatten Pumpen. Die weiter oben zogen Quellwasser ans Haus. Die Deutschen, als sie hier waren, hatten Pläne für ein Versorgungsnetz ausgearbeitet. Jetzt scheute man sich, diese Pläne den Franzosen vorzulegen.

Er begann in seinem Kopf zu debattieren. Mit einem gesichtslosen Gegenüber. Vor einem Publikum, das aus Pauline und ihresgleichen bestand. Er führte Argumente ins Feld. Mehr, um durch sie Beifall einzuheimsen, als mit ihnen zu überzeugen. Ein Anflug von Draufgängertum. Ellenbogen, Gehirn und geschliffene Reden. Und allmählich gewann auch sein Gegenüber Konturen. Pauline würde Zeuge eines Zweikampfes werden. Ludwig gegen den von den Franzosen eingesetzten Bürgermeister. – Aber gleich verrannte er sich in der Pose. Nicht einmal sich selber konnte er etwas vormachen. Und die Debatte in seinem Kopf schnurrte zusammen zu einem zagen Aufzählen von einigen verbröselten guten Taten – daß er angeregt hatte, im Laden ein Brett auszuhängen, worauf jeder, der wollte, eine Mitteilung heften konnte – was er zu tauschen, zu kaufen oder zu verkaufen wünschte, oder wenn jemand wußte, wo man günstige Kartoffeln herbekommen konnte; oder sein Vorschlag, einmal in der Woche unten beim Brunnen einen kleinen Markt abzuhalten, wo sich die Frauen mit ihren Vorräten einfinden sollten; oder sein Vorschlag, einen Milchdienst einzurichten – junge Männer stiegen zweimal in der Woche hinauf auf die Alpe und trugen volle Kannen herunter zum Laden, wo die Milch schwarz verteilt wurde.

Ja, würde Pauline sagen, das ist doch großartig, Ludwig! Das sind keine Kleinigkeiten. Aus solchen Dingen, würde sie sagen, besteht die Hoffnung.

Nein, würde er sagen, das ist alles zusammen gar nichts.

O doch, Ludwig, würde sie sagen, laß es nicht leichter erscheinen, als es ist. Es macht Menschen Mut. Und was gibt es Besseres!

Und alle würden ihr recht geben. Ja, Pauline Juen, dein Mann hat uns Mut gemacht! Er hat Schneid. Spricht aus, was gedacht wird. Hat nicht verlernt, zwischen Unrecht und Recht zu unterscheiden. Wir vertrauen deinem Mann, Pauline Juen.

Dem Bürgermeister nämlich vertraute niemand. Der stammte nicht aus der Gegend. Niemand kannte ihn. Niemand nahm sich die Mühe, ihn kennenzulernen. Man nannte ihn *den Schiefen*. Weil er ein Bein nachzog. Und eine lange Schulter hatte. Über der Stirn trug er ein

Haarteil, einen Pepi, schon etwas ausgefranst und ungeschickt in der Farbe. Alles, was man von diesem Herrn wußte, war, daß er bei den Deutschen im Gefängnis gesessen hatte. Da gab es Eigene auch. Das Wesentliche hatte einen Namen: daß er keiner von hier war. Ludwig dagegen war einer aus dem Dorf. Und er war gescheiter als alle zusammen. Das war ihm schon als Kind bestätigt worden. Darum hatte man ihn auch auf die Offiziersschule geschickt. Ein *Vomag* – »Volksoffizier mit Arbeitergesicht«. Ein Spaß. Die Deutschen wußten, wer die Besten sind. Im Gegensatz zu den Franzosen. Die wußten es nicht. Die setzten auf Günstlingswirtschaft und nahmen den Menschen die Zuversicht.

Ja, Ludwig wünschte sich, irgend jemand würde Pauline von seinen Taten und seinem Einfluß erzählen, würde zu ihr sagen: Dein Mann, Pauline Juen, den hier jeder kennt, der oben über dem Waldzipfel aufgewachsen ist, der hat viel für uns getan, der kann einem nämlich die Verzagtheit wegnehmen. Das kann er, wirklich, das kann dein Mann, Pauline Juen. Für ihn wird hier im Dorf jede Hand ins Feuer gelegt.

Es war weit über Mitternacht, als er sich nach oben ins Bubenzimmer begab. Er hatte ein gutes Gewissen, weil er seine Frau liebte. Und ein schlechtes, weil er keinen Gedanken an sie lange halten konnte.

Kaspar war noch wach. Er sortierte Zigaretten, Schokolade, Spirituosen und Illustrierte. Schnell schob er alles in seinen Winkel und drehte das Licht ab. Ludwig fiel aufs Bett, als wären ihm mit einem Streich die Beine abgemäht worden.

Manchmal wachte Pauline in der Nacht auf und ihr Herz füllte sich mit Zärtlichkeit. Denn sie meinte, Ludwig sitze noch neben ihr. Sie prüfte es nicht nach. Sie verließ sich auf das befriedigende Bewußtsein ihrer eigenen Existenz, das sie in seiner Gegenwart überkam. Und allmählich begann sie sich wohlzufühlen in dieser verkramten Stube.

Siebtes Kapitel

1

Das Sägewerk lieferte falsch. Fichte statt Eiche. Eiche sei nicht genehmigt worden, hieß es. Zu teuer.

»Fichte für einen Boden, auf dem jeden Tag zwanzig Lausbuben mit ihren dreckigen Schuhen herumtrampeln«, rief Ludwig. »Wer denkt sich so etwas aus!«

»Uns brauchst du das nicht zu sagen«, antworteten die vom Sägewerk. Sie hätten auch lieber Eiche geliefert gegen Geld. Aber über Eiche konnten sie nicht frei verfügen.

Ludwig mußte nach Bregenz fahren. Erst wollte ihn Pauline begleiten, sogar die Mutter redete ihr zu, und auch Ludwig wollte es, sie hätten sich ein paar Stunden nehmen und am Bodensee spazieren gehen können. Aber dann blieb sie doch bei der Schule zurück. Man müsse vorwärtsmachen, sagte sie.

Kaspar hatte nämlich einen Eimer hellgrüner Ölfarbe organisiert. Erste Qualität. »Was an der Wand ist, ist an der Wand«, sagte er, »das kratzt dir keiner mehr herunter.«

Es interessierte sie nicht, woher er die Farbe hatte. Sie konnte es sich denken. Sie wußte ja, daß Kaspar seinen Lebensunterhalt mit Schleichhandel und Schwarzgeschäften verdiente und damit auch die magere Pension seiner Mutter aufbesserte. Die Farbe war genau richtig für die Küche. Ein zartes Lindgrün. Sie machte sich zügig ans Werk. Sie wollte Ludwig überraschen. Sie strich die Wände vom Boden hinauf auf Schulterhöhe. Sicher, es wäre vernünftiger gewesen, zuerst den oberen Teil der Wände und die Decke weiß zu tünchen. Aber Ölfarbe war da, weiße Kalkfarbe nicht.

Sie arbeitete allein. Kaspar hatte irgend etwas anderes zu tun. Sie hatte nicht nachgefragt. Obwohl sie gespürt hatte, daß er es erwartete. Die rabenschwarzen Schnittlauchlocken waren ihm bis zum Mund heruntergehangen, er hatte ein verschmitztes Gesicht gemacht, das heißt, er hatte ein Gesicht gemacht, das sagen sollte: Ich bin jetzt verschmitzt. So jedenfalls interpretierte es Pauline.

»Ich habe noch eine Besorgung zu machen«, hatte er gesagt.

»Dann gehe ruhig, Kaspar«, hatte Pauline geantwortet. »Ich komme unten schon allein zurecht.«

»Weißt du, ich glaube, es ist etwas Besonderes, was ich zu besorgen habe.«

»So«, hatte Pauline gesagt.

»Aber nur, wenn du mich wirklich nicht brauchst?«

»Nein, nein.«

Dann stiefelte er talauswärts.

Die Unterwürfigkeit dieses Burschen machte sie fuchtig. Zu jeder Belanglosigkeit nickte und katzbuckelte er. Immer gab er ihr recht. Er gab ihr recht, noch ehe sie ausgeredet hatte. Heimlich beobachtete er sie. Sie spürte seinen Blick in ihrem Rücken. Und dann seine kleinen Aufmerksamkeiten! Ohne daß sie ein Wort gesagt hätte, schüttete er das schmutzige Putzwasser aus und füllte den Kübel neu. Fegte ihr vor der Nase herum. Wohlwollend. Flink und genau und dennoch unnütz. Sie haßte seine Fisimatenten. Liegt doch eines Morgens ein Stück parfümierter Seife auf ihrem Koffer! Alle Welt stinkt hier nach Kuh- und Schweinescheiße, da soll sie nach falschen Veilchen duften! Sie war ein Schlamprian beim Werkzeug – Kaspar räumt auf, denkt sich sogar eine paulinegerechte Ordnung aus. Nur: einen ordentlichen Bohnenkaffee konnte nicht einmal er auftreiben. Und das wiederum ließ ihn auf eine rasendmachende Weise unglücklich sein.

Sie wußte nicht, woher seine Zuneigung rührte. Das war es! Sie hatte mitbekommen, wie grob er zu anderen sein konnte. Die Männer, die wegen der neuen Dachsparren dagewesen waren, hatte er herumkommandiert. Er hatte ihnen Beleidigungen auf den Kopf zugesagt. Mit böser Stimme. Die hätten Vater und Onkel von ihm sein können. Er war Ludwigs Bruder, und deshalb getraute sie es sich kaum einzugestehen: Sie konnte an Kaspar Juen nichts Liebenswürdiges finden. Seine Verehrung für Ludwig schien ihr blind und blödsinnig. Er hatte eine schwarze Seele. Sie hätte ihm gern einen Klotz an den musikalischen Hinterkopf geworfen, und manchmal wäre ihr beinahe der Geduldsfaden gerissen.

Es kam ihr sehr zupaß, daß Kaspar anderes zu tun hatte. Wahrhaftig.

Sie sang während der Arbeit, sang so laut, daß ihr schwarz wurde und sie sich setzen mußte. Sie redete mit sich selbst, kommentierte jeden Handgriff. Es war ein gelungener Tag. Das Schulgebäude roch nach Ölfarbe, das war ein neuer Geruch hier. Er würde sich lange halten. Die Küche, der Flur und das Stiegenhaus bis hinunter zu den Schulräumen leuchteten in Freundlichkeit und Sauberkeit.

Sie lief hinaus auf die Wiese, die sich hinter dem Schulhaus bis zum Bach herunter erstreckte. Sie betrachtete das Gebäude aus der Entfernung. Mit dem spitzen Dach und dem gedrungenen Gemäuer sah es aus wie ein kleiner stämmiger Zwerg. Die Wiese war feucht, rostfarbene Sumpfgräser wuchsen hier. Eine Libelle zuckte an ihr vorüber, blieb in der Luft stehen, schlug einen Haken und verschwand. Ein Elsternpaar flog kreischend dicht über dem Boden davon.

Sie stapfte bis zum Bach hinunter und streckte sich auf den Steinen aus. Neben ihr war ein Raummeter Schwemmholz aufgeschichtet, der versperrte den Blick zum Schulhaus und zur Straße. Das Holz roch modrig, Pilze sprossen auf dem morschen Untergrund, drängten ihre Lamellendächer aneinander. Ameisen und Käfer waren unterwegs. Über Paulines Kopf flatterten dunkelbraune Schmetterlinge zwischen dem feinen Gezweig eines Strauches. Sie brach kleine Holzbrocken ab, warf sie ins Wasser und sah zu, wie sie in der Strömung auf und nieder wippten. Dann verlor sie das Interesse daran und blickte nur noch in den Himmel. Die Kühle, die vom Wasser aufstieg, empfand sie als milde Zärtlichkeit auf ihren Schläfen. Sie schloß die Augen und dachte, das habe ich mir verdient, weiß Gott. Die Düfte der Erde luden zum Faulenzen ein. Sie ließ sich die Sonne schmekken.

Wieder kam ihr die Sage von den Steinen in den Sinn: Nur wenige Steine, hieß es, haben Gefühle, und diese Steine, die ihren Zustand fühlen können, sind schrecklich elend. Und sie dachte: Was wäre das für ein Zufall, wenn mir jetzt hier der Heilige Sebastian erschiene. Wenn er herausgeflitzt käme aus seiner Dorfkirche, kleiner Besuch am Nachmittag, grad auf ein bequemes Getratsch. Dabei habe ich gar nichts mit ihm im Sinn. Nie habe ich ein Gebet an ihn gerichtet. Es wäre mir nicht eingefallen. Seine Leidensgeschichte kenne ich. Und sein Bild kenne ich.

Ein Schatten fiel auf ihre Lider, und eine Frauenstimme sagte: »Pauline Juen?«

»Ja«, antwortete sie.

»Oder doch lieber Pauline Laube?«

»Pauline Juen!«

»Ja, das dachte ich mir.«

Die Frau war groß und dünn. Sie trug einen hohen, schwarzen Hut, darunter quollen gelbrote Haare hervor. Ihre Brust war eingeschnürt in ein tannengrünes Miederjäckchen. Goldene Knöpfe blinkten. Sie war wohl durch den Bach gewatet. Sie war barfuß. In der einen Hand trug sie Sandalen, mit der anderen hielt sie ihren Rock über die Knie.

»So sehen Sie also aus«, sagte sie. Um ihre Augen spielte ein Lächeln.

»Bitte?«

»Ich sagte: So sehen Sie also aus.«

»Ich kenne Sie nicht«, sagte Pauline.

»Ich Sie auch nur aus Erzählungen, Pauline. Sagen Sie, ist Ludwig nicht da?«

»Nein, er ist nicht da. Ich richte ihm aber gern etwas aus.«

»Nein, nein«, sagte die Frau. »In diesem Fall ist nichts auszurichten.«

Wenn sie lachte, hob sich ihre Oberlippe und dann wirkte diese Frau auf eine vornehme Art ordinär.

»Wollen Sie denn etwas von meinem Mann?«

»Er von mir, ich von ihm...«

Und sie kam ihr doch bekannt vor! Jetzt, da sie ihr Jäckchen öffnete und eine Schulter freilegte. Wem sah sie denn nur ähnlich? Einem Bild in einer Illustrierten? Und dann wurde Pauline klar, daß alles nur ein Traum war, denn sie hörte über sich den Holzboden knarren und sie wußte, das kam von Kaspars Stiefeln. Und Kaspars Stimme sagte, jemand müsse aufgehängt und ein anderer an die Wand gestellt und ein dritter erschossen und ein vierter mit Eichenknüppeln erschlagen werden. Und gab keine zureichende Erklärung dafür ab.

Ein Traum also! Das machte es Pauline leichter.

»Haben Sie etwas mit meinem Mann?« fragte sie und sie mußte laut sprechen, um gegen Kaspars Stimme und Schritte durchzukommen. »Bitte, sagen Sie mir die Wahrheit: Haben Sie etwas mit meinem Ludwig?«

»Nur ein klitzeklein wenig etwas«, gab die Frau nekkisch zur Antwort.

»Bitte, sagen Sie es mir!«

»Er hat mich manchmal angeschaut«, sagte die Frau. »Sonst war nichts. Ich schwöre, ich schwöre.«

»Was hat er von Ihnen angeschaut?«

»Ach, Sie kleines Entchen! Was will ein Mann von einer Frau anschauen, na?«

»Sagen Sie es mir! Ich kann es mir schon denken. Aber ich will es trotzdem von Ihnen hören.«

»Also, das war unterschiedlich. Einmal ließ ich ihn nur meine Brust anschauen. Ein anderes Mal wieder ließ ich ihn alles anschauen.«

»Und das ist von ihm ausgegangen?«

»Wie soll man das nach so vielen Malen noch sagen!«

»So viele Male.«

»Ja, schon direkt eine Gewohnheit.«

Pauline fuhr hoch, und der Traum sank ab wie Wasser durch ein Sieb und war vergessen.

Sie ging zum Schulhaus zurück und vertrieb sich die Zeit damit, daß sie den Herd putzte. Ein aussichtsloses

Unterfangen. Seit Tagen schon plagte sie sich damit. Als bestehe dieses Gerät nicht aus Blech, sondern aus gebakkenem und gepreßtem Schmutz.

2

Als Ludwig am Abend zur Baustelle kam, wartete Pauline bereits sehnsüchtig auf ihn. Sie lief ihm auf der Straße entgegen und hängte sich bei ihm ein.

Ludwig hatte es geschafft, den Behörden klarzumachen, daß Fichte die kostspieligere Variante sei, weil die Böden schon nach wenigen Jahren erneuert werden müßten; aber – und das verdarb die Freude über seinen Erfolg einigermaßen – auf die Eichenriemen mußten sie mindestens vier Wochen warten.

»Wenn die sagen eine Woche, dann heißt das zwei.«

»Die Schule, die Schule«, rief Pauline. »Was geht uns die Schule an! Die Kinder werden sich freuen, wenn sie noch ein paar Tage länger Ferien haben! Frag mich, was ich den ganzen Tag gemacht habe! Frag mich!«

»Was riecht denn hier so«, sagte er.

»Du mußt mich fragen!«

»Also, ich frage dich«, sagte Ludwig.

»Bitte sehr«, sagte Pauline und führte ihn hinauf in die Wohnung.

Sie wußte sich vor Übermut nicht zu lassen, und Ludwig mußte sie immer wieder aus der Küche ziehen, denn er fürchtete, sie streife an der Wand an.

»Kalkfarbe brauche ich«, rief sie, »zwei große Eimer mit weißer Kalkfarbe! Wenn jetzt noch die Decken getüncht sind! Und Tapete! Ich muß Kaspar bitten, daß er mir Tapete besorgt! Im Wohnzimmer und im Schlafzimmer möchte ich Tapete! Das ist doch nur Papier! Die billigste Tapete!«

»Du wirst alles bekommen«, sagte Ludwig.

Sie stolzierte durch die Wohnung, zeigte, wo der behagliche Sessel stehen sollte, wo das Bett, der Kleiderschrank, wo die Kredenz mit dem guten Geschirr. Alles Dinge, die sie nicht besaßen. Ludwig trottete hinter ihr her. Er war zerfahren. Erst dachte sie, er sinne noch seinen Verhandlungen nach. Aber das war es nicht. Dann dachte sie, es wird sein altes Träumen sein. Aber das war es auch nicht. Er schaute sie von der Seite an. Nahm sie in Augenschein. Es machte sie verlegen.

Dann taten sie, was sie jeden Abend taten: Sie setzten sich vor das Schulhaus auf einen Putzlappen und schauten zu, wie die letzten Sonnenstrahlen langsam über den Berg hinaufglitten.

»Wo ist der Kaspar?« fragte Ludwig.

»Weiß nicht.«

»Ist er nur einen Sprung weg?«

»Nein, schon den ganzen Tag.«

»Und kommt er heute gar nicht mehr zur Baustelle?«

»Doch, er wollte am Abend kommen. Er wollte nur noch eine Besorgung machen.«

Ihr Atem begann rascher zu gehen. Denn sie ahnte, was dieses Ausfragen zu bedeuten hatte. Mit einem Schlag stand wieder ein Bild vor ihren Augen, wie sie es seit ihrer Hochzeitsnacht nicht mehr zugelassen hatte: Ludwigs magerer, nach hinten gespannter Körper, auf den sie mit ihren Händen niederfuhr, kein Gesicht. Seit sie wie Falschgeld durch den Nachkrieg gekollert war, hatte sie keine solche Aufregung mehr in sich gespürt, ein Flattern in allen Nerven, eine kindliche Ungeduld in den

Armen und den Beinen. Und sie ermahnte sich, ja nicht, ja nicht zu zergliedern, was sie als bedenkenlos wonnig empfand.

Ludwig reckte sich und drehte seine Runden über den Platz. Das tat er auch an jedem Abend, wenn sie hier allein saßen. Aber heute konnte sie es nicht leiden.

»Bleib doch bei mir sitzen«, sagte sie, und da fiel ihr der Traum wieder ein. »Eine Frau war hier«, sagte sie, »die erzählte mir, du würdest sie manchmal anschauen.«

»Wie bitte!«

»Manchmal nur ihre Brust und manchmal sie ganz.«

»Pauline, was erzählst du da!«

»Und du hättest damit angefangen. Es sei von dir ausgegangen, Ludwig.«

»Das ist doch gelogen!«

»Es sei inzwischen schon eine Gewohnheit zwischen euch geworden.«

»Wer war diese Frau?«

»Niemand. Das habe ich geträumt.«

Ludwig war rot im Gesicht geworden. Sie verschränkte die Arme, damit er nicht sehen konnte, wie sehr ihre Hände zitterten. Aber seine Hände zitterten ja auch. Und sie sah das gern. Und jetzt konnte sie es auch leiden, daß er seine Runden drehte. Das ließ ihr ein wenig Zeit zum Luftholen. Denn dieser Abend sollte unter gar keinen Umständen so ausgehen wie die Abende zuvor. Sie fühlte, daß auf einmal eine Nähe zwischen ihnen bestand, wie sie bisher noch nicht gewesen war. Sie hatte keine Nerven, sich zu fragen, wie ihnen das gelungen war, aber, sagte sie sich, das würde ihnen vielleicht nicht ein zweites Mal gelingen. Es müsse da nämlich vieles zusammentreffen an Gelegenheit und Stunde, was sich gewiß nicht planen und veranstalten ließ.

Ludwig trat zu ihr und blickte auf sie nieder. Sein Gesicht war dem hellen Teil des Himmels zugekehrt.

»Setz dich doch wieder zu mir«, sagte sie mit leiser, vertraulicher Stimme.

»Nein«, sagte er. Er betrachtete sie ganz offen. »Ich möchte dich sehen.«

Paulines Herz schlug wild, und jeder Schlag tat weh bis hinauf in den Hals. Sie nickte und erhob sich. Sie nahm Ludwig bei der Hand und führte ihn ins Lehrerzimmer. Da waren nicht so viele Fenster wie im Schülerzimmer, und man konnte die Straße überblicken. Sie stellte sich an die Außenwand, gleich neben die Fensterhöhle.

Ludwig blieb zwei Schritte vor ihr stehen.

»Du mußt schauen, ob jemand kommt«, sagte sie.

Dann schlüpfte sie aus der Jacke, ließ sie achtlos fallen und öffnete schnell die Knöpfe an dem weiten, karierten Hemd, drehte sich um, schnippte den Büstenhalter auf, und mit einer Bewegung entledigte sie sich der beiden Kleidungsstücke.

Gleich darauf stand sie nackt vor ihrem Mann. Sie preßte die Arme gegen die Wand. Denn sie war verlegen. Und die Arme wollten sich vor der Brust verschränken. Ludwig hatte den Lichtschein vom Fenster im Gesicht. Es kam ihr schamlos vor, ihn auszuforschen. Sie schloß die Augen. Sie stellte sich vor, sie wäre jene Frau, die ihr im Traum begegnet war.

Während sie sich anzog, ging Ludwig nach draußen, die Augen abgewandt.

Dann saßen sie wieder auf den Stufen und schwiegen. Sein Gesicht hatte einen Ausdruck strenger Verzweiflung angenommen. Er hielt ihre Hand und küßte unaufhörlich und lautlos ihre Finger. Er verfiel in seine Geistesabwesenheit, und Pauline hatte Scheu davor. Sie fürchtete, er gleite ihr wieder ab und versinke wieder ganz in dieser Selbstvergessenheit, die ihr unheimlich war.

»Ich habe mir vorgestellt«, sagte sie und neigte sich ihm zu. »Ich habe mir eben vorgestellt, Ludwig, ich sei diese Frau in meinem Traum.«

Ludwig antwortete nicht. Er drehte zwei Zigaretten, zündete sie an und hielt eine Pauline hin.

»Die Frau sagte, ihr würdet das oft machen.«

»Was?«

»Euch anschauen.«

»Im Traum.«

»Euch anschauen. Ja. Das sagte diese Frau.«

Ludwig lachte grell auf. »Wüßte nicht, wer das sein könnte! Wär aber interessant! Deine Phantasie, Line!«

Sie ließ ihn nicht ausreden. »Habe ich dir gefallen, Ludwig?«

Er nickte.

»Ich möchte dich auch sehen«, sagte sie.

Ludwig rührte sich nicht. Nach einer Weile sagte er: »Ach so, ja«, sprang auf und hastete mit langen, schnellen Schritten ins Haus.

Pauline wartete. Am schwersten wird ihm das Ausziehen fallen, dachte sie. Dabei wollte sie ihn allein lassen.

Als sie das Lehrerzimmer betrat, stand Ludwig nackt neben dem Fenster. Eben dort, wo sie zuvor gestanden hatte. Sie konnte seine Rippen sehen und die Stelle, wo sein Herz pochte, und sie war erstaunt, wie blaß sein Penis war.

Sie ging auf ihren Mann zu, küßte ihn auf das Schlüsselbein. Dann drückte sie seinen hageren Körper mit aller Kraft gegen die Wand. Mit der Schläfe stemmte sie sich gegen seine Achseln, und dann faßte sie seinen Penis und ließ ihn erst wieder los, als sie seinen Samen in ihrer Hand spürte.

3

Zu Hause warteten Jakob, der ältere Bruder Ludwigs, und dessen Frau Wilma. Sie hatten ihren sechs Monate alten Säugling mitgebracht. Sie nannten ihn *Wurstengel*. Es war ein Mädchen und hieß Renate.

Jakob hatte einen breiten, eckigen Kopf. Das Haar war geschoren, auf einen Millimeter herunter, und es bedeckte den Schädel wie ein schwarzes Fell. Sein Gesicht war sonnengebräunt und mager. Die Backenknochen drückten durch die Haut und verursachten weiße Flekken auf den Wangen. Der Mund war fleischig, die Oberlippe etwas aufgeworfen, was ihm das Aussehen eines staunenden Lehrlings verlieh. Seine runden, dunklen Augen blickten neugierig auf Pauline.

Wilma, die Schwägerin, kam hinter dem Tisch hervor und reichte Pauline die Hand: »Grüß Gott«, sagte sie und deutete einen Knicks an. »Ich bin Jakobs Frau.«

»Grüß Gott, Wilma«, sagte Pauline.

Wilma war nicht älter als zwanzig. Ihr Haar war zu einem Kranz geflochten. Wenn sie lachte, bildeten sich Grübchen in ihren Wangen. Sie flatterte mit den Lidern und seufzte: »Das ist also deine Pauline! So eine schöne Frau, Ludwig!«

»Es ist folgendes«, sagte Jakob und seine Blicke bewegten sich im Zickzack von einem zum anderen.

Da flog die Tür auf und die Mutter war da. »Ich kann

sagen, was ist! Warum paßt ihr beiden Turteltauben nicht auf, ha! Sie haben den Kaspar festgenommen. Weil er ein Dieb ist! Das ist! Das ist! Himmel, das ist! Das ist! Das ist!«

Dritter Teil

Achtes Kapitel

I

Nachdem Kaspar seine Einberufung zum Volkssturm erhalten hatte, war er von zu Hause verschwunden. Seine Mutter hatte nicht gewußt, wo er war. Er hatte nie bemerken lassen, daß er gegen das Regime oder gegen den Krieg sei. Die Mutter wurde verhört. Einen ganzen Tag verbrachte sie in Bregenz im Grenzpolizeikommissariat. Ludwig hatte auf der Offiziersschule ausgezeichnete Zeugnisse vorzuweisen, dem verdankte sie es schlußendlich, daß ihr weitere Schikanen erspart blieben.

Niemand glaubte, daß Kaspar desertiert sei. Er war einfach verschwunden. Ein Jahr lang hörte man nichts von ihm. Die Mutter hatte sich damit abgefunden, daß er nicht mehr lebte. Er war immer waghalsig gewesen und auch früher schon manchmal tagelang in den Bergen herumgestreunt. Sie glaubte, daß er irgendwo abgestürzt sei. Auch im Dorf dachte man nicht anders darüber.

Dann tauchte er wieder auf. Zusammen mit anderen griff er wenige Tage vor Ende des Krieges einen Trupp der SS an. Die Soldaten hatten Befehl, eine Brücke zu sprengen. Sie wurden von allen Seiten beschossen. Es gelang ihnen aber, mit ihren Fahrzeugen zu flüchten. Die Freischärler sprengten das Wachhaus, und die ersten französischen Verbände rückten noch am selben Tag über die Brücke vor.

Einer der SSler, der aus der Gegend stammte, hatte Kaspar erkannt. Auch einige der Freischärler hatte er erkannt. Es waren Burschen aus den verschiedenen Dörfern des Tals. Keiner älter als siebzehn oder achtzehn. Kaspar sei ihr Anführer, sagte der Soldat aus.

Die Mutter glaubte kein Wort. Die anderen im Dorf auch nicht. Es war schließlich allgemein bekannt, daß Kaspar schon seit einigen Jahren verschwunden war. Wäre er unter die Partisanen gegangen, dann, sagten die Leute, hätte er sich zu Hause gemeldet, schon allein um Verpflegung und Informationen zu holen. So wie es die anderen taten. Nichts einfacher, als einem Toten die Schuld zuzuschieben. So sagten und dachten die Leute im Dorf.

Dann fielen Kaspar und seine Bande erneut einen Trupp der SS an. Zwei Tage später bereits. Zwei Soldaten und drei Freischärler wurden dabei erschossen. Kaspar wurde gefaßt. Man schleppte ihn in das Jagdschlößchen eines Fabrikanten, das dieser der SS zur Verfügung gestellt hatte. Die SS wollte den anderen zur Warnung ein Exempel statuieren. Man band Kaspar eine Klaviersaite um den rechten Knöchel und hängte ihn an einem Bein mitten im Raum an den Haken, an dem in zivilen Zeiten der Kronleuchter befestigt war. Es war ein Spaß, den sich die Soldaten machten. Über dem Eingang war nämlich eine Uhr an die Wand geschraubt. Und diese Uhr war kaputt. Alle Versuche der Soldaten, sie zu reparieren, waren gescheitert. Sie zeigte zehn Minuten vor zwölf. Der Spaß bestand darin, Kaspar so zu drehen, daß er die Uhr sehen konnte, und ihn durch Prügeln dazuzubringen, mit seinen Beinen die Stellung der Zeiger nachzuahmen.

Aber die Franzosen rückten auch von der anderen Seite ins Tal vor, und die Soldaten ließen alles stehen und liegen. Und Kaspar ließen sie hängen. Man fand ihn bewußtlos. Er mußte an der Achillessehne operiert werden.

Später wurde Kaspar als Widerständler ausgezeichnet. Er bekam sogar vom *Gouverneur Militaire* einen Orden überreicht. Sein Name war in der ersten Ausgabe der von den Franzosen kontrollierten Landeszeitung mehrere Male erwähnt. An der Stelle, an der seine drei Kameraden gestorben waren, wurde eine Feier veranstaltet und eine Tafel an einen Pfosten genagelt. Irgendwann sollte hier ein Gedenkstein errichtet werden. Kaspar war zu der Feier nicht erschienen.

Er tauschte den Orden gegen Bourbon aus Tennessee, Schokolade aus Neuchâtel, Zigaretten aus Frankreich und Ägypten und gießgelben Büchsenkäse aus Texas ein.

»Behauptet er jedenfalls«, sagte Ludwig.

»Und wo hat er sich versteckt gehabt die ganze Zeit?« fragte Pauline.

»Keine Ahnung. Einmal da, einmal dort. Es gibt keinen, der so viele Plätze in den Bergen hier kennt wie er. Er redet nicht darüber. Einmal sagt er so, dann wieder anders. Er ist ja nicht ernst zu nehmen in diesem Punkt.«

Pauline hockte, die Beine zum Schneidersitz gewinkelt, den Rücken gerade, auf der Ofenbank. Sie hatte Ludwigs Erzählung gespannt zugehört. Sie war noch nicht ausgezogen, trug noch die Arbeitshose und hatte die Arbeitsjacke über die Schultern gehängt. Nun blickte sie zur Decke und lauschte. Mit gleichmäßigen Schritten ging Kaspar oben auf und ab. Seit gestern war er wieder zurück. Er hatte sich in das Bubenzimmer eingesperrt. Er wollte weder mit Ludwig sprechen noch mit der Mutter.

Sie hatten ihn eine Nacht auf der Wache behalten. Erst habe er noch geflucht und herumgebrüllt. Dann habe er grelle, kurzatmige Schreie ausgestoßen, manche so hoch, daß sie sich wie Pfiffe anhörten. Dabei sei er immer leiser geworden. In der Zelle schließlich habe er nur noch geweint wie ein kleines Kind. Er sei völlig zusammengebrochen, zum Gotterbarmen. Die Beamten öffneten die Tür zu seiner Zelle und sagten, er dürfe sich in ihren Büroräumen frei bewegen. Aber Kaspar habe sich in einen Winkel der Zelle gedrückt und die Hände abwehrend vors Gesicht gehalten und gewimmert und gebettelt, sie sollten ihm nichts tun. Die Beamten kannten ihn ja. Sie waren schockiert über sein Benehmen und schickten nach einem Arzt, beteuerten, daß sie Kaspar nicht angerührt hätten, daß er bei seiner Verhaftung noch arrogant und frech gewesen sei und sie heruntergemacht habe und Zigaretten geraucht habe.

Was geschehen war: Kaspar hatte aus einem Haus in einer der Nachbargemeinden Vorhänge gestohlen. Er hatte am Nachmittag das Haus durch die Vordertür betreten, hatte vor den Augen der Besitzerin – Witwe eines Schuldirektors – die Vorhänge von den Fenstern genommen und dann seelenruhig das Haus wieder verlassen. Wortlos das Ganze. Die Frau verständigte daraufhin die Gendarmerie.

Bei seiner Festnahme behauptete Kaspar, es seien dieselben Vorhänge, die der Schuldirektor während des Krieges persönlich aus der Schule mitgenommen habe. Ja. Alle wußten, daß Kaspar die Wahrheit sagte. Der betreffende Schuldirektor hatte noch viel mehr als nur die Vorhänge mitgenommen. Tatsächlich existierte ein unbehagliches Aktenstück. Um weiteres Aufsehen zu vermeiden, zog die Witwe die Anzeige zurück, und Kaspar wurde freigelassen.

»Die Frau hat übrigens die Vorhänge der Schule gespendet«, sagte Ludwig.

»Die wollen wir aber nicht haben, oder?«

Ludwig zwinkerte Pauline zu: »Ich glaube, es bleibt uns nichts anderes übrig.«

»Oh, bitte nein«, sagte sie leise.

Ludwig hatte sich neben der Ofenbank aus zwei Wolldecken ein Lager hergerichtet. Es waren zwei von den praktischen marokkanischen Pferdedecken, die die Mutter geflickt und gewaschen hatte. Er lag in Turnhose und Unterhemd auf dem Bauch, hatte den Kopf auf die Hände gestützt und wie Pauline lauschte er nach oben: vier Schritte in die eine Richtung, dann Halt, und dann vier Schritte in die andere Richtung. So ging das schon den ganzen Abend. Jetzt war es bald Mitternacht. Aus dem Schlafzimmer nebenan war das unregelmäßige, keuchende Schnarchen der Mutter zu hören. Durch das offene Fenster strömte die Nachtluft herein. Die Stube war erleuchtet von einer Kerze, die bei ihren Köpfen brannte. Paulines Arme waren zerstochen. Aber bei geschlossenem Fenster war es zu stickig in dem niederen Raum. Mit Zigarettenrauch versuchten sie das Getier zu vertreiben. Die Asche klopften sie in eine Blechbüchse. Sie rauchten Filterzigaretten. Ludwig hatte schon vor Tagen eine Packung Lucky Strike aus Kaspars Lager genommen. Er hatte es ihm selbstverständlich sagen wollen, aber dann war diese Sache dazwischen gekommen.

»Er hat es meinetwegen getan«, flüsterte Pauline. »Ich weiß es ganz bestimmt. Ich hab irgendwann gesagt, der größte Saustall sieht gleich gemütlich aus, wenn erst Vorhänge und Lampen da sind...«

»Jesses«, rief Ludwig, »Lampen auch noch!«

»Er hat es meinetwegen getan«, wiederholte Pauline. »Ich weiß es.«

»Ach, was«, sagte Ludwig. »Er macht immer solche Sachen und wird immer solche Sachen machen. Er ist ein

Held in dieser Gegend. Er genießt Narrenfreiheit. Irgendwann wird er sich schon wieder beruhigen. Spätestens dann, wenn seine Heldentat vergessen ist.« – Und dann folgte etwas Bemerkenswertes. Er sagte: »Der Kaspar ist sich selber nichts wert. Aber er ist zu feige zum Sarkasmus.«

»Da muß ich überlegen, was du damit meinst«, sagte sie. Sie war erstaunt über seinen hämischen Ton und über seine triumphierende Miene dabei.

»Und bitte, ein Gutes hat die Sache immerhin«, wischte er drüber. »Ich muß jetzt hier schlafen.«

»So«, sagte sie.

»Ja, da kann einer sagen, was er will...«

Sie wußte genau, was er meinte, und daß er es ironisch meinte und daß es eigentlich etwas Liebes war, was er meinte. Dennoch sagte sie: »Wenn es für dich ein Müssen ist...«

»Verstehst du denn nicht, wie ich das meine«, wandte er schnell ein und wiederholte gleich zweimal dasselbe, und sein Ton sank ab in diese leisetreterische und verhalten räsonierende Verzagtheit, die sich in letzter Zeit immer in seine Stimme schlich, wenn das Gespräch auf sie beide kam, – »doch, doch, ich versteh schon, was du meinst, ich versteh schon...« –, was Pauline wiederum in eine madonnenhaft leidende Wortkargheit trieb, die sie verabscheute, die ihr aber gleichzeitig auch ein böses Vergnügen bereitete.

»Daß jetzt«, hakte er nach, »nicht der geringste Zweifel mehr besteht, wohin ich in der Nacht gehöre, nämlich an deine Seite – das meine ich.«

»Ich weiß doch«, sagte sie.

»...weil du gesagt hast, du müßtest darüber nachdenken...«

»War doch nur so geredet, Ludwig.« – Es wäre ihr ein leichtes gewesen, jetzt ein kleines Seelengeknuffe anzuzetteln, das sich dank langer Brütpausen bis in die Morgenstunden hätte ausdehnen lassen. Und es hätte auch kein Zweifel bestanden, wer daraus als Sieger hervorgegangen wäre. Einen Augenblick spekulierte sie sogar mit dieser traurigen Art von Befriedigung. Aber dann glitt sie von der Bank herunter und setzte sich neben ihn auf die Pferdedecken.

»Rück ein Stück«, sagte sie. »Und schau nicht so!«

Sie waren sich aus dem Weg gegangen in den letzten beiden Tagen. Es hatte keiner langen Zeit bedurft, bis das Gefühl, das an jenem Abend im Lehrerzimmer so stürmisch von ihnen Besitz ergriffen hatte, wieder verweht war. Sie hatten nicht darüber gesprochen. Über: »das im Lehrerzimmer«. Pauline wußte nicht einmal, wie sie dieses Geschehen Ludwig gegenüber hätte bezeichnen sollen. Es fiel ihr kein Wort ein, das umschrieb, was sie meinte, und bei dem sie sicher war, ob es Ludwig auch richtig auffassen würde. Sie hätte so ein Gespräch vorsichtig einfädeln müssen, behutsam. Sensibel. Sie hätte Fingerspitzengefühl beweisen müssen. Sie hatte aber kein Fingerspitzengefühl. Na und! Freilich wußte sie, *was hätte sein sollen*. Aber sie wußte nicht, wie es tun. Wenn es galt, sensibel zu sein, dann hatte sie immer und überall Mißverständnisse hervorgerufen. »Das im Lehrerzimmer« – was sollte das heißen! Wie sollte das Ludwig verstehen? Was es für sie bedeutet hatte – »das im Lehrerzimmer«. Auf keinem anderen Gebiet des Lebens war es so dringend wünschenswert, daß sich Gemeintes und Aufgefaßtes als Gesagtes und Gehörtes ineinander wiedererkannten. Ein kleines Mißverständnis konnte eine Kettenreaktion auslösen. – Das Wunderbare war allein in ihrem Kopf geblieben und hatte sich dort mit sich selber ausgetauscht bis zum Wunderlichen. Und dem Wunderlichen war eine Scheußlichkeit auf dem Fuß gefolgt. Eine Idee nämlich – ohne jede Begründung, so etwas mochte möglich sein oder nicht –: *daß Ludwig in seinem ganzen Verhalten ihr gegenüber lediglich eine vermeintliche Pflicht erfüllte.* – Was dann? Ja, was dann. Was für einen Sinn hätte dann die weitere Arbeit an der Wohnung noch gehabt? Das hätte allen Gedanken eine völlig andere Richtung gegeben. Das hätte ihre gesamte Existenz ins Himmelschreiende gerissen! Und so etwas, nein, duldete sie nicht. *Pauline ließ sich von Gefühlen nicht meistern und von solchen schon gar nicht.* – Ach, gern wäre sie so eine Pauline gewesen! – Aber das war ja alles Quatsch! – Heute war ein Mann vom Elektrizitätswerk zur Schule heruntergekommen. Der hatte die Hände über dem Kopf zusammengeschlagen. Alle Leitungen im Haus mußten erneuert werden. Das hieß, die Wände mußten aufgespitzt werden, mußten neu übermalt werden... – Und oben tappte dieser Bub auf und ab, der fast zu Tode gequält worden war. – Pauline schämte sich dafür, daß ihr die eigenen Sorgen über alles gingen. Aber so war das eben.

Sie legte ihre Hand zwischen Ludwigs Schulterblätter.

»Vielleicht möchte er mit mir reden«, sagte sie.

Ludwig schüttelte den Kopf. »Am besten ist, man läßt ihn in Ruhe.« Er drehte sich mit einer schnellen Bewegung auf den Rücken. »Solange er geht, ist es ja gut.«

»Wie meinst du das«, fragte Pauline.

»Dann weiß man, was er tut. Dann geht er.« In der Familie, das wurde nicht ausgesprochen und war nur aus Andeutungen zu erschließen, geisterte ein Kummer durch die Gehirne, nämlich, Kaspar könnte sich etwas antun.

»Ich glaube doch, er wartet, daß ich zu ihm hinaufgehe«, sagte Pauline.

»Das bildest du dir ein.«

Was sie sich selbst vorwarf, das sagte sie nun zu Ludwig: »Du bist kalt zu ihm und lieblos, Ludwig, und in Wahrheit ist dir egal, was mit ihm ist und was in ihm vorgeht. Du magst ihn nicht. Wenn er mit dir redet, verdrehst du die Augen.« Als wären ihre bösen Gedanken an jenem Nachmittag schuld daran gewesen, daß Kaspar in der Zelle geweint hatte. Daß er geweint haben soll wie ein kleines Kind, das seine Strafe erwartet, das drückte sie nieder. Das entsetzte sie. Das ließ ihr einen kalten Schauer über den Rücken laufen.

»Du kannst es ja probieren«, sagte Ludwig.

Pauline erhob sich und zog die Jacke über. »Ja, ich probier's«, sagte sie.

»Ist zwar sinnlos«, sagte Ludwig.

Er blieb liegen und verschränkte die Hände im Nacken. Er blickte ihr nicht nach. Er hörte, wie sie leise die Tür hinter sich schloß, hörte sie draußen über die Holztreppe nach oben steigen. Die Dielen gaben genaue Auskunft. Er sah sie vor sich, wie sie bei der Tür zum Bubenzimmer innehielt. Wie sie den Zeigefinger krümmte und den Kopf etwas vorbeugte. Dann hörte er sie klopfen. Kaspar unterbrach seine Wanderschaft. Auch das hörte Ludwig. Dann Paulines Stimme. Sie flüsterte. Was sie sagte, war nicht zu verstehen. Er konnte es sich denken. Und dann hörte Ludwig, daß Kaspar die Tür aufsperrte und Pauline ins Zimmer ließ. Es war ihr also doch gelungen.

Ludwig setzte sich auf die Ofenbank und lauschte.

Paulines Stimme war ein Brummton, der in unregelmäßigen Rhythmen einsetzte. Dann ein anderer Brummton, das war Kaspar. Er sprach lange. Wurde unterbrochen von Pauline. Sprach weiter. Lange. Sie wechselten sich ab. Frage, Antwort. Und wieder Kaspar. Und dann Stille.

Stille.

Ludwig erhob sich. Die Decke war niedrig, nur wenige Zentimeter waren zwischen Scheitel und Getäfer. Er hielt den Kopf schief, stellte sich auf die Zehenspitzen, versuchte so nahe wie möglich mit dem Ohr an die Decke zu gelangen. Nichts war zu hören.

Er wartete. Es kam ihm endlos vor. Schließlich verließ er die Stube und tastete sich nach oben. Er kannte die Treppe seit seiner Kindheit, wußte genau, wie man den Fuß zu stellen hatte, wenn man jedes Knarren vermeiden wollte. Er würde klopfen und fragen, ob er sich dazugesellen dürfe. Er bereitete einen fröhlichen Ton vor, indem er ein fröhliches Gesicht machte. Aber andererseits: vielleicht hatte Pauline wirklich Erfolg, vielleicht war es ihr gegeben, was bisher niemandem in der Familie gelungen war, nämlich vorzudringen zu Kaspars verstockter Seele. Dann wäre sein Auftritt ruinös. Wie ein Holzklotz würde er im Türrahmen stehen. Und Pauline in Verlegenheit bringen. Sie konnte ja nicht sagen: Bitte, Ludwig, laß mich mit Kaspar allein. Niemals würde sie so etwas sagen. Komm doch rein, würde sie sagen, und so tun, als wäre er willkommen. Aber er würde nicht willkommen sein. Er war nicht willkommen. Kaspar hatte vorher nicht mit ihm sprechen wollen, warum sollte er jetzt. Kaspar wollte mit Pauline sprechen. Nicht einmal verhandeln hatte Pauline müssen. Geklopft, ihren Namen gesagt, und die Tür war geöffnet worden. Er, Ludwig, war dort drinnen nicht gefragt. Wenn man ihn dort drinnen brauchte, dann würde sich schon einer finden, der die paar Stufen hinunterginge, um ihn zu holen.

Er beugte sich zum Schlüsselloch nieder. Aber es war nichts zu sehen. Die beiden saßen in der Dunkelheit. Ludwig legte sein Ohr an die Tür. Ein leises, unverkrampftes Schluchzen wie bei einem Kind, das sich zufrieden in den Schlaf hinüberweint. Und ganz fein, mehr Atem als Stimme, summte Pauline darüber ein Lied.

Ludwig ging zurück in die Stube und legte sich auf sein Lager.

2

Die von den Franzosen provisorisch eingerichtete Behörde für Landesschulangelegenheiten schickte einen Mann, der die Abrechungen und Belege einsehen und sich an Ort und Stelle erkundigen sollte, wie weit der Umbau schon gediehen sei, ob man damit rechnen könnte, in vierzehn Tagen mit dem Unterricht zu beginnen. Der Mann bereiste das ganze Land, überall waren desolate Schulgebäude, er war zu Fuß oder mit dem Fahrrad oder mit dem Bus unterwegs und ärgerte sich über sein Los und über den Zustand seiner Zähne und die gewissenlose Krautkopfigkeit seiner Vorgesetzten, die ihm dieses Leben bescherten. Über alles ärgerte er sich. Gegen alles geiferte er.

Sein Kommen war nicht angekündigt worden. Absichtlich nicht. Man wollte schauen, ob die Gelder, die die Franzosen zur Verfügung gestellt hatten, tatsächlich für die Schule und nicht etwa nur für die Wohnung im oberen Stock verwendet worden waren. Er war in einen

Regenguß geraten, sein Gesicht triefte, und Pauline kam es vor, als wären seine Tränensäcke ausgelaufen, so schlaff hingen sie unter seinen Augen. Er schimpfte, während er sich durch die Räume führen ließ, und als er die Tasse Kaffee trank, die ihm Pauline aus der Thermosflasche eingeschenkt hatte, schimpfte er, daß er diesen ungustiösen, grauslichen Malzkaffee schon nicht mehr riechen könne.

»Dann geht es Ihnen so wie mir«, sagte Pauline und knallte die Kaffeekanne auf den umgekehrten Eimer, der ihnen als Tisch diente. Und vielleicht war es das, was bewirkte, daß der Mann plötzlich Sympathien für ihr Projekt empfand. Seine Stimmung zeigte sich schlagartig gebessert. Er hatte nichts auszusetzen an ihrer Arbeit. Ganz im Gegenteil.

»Gute Arbeit«, sagte er, »wirklich gute Arbeit. Bravo. Gratuliere.«

»Wir werden aber nicht fertig«, sagte Ludwig. Er hatte sich auf Vorwürfe eingestellt. Denn die Baustelle sah in Wahrheit deprimierend aus. In den Räumen waren noch immer die Böden offen, der blanke Zement, die Fenster waren leere Höhlen, die Schulbänke türmten sich im Flur. Die neue Schultafel war nicht da. Aber auf den Mann von der Behörde machte das alles wenig Eindruck. Man solle halt schauen, daß das Lehrerzimmer zuerst fertig werde, sagte er. Der Lehrer werde nämlich bald eintreffen. Sonst aber sei alles in bester Ordnung.

»Alles in bester Ordnung?« rief Ludwig. »Überhaupt nichts ist in Ordnung!« Und er legte dar, zählte auf, rechnete vor und schließlich drohte er damit, den »ganzen Scheißdreck« hinzuschmeißen und sich eine andere Arbeit zu suchen, wenn die Behörde nicht sofort bei den betreffenden Betrieben Dampf mache, daß die bestellten Dinge unverzüglich geliefert würden.

»Treten Sie denen in Bregenz gehörig in die Weichen!«

Am nächsten Tag bereits fuhr ein Lastwagen vor, der hatte einen Anhänger mit Fenstern geladen. Neue, weiß gestrichene Doppelfenster. Und neue, weiß gestrichene Fensterstöcke. Offensichtlich hatte Ludwigs Drohung Wirkung gezeigt.

Und schon am darauffolgenden Tag wurden die Eichendielen geliefert. Sie waren sogar billiger, als veranschlagt worden war. Eine Schreinerei im Oberland hatte in ihrem Lager einige Kubikmeter entdeckt. Ganz zufällig. Die alte Bestellung war *stante pede* storniert und der Schreinerei aus dem Oberland der Auftrag erteilt worden.

Mit den Brettern tauchte auch ein greiser Mann auf, dessen ganzes Kapital eine Schleifmaschine war. Er hatte anscheinend gute Verbindungen, denn landauf, landab wurde kein Boden verlegt, ohne daß er davon erfuhr. Er war mit einem Handwagen unterwegs, den er an sein Fahrrad anhängte. Darauf hatte er die schwere Schleifmaschine geschnallt, ein altertümliches Monstrum, das aber blitzblank geputzt war. Während die Männer in der Schulklasse und im Lehrerzimmer die Eichendielen schifteten – die Arbeit hatte inzwischen Ausmaße angenommen, die Ludwig allein nicht mehr in den Griff bekommen konnte –, saß der Alte draußen neben seiner Maschine in der Hochsommerhitze und sang oder spielte auf einem Instrument, einmal war es eine Mundharmonika, dann eine kleine Quetschorgel, dann wieder eine Maultrommel oder eine Okarina. Er bemühte sich nicht sonderlich um den Auftrag. Er war einfach da. Er war der Naheliegende. Er stammte aus dem Trentino und sprach immer noch einen starken Akzent, obwohl er, wie er Pauline erzählte, schon vor dem ersten Krieg ins Land gekommen sei. Die Schleifmaschine begleite ihn nun bereits seit fünfundzwanzig Jahren, ihr verdanke er es, daß er seither nie gezwungen war, den Bettelsack aufzunehmen. Seine Nase war verquollen und schwarz gesprenkelt, sein Haar drahtig, auf der Brust wuchs ihm ein grauer Pelz. Wenn er sang, machte er einen spitzen Mund und reckte den Kopf vor. Seine Stimme klang dünn. Pauline brachte ihm manchmal eine Flasche Bier und ein Speckbrot. Dann nickte er ihr zu. Ob sie Wünsche habe, eine Melodie betreffend? Aber die Lieder, die sie kannte, kannte er nicht, und umgekehrt. Er wartete vor dem Schulhaus, lebte aus seiner riesigen Schnapptasche, rollte sich in der Nacht neben seiner Maschine in eine Decke, bis er endlich nach drei Tagen zu seiner Arbeit kam.

Mit Fichte wäre Ludwig allein zurechtgekommen, Eiche ließ sich nicht einfach nur so nageln, und das Stiften mußte gekonnt sein. Er sägte Bretter auf Maß zu, und das strengte ihn schon viel zu sehr an. Die Eichenbretter, an die vier Zentimeter stark, waren hart und schwer. Das Sägeblatt schlingerte, es wäre ein zweiter nötig gewesen, der auf der anderen Seite, am anderen Griff der Säge gestanden hätte.

Kaspar half Pauline in der Wohnung. Er duckte sich an Ludwig vorbei. Auf Fragen gab er drei Gesten: Kopfschütteln oder Kopfnicken oder Schulterheben. Manchmal kam auch die Mutter vom Hang herunter, brachte eine Seite Speck oder einen Käs mit oder einen Krug Most und pflanzte sich breitbeinig mitten auf dem Schulhof auf. Die Fäuste in die Hüften gestemmt, den Unterleib vorgeschoben, so schaute sie mit offenem Mund den

Arbeitern zu. Sie lachte laut heraus, wenn ihr einer der Männer zurief, ob sie denn zum Mitschaffen nicht Lust habe. Das Lachen klang wie von einem übermütigen Backfisch. Spitz und pfiffig sein wollend. Pauline vermied es, sie anzusehen. Die verknöcherte Mädchenhaftigkeit ihres Körpers löste Unbehagen in ihr aus. Die Wohnung oben betrat die Schwiegermutter nicht. Und sie verschwand jedesmal ohne sich zu verabschieden. Und den Sack mit der Jause ließ sie einfach auf dem Schulhof liegen.

Es war ein *Tschoch* alles in allem. Das Wort bedeutete Schwerarbeit.

Ludwig schien es nicht zu kümmern, welche Fortschritte die Arbeit oben in der Wohnung machte. Oder ob überhaupt. Er fragte auch nicht danach. Nur selten betrat er die Wohnung. Die Erschöpfung war ihm anzusehen. Es wäre ein lächerlicher Gedanke gewesen: Ludwig arbeite nur deshalb so kräfteverzehrend, damit er einen Grund habe, um nicht mit Pauline zu sprechen. Es war ein lächerlicher Gedanke. Aber er war eben da. Und Pauline wußte, daß es sich so verhielt, wie dieser Gedanke sagte. Nur ließ sich dieser Gedanke nicht aussprechen, nicht in eine Frage kleiden. Die Zeit drängt, und darum muß eben gearbeitet werden bis zum Umfallen – so hätte die Antwort gelautet. Und die wäre genauso wahr gewesen.

Gleichsam zum Eingewöhnen schliff der Trentiner zuerst oben in der Wohnung die Böden ab. Die alten Dielen seien noch in Ordnung, sie müßten nur recht tief behandelt werden. »Zwei Millimeter mindestens«, sagte er, und das wiederholte er dann öfter. Voller Gleichmut und mit unbeschreiblicher Gemächlichkeit ging er ans Werk.

Pauline, die sich nur eine Minute setzen und ihm bei der Arbeit zusehen wollte, sank trotz des Lärms der Maschine in Schlummer. Sie legte den Kopf auf den Tisch und wachte erst auf, als der Mann den Motor seiner Maschine abstellte. Von der Stille war sie erwacht.

»Entschuldigung«, sagte der Mann.

Die Wohnung sah aus wie neu. Der Boden war weiß und glatt wie Seide. Aber der Anblick machte sie nicht froh. Sie war matt und niedergeschlagen.

Sie trat vor den schweißüberströmten Ludwig hin und sagte stumpf: »Der Fußboden oben muß versiegelt werden. Wie macht ihr das unten?«

Ludwig brauchte eine Weile, bis er den Atem zum Sprechen fand. »Nitrolack wahrscheinlich«, brummte er.

»Wo krieg ich das her«, fragte sie.

Er zuckte mit der Schulter. Aber dann begab er sich doch hinein und besprach sich mit den Handwerkern. Die wußten auch nicht, woher zur Zeit Nitrolack zu bekommen war.

3

Durch einen Spalt im Vorhang drang das Morgenrot in die Stube, und Pauline erwachte. Sie stieg über den auf dem Rücken liegenden Ludwig, klemmte sich ihr Reisenecessaire und ein Handtuch unter den Arm und trat ins Freie. In den ersten Stunden des Tages spürte sie Kraft und Hoffnung, und es war ihr, als sähe sie ihr Leben wieder klar: daß die Trägheit und der Stumpfsinn die Ausnahme waren und die Freude am Leben ihr Gesetz. Inzwischen kam sie sogar mit dem abgebrochenen Riegel bei der Haustür leidlich zurecht.

Unter ihr lag das Tal in einem milchig bläulichen Schimnmer. Weit vorne bog es sanft ab und verschwand hinter einem sonnenüberfluteten Hang. Hinter diesem wiederum ragte eine silbern glänzende Felswand empor. Die ferner gelegenen Berge hoben sich kaum ab vom weißen Himmel, und wenn man sie direkt anschaute, verschwanden sie ganz.

Der erste Strahl der Sonne hatte das Haus getroffen, war durch das Fenster in die Stube gedrungen und in Paulines Auge. Nun schien die Sonne auf Haus und Stall und weckte die Gerüche. Es roch nach Heu und Dung, nach Holzschindeln und dem taufeuchten Gras. Die Luft war angefüllt mit Gezwitscher und Gesang. Eine Blaumeise hockte auf dem Fensterbrett und pickte nach den harten Bröseln vom getrockneten Maismus. Dabei zirrte sie und zuckte mit dem Köpfchen. Die Hühner gackerten hinter dem Haus. Die Schweine ruchelten im Stall, es klang friedlich und schlaftrunken. Weit unten im Tal schlug ein Hund an. Nicht ein Geräusch war zu hören, das vom Menschen stammte. Die Sonnenstrahlen berührten die Tautropfen und setzten den Gräsern funkelnde Juwelen auf.

Pauline faltete die Hände und sprach ein Morgengebet. »Laß alles gut werden«, sagte sie zum Schluß. »Mach, daß es die Erschöpfung ist, die schuld daran hat, daß mein Mann und ich kaum noch miteinander sprechen!«

Ja, die Wahrheit lautete: Sie redeten kaum mehr miteinander. In den abgerissenen, kleinen Gesprächen, die während der Arbeit stattfanden, wurde nichts gesagt, was einem auch nur ein wenig das Herz wärmen konnte.

Einmal hatte sie ihn gefragt: »Liebst du mich denn noch, Ludwig?«

»Aber ja«, hatte er geantwortet.

Sie hätte sich für die Frage ohrfeigen mögen. Und trotzdem hatte sie nachgehakt: »Wirklich?«

»Ja, wirklich«, hatte er gesagt und dabei einen begehrlichen Blick aufgesetzt. Aber der war ja nicht echt, der hatte die Zerknirschung abzudecken. Das war schon klar. Schwach deckte er sie ab. Vielleicht aber war die Zerknirschung auch nur eine Maske, die vor etwas anderes gehalten wurde, was nicht angeschaut werden wollte. *Er leidet nicht.* Dieser Gedanke empörte sie. Sie blickte heimlich zu ihm hinüber und suchte nach Kleinlichem in seiner Erscheinung. Nur um ihren Schmerz zu übertölpeln. Es war eine klägliche Schlauheit. Sie sehnte sich nach zärtlicher Teilnahme. Und das Sehnen dauerte den ganzen Tag über an und zermürbte sie. Die herrschende Schwüle machte einen obendrein gedankenträge und wortfaul.

»Lieber Gott, laß den heißen Sommer und die schwere Arbeit und die Müdigkeit schuld daran sein!«

Es war abzusehen: Entweder würde sich aus der gegenwärtigen Flaute ein zäher, fader Spuk ziehen, der über Tage, Wochen, ja Monate reichen konnte und bis dahin womöglich alle Empfindungen eingeebnet und durch Gleichmachen verwirrt haben würde, so daß sich schließlich ein neuer Anfang nicht mehr finden ließ, weil sie dann beide nicht mehr wußten, worauf ein erstes Augenmerk zu richten war; oder aber – warum sollte sie es nicht machen wie Lots Töchter mit ihrem Vater, die hatten sich ohne Federlesen auf den Schlafenden gesetzt…

Pauline blickte hinauf zu den Apfelbäumen und sah Kaspar. Er saß an den Stamm eine Baumes gelehnt und winkte ihr mit beiden Armen zu. In der Hand hielt er zwei blinkende Äpfel.

»Warum bist du denn schon so früh auf?« rief sie.

»Ich war noch gar nicht im Bett«, sagte er.

»Was hast du denn getan die ganze Nacht?«

»So etwas und etwas anderes... Ich bleibe oft die ganze Nacht wach.«

Sie gingen nebeneinander über die Wiese hinunter und kauten an ihren Äpfeln. Das Schulhaus war kaum zu erkennen. Im Tal nahe dem Bach lag ein Nebelschmauch.

»Wenn du willst«, sagte Kaspar, »kann ich dir jetzt den Platz zeigen.«

»Welchen Platz denn?«

»Der so schön ist...« Er zögerte, weiterzusprechen. Pauline merkte, daß er gekränkt war.

»Ich weiß jetzt ehrlich nicht, was du meinst, Kaspar.«

»Ich habe dir doch gesagt, ich zeige dir den schönsten Platz, den es gibt.«

Das hatte er gesagt. Als sie in jener Nacht das Bubenzimmer verlassen hatte. Sie hatte zu ihm gesagt, er solle nicht traurig sein, Gott habe die Welt schön gemacht. Da hatte Kaspar gesagt, wo der schönste Platz sei, das wisse er, und er werde ihn Pauline zeigen.

»Ist es denn weit«, fragte Pauline.

»Nein«, sagte Kaspar. »Bis die anderen beim Bau sind, sind wir auch da.«

Sie hatte keine Lust, auf einen Berg zu kraxeln oder in ein Tal zu hatschen. Obwohl sie lange und tief geschlafen hatte, war sie dennoch am Ende ihrer Kräfte. Aber sie wußte nicht, wie sie es Kaspar hätte abschlagen sollen.

»Gut, dann gehen wir«, sagte sie.

Kaspar führte sie nicht auf einen Berg. Auch nicht in ein Tal. Er schritt vor ihr her, winkte ihr immer wieder, als wäre sie ein junges Ding, das gleich in Jucheia ausbräche. Was für Blasen sein Gehirn wieder auftreibt, dachte sie. Was bitte, um aller Engel willen, mache ich hier? Was habe ich hier verloren? Welcher Witz hat mich auf diese krumme Matte gespuckt! Und je weiter sie ins Tal hinunterkamen, desto grämiger wurde sie.

Kaspar führte sie den üblichen Weg hinunter zur Schule. Schon vor dem Haus stieg Pauline der scharfe Nitrogeruch in die Nase.

»Hier ist der schönste Platz auf Gottes weiter Welt«, sagte Kaspar. Es war ihm anzuhören, daß er diesen Satz ausprobiert hatte. Und es war dem Satz anzuhören, daß er einer unter vielen Sätzen war, die in Frage gekommen waren. Der Satz war feierlich und hochdeutsch gesagt, ausgewählt und aufbereitet für Pauline, und im ersten Augenblick schüttelte sie ein Gefühl von Ekel.

»Nicht zu sagen, Kaspar, das hast du in dieser Nacht gemacht!« Wie eine Parodie auf seinen Satz, so klang das.

»In vierundzwanzig Stunden ist der Boden trocken, dann könnt ihr einziehen«, sagte Kaspar. »Und nach einem Jahr kriegt er die Farbe von Honig. Dafür steh ich.«

»Die Farbe von Honig!«

Gott mochte wissen, was wirklich in diesem jungen Mann vorging, der sich gebeugt hielt und seinen Kopf zwischen die Schultern zog und nuschelte, der wirklich leicht krummrückig war und zu rasch in seinen Bewegungen, der unberechenbar und anmaßend war, zum Jähzorn und zum Hochmut neigte.

»Pauline?«

»Ja, Kaspar?«

»Du glaubst nicht auch, daß ich ein Eck abhabe, oder?«

»Was?«

»Daß ich nicht ganz normal bin?«

Da tat sie im stillen Abbitte für jeden bösen Gedanken, den sie dem Kaspar je an den Hinterkopf geschmissen hatte.

»Oh, nein«, sagte sie, »das glaube ich wirklich nicht.«

Er zog eine Packung Pall Mall aus der Hosentasche und gab sie ihr in die Hand. »Dann, Gratulation zu eurem Heim«, sagte er.

»Gratulation«, sagte sie.

»Aber die sind nur für dich«, betonte er. »Für Ludwig habe ich andere.«

Nun war es endgültig. Endgültig war sie hier gelandet. Der beißende Geruch von Nitrolack, der schimmernde Fußboden, die Pall Mall waren wie Siegel unter einem Vertrag. Die Farbe von Honig. In vierundzwanzig Stunden begann das Eheleben. Und Ludwig war so weit von ihr fort, daß sie bezweifelte, ob Rufen etwas nützte.

Neuntes Kapitel

1

Am selben Tag, an dem Pauline und Ludwig in ihre eigenen vier Wände zogen, kam der Lehrer an. Der Bürgermeister führte ihn zum Schulhaus.

Es war später Vormittag, Ende September, der Himmel kräftig blau und keine Wolke. Die Helfer hatten sich schon gestern verabschiedet. Auf eine Firstfeier war verzichtet worden, das heißt, sie war verschoben worden auf bessere Zeiten. Aber auch das war nur so dahergeredet. Die Männer waren von auswärts gekommen, und sie zogen weiter auf eine nächste Baustelle, wo sie lieber für Naturalien als für Geld eine Beschäftigung annahmen. Die Maschinen und das andere Gerät waren ins Dorf zurückgebracht worden. Kaspar zog durch die Gegend. Es war still im Tal bei der Schule.

Pauline oben in der Wohnung, den Rücken zum Fenster, Ludwig unten im Klassenzimmer, den Rücken zum Fenster, sie taten nichts, saßen am Boden, die Beine ausgestreckt, und betrachteten die Wände, sie oben, er unten, vor zwei Tagen hatten sie das letzte Wort miteinander gesprochen. Seit Ludwig das Bett gebracht hatte, kein Wort mehr. Es waren sechs Matratzen gewesen, die er mit einer Schnur umwunden hatte, damit sie auf dem glatten Boden nicht auseinanderdrifteten. Pauline war dabeigestanden. Erst hatte sie ihm nur zugesehen. Ludwig zischelte eine leise Melodie zwischen den Zähnen. Er legte einen marokkanischen Woilach auf die Matratzen und spannte zwei Leintücher darüber. Seine Hände bewegten sich flink und scheinbar gezielt, und doch waren die meisten ihrer Verrichtungen unzweckmäßig. Es war ein nervöses Rucken und Zucken, das einen beim Zuschauen drängelig machte. Dann halfen sie sich gegenseitig beim Überziehen von zwei weiteren dieser schweren Pferdedecken mit den Aufschriften in Französisch und Arabisch. – *Tirailleurs maroccains.* – Die Kopfpölster hatte die Mutter spendiert. Zum Schluß schauten sie vom Fußende auf ihr Lager nieder.

»Schön, oder?«

»Sehr schön, ja.«

Weitere Bemerkungen hatten sie sich verbeten.

Seither Schweigen. Kein bockiges Schweigen. Kein berechnendes Schweigen. Kein vorwurfsvolles Schweigen. Schuld daran hatte keiner oder beide, sie waren umeinander herumgeschlichen, hatten es aber nur bei halben Schritten bewenden lassen, und dann war die Trägheit in sie hineingekrochen, und herausgekommen war, daß sie am Boden saßen, die Beine ausgestreckt, den Rücken zum Fenster und dabei die Wände anstarrten, Pauline oben in der Wohnung, Ludwig unten im Klassenzimmer.

Sie wußten, heute mußte ein Strich gezogen werden. Und es war jetzt bald Mittag und bis zum Abend mußte der Strich gezogen worden sein. Weil, heute nacht würden sie zum erstenmal in diesen vier Wänden schlafen, die nun ihre eigenen waren. Sie hatten dem Nitrolack eine ganze Woche Zeit gelassen, um zu trocknen. Und nun war er trocken. – Bis zum Abend mußte das Schweigen gebrochen sein.

Pauline sah die zwei Männer auf das Schulhaus zukommen, den hinkenden Bürgermeister mit der langen linken Schulter und einen anderen, der einen halben Schritt vorneweg war und den Kopf gesenkt hielt.

Sie meldete Ludwig: »Ich glaube, der Lehrer ist da.«

Den ganzen Vormittag hatte sie über ein Wort nachgesonnen, das ein Wunderwort hätte sein müssen, weil es den Anfang des Guten und zugleich das Ende des Schlechten hätte bereiten sollen. So ein Wort schien es nicht zu geben.

Aber dann: Als sie miteinander vor das Haus traten, um die beiden zu begrüßen, waren sie nichts anderes als ein glückliches Paar. Pauline empfand das so. Ihr schien, als spiegelte das sich wider im Blick dieses Mannes, den sie noch nie gesehen hatte und von dem sie annahm, daß er der Lehrer sei. Es war ein melancholischer Blick, ein bißchen schwarz gemacht von Neid und Spott. Daraus schloß sie, daß sie und Ludwig wie ein glückliches Paar wirkten, dem eine Misere nicht anzusehen war. Warum? Weil es sich bei dem zwischen ihr und Ludwig eben nicht um eine Misere handelte, Herrgottnocheinmal, darum!

Es war einfach und leicht: Sie lächelte zu Ludwig hinüber, der legte seine Hand an ihren Arm, und alles zwischen ihnen war gut. Hatte sie vor einem Umsehen noch gedacht, sie seien sich unheilbar entfremdet, durchströmte sie nun ein Gefühl der Innigkeit mit ihrem Mann. Alles war gut geworden. Kein Wort war dazu nötig gewesen, und kein Wort mußte jetzt noch darüber verloren werden.

Pauline hätte sich am liebsten bei diesem fremden Herrn eingehakt und wäre mit ihm eine Runde ums Haus gegangen und hätte mit ihm gesprochen wie mit einem lange vertrauten Freund, denn ihm schrieb sie es zu – ja, diesem schmalen Winkel Neid in seinem Auge schrieb sie es zu, daß sich der Knoten zwischen ihr und Ludwig gelöst hatte.

»So«, sagte der Bürgermeister, »jetzt kann's ja dann endlich losgehen.«

Man schüttelte sich die Hand. »Freut mich, freut mich«, sagte der Lehrer. Gleich zweimal sagte er es – zu Ludwig und zu Pauline.

»Freut uns auch aufrichtig«, sagte Pauline. »Wir haben ja schon seit Tagen gewartet.«

Der Lehrer hängte noch etwas an, ein paar allgemeine Sätze. – An Pauline gerichtet. Er ließ sie nicht aus den Augen. – Er war klein und untersetzt und von bulliger Statur, hatte einen schrägen Nacken und eine Glatze, die war rötlichbraun von der Sonne und eingefaßt von einem dunklen, krausen Haarkranz. Die Stirn wölbte sich breit über die verstruppten Augenbrauen. Der Mund zog leicht nach unten, auf der einen Seite mehr als auf der anderen, und das gab dem Gesicht etwas Spöttisches. Seine Stimme aber hatte einen weichen Klang, und seine Hände waren zart.

»Sie müssen achtgeben hier draußen«, sagte Pauline, »es ist alles noch schmutzig und staubig.«

»Ich bin nicht empfindlich«, sagte er.

»Oh, man weiß nie«, sagte sie.

Er trug ein Sakko aus englischem Tuch. Ein wenig kannte sich Pauline bei Stoffen aus – beileibe! –, und soviel wußte sie, daß es sich hier um gute Ware handelte. Den Schnitt fand sie zwar ein wenig zu versnobt – Golffalten und Dragoner. Auch Hose und Hemd waren von bester Qualität. Den Hemdkragen hatte er offen über den Jackenkragen gelegt. Die Schuhe waren aus doppeltem Leder gefertigt und zweifarbig. Hatte es für diesen Mann Verwüstung und Not nicht gegeben?

»Das ist ja wie im Märchenbuch hier«, sagte er. Er zog die Jacke aus und hängte sie sich über die Schultern. Neben dem zerknautschten Bürgermeister wirkte er wie ein Siegeroffizier in Zivil. Ein Mann, der sich bewußt von anderen abheben will. Der auf eine beinahe verachtende Art unzeitgemäß ist. Der auf Sauberkeit bedacht ist. Der sich wahrscheinlich schrubbt. Der Wert legt auf würdevolles Gebaren. Ja, der in bescheidener Weise einen gewissen Aufwand treibt.

»Und niemand kann einem hier erklären, warum die Schule außerhalb des Dorfes liegt«, sagte er. Er schaute Pauline an, eben nur sie, wie ihr schien – einordnend und eindeutig. Und in seinen Mundwinkeln kräuselte sich zum Spöttischen dazu etwas Anzügliches, das sie neugierig machte.

»Wissen Sie vielleicht, warum in diesem Dorf die Schule so weit von der Kirche entfernt liegt?«

»Nein, weiß ich auch nicht.«

Nein, der eignete sich nicht, um sich bei ihm einzuhaken und mit ihm zu sprechen wie mit einem vertrauten Freund und mit ihm eine Runde um das Haus zu drehen.

»Das ist ja auch bei Gott vollkommen wurscht«, sagte der Bürgermeister. »Oder nicht?«

Ludwig sagte immer noch nichts. Und darum antwortete Pauline auch in diese Richtung: »Ja, eigentlich schon.«

»Aber es wäre doch interessant zu wissen«, insistierte der Lehrer weiter. »Das ist doch zumindest ungewöhnlich, daß ein Dorf seine Schule einfach nach draußen verlegt.« Und wieder zu Pauline: »Oder etwa nicht?«

»Doch.«

»Oder haben Sie das schon einmal irgendwo gesehen?«

»Nein.«

»Ganz bestimmt hat das seinen Grund. Es muß ja einen Grund dafür geben.«

»Stimmt.« – Was war denn das für ein Gerede! Was bin ich denn, dachte sie. Ein Antwortenautomat? Und dazu das Gegrinse dieses Herrn. Sie kam sich vor wie eine Wetterhexe in ihrer Drillichkluft. Mit ihrer losen Frisur. Seitwärts gescheitelt. Den verstaubten Haaren. Dem sonnenbrandigen Gesicht. Den schwarzen Fingernägeln. Dreck, der nicht wegging. Überhaupt ihre Haare: allerweltsblond und widerspenstig. Und in ihrem Rücken das Haus, in dem sie geochst hatte fünf Wochen lang. Verzicht auf alles – so lautete ihr Titel. Das war ein Übermaß an Anständigkeit, was sie da präsentierte. Das mußte ja zum Spott herausfordern.

»Und Sie und Ihr Mann haben«, sagte der Lehrer mit einer freundlich gemeinten Ungläubigkeit in der Stimme, »ich meine... das Haus hergerichtet? Sie beide? Tatsächlich?«

Sie murmelte etwas, das keine Worte hatte und eine Mischung war aus einem erleichterten Fluch, einem Räusperhusten, einem Nach-hinten-Deuten; was alles zusammen umreißen sollte, daß bei dieser braven Arbeit gar nie ein rechter Ernst dabeigewesen sei, ihrerseits jedenfalls nicht; und plötzlich verspürte sie den brennenden Wunsch, diesen fremden Mann in eine Lächerlichkeit hineinzumanövrieren, in etwas Bloßstellendes, weil er ihr Unruhe brachte und die gerade neu gewonnene Einigkeit mit Ludwig störte, und zwar nur dadurch, daß er sich anmerken ließ, was er auf diese Einigkeit gab; nein, sie hatte sich gründlich verschätzt. Dieser Mann hielt sie und Ludwig nicht für ein glückliches Paar. Mit der dem Schwarzseher eigenen Zufriedenheit konstatierte er ihre Misere. Und sein stilles Teilhaben an dieser

Misere brachte sie in Verlegenheit, und es wurmte sie, daß sie durchschaut wurde, und daß sie sich selbst etwas vorgemacht hatte, und daß auch das durchschaut worden war. – Sie rückte einen halben Schritt näher an Ludwig heran. Aber der war ja wie ein Stein. Warum denn auf einmal! Schau mich an, dachte sie, schau mir doch in die Augen!

Dann stellte sich der Lehrer vor. Er heiße Kurt Fasching, sei vierzig Jahre alt und ledig. Das nannte er gleich zu Anfang. Name, Alter, Stand. Er war tatsächlich Offizier gewesen. Bei den Engländern. 1938 war er nach London emigriert, war englischer Staatsbürger geworden, bei Kriegsbeginn in die Royal Air Force eingetreten und vor einem Jahr als Soldat nach Österreich zurückgekehrt. Nun wollte er wieder in seinem alten Beruf arbeiten. Er erzählte in knappen Sätzen und mit vielen Worten und mit geschmeidiger Stimme.

Ludwig schaute dabei die ganze Zeit ins Universum hinaus. Rauchte. Kaute Luft. Tat so, als hätte er diese Geschichte schon hundertmal gehört. Manchmal nickte er schnell, als wollte er den Redner antreiben. Und sein Gesicht hatte einen überheblichen Ausdruck. – Pauline zwickte ein schlechtes Gewissen. Weil sie die Einigkeit, die so plötzlich zwischen ihnen entstanden war, so schnell wieder aufgegeben hatte. Aus Opportunismus obendrein. Ludwigs schmale Oberarme rührten sie. Wie er die Arme vor der Brust verschränkte, sich mit der linken Hand am Kragen festkrallte, in der rechten Hand die Zigarette hielt, bot er das Bild eines stolzen Mannes, für den man aber Mitleid empfand. Und das mochte sie absolut nicht, daß jemand mit ihrem Mann Mitleid hatte. Auch nicht, daß ihn jemand rührend fand. Auch sie selbst wollte ihren Mann nicht rührend finden. Außerdem fiel ihr auf, daß seine Ärmel abgeschnitten waren. Was konnte das wieder bedeuten?

Es wäre anständig gewesen, dem Neuankömmling Fragen zu stellen oder ihn in ein Gespräch zu verwickeln oder sich ihm gegenüber sonst irgendwie freundnachbarlich zu benehmen, auf seine Erzählung einzugehen, Kommentare dazu abzugeben, schließlich würde man ja einen Teil der nächsten Zeit unter einem gemeinsamen Dach verbringen – nichts: Kaum ließ der Lehrer eine Pause, sprang Ludwig dazwischen, als wäre er der nächste auf der Liste, und er ignorierte den Lehrer, war nur darauf aus, dem Schiefen spitze Bemerkungen hinzufitzen:

»Kommt der Herr Bürgermeister unter anderem vielleicht auch, um uns zu sagen, wann mit der Wasserleitung begonnen wird? Kommt er, um uns das zu sagen?«

»Nein«, sagte der Bürgermeister, »ich habe dem Herrn Fasching den Weg gezeigt.«

Weiter sagte der Bürgermeister nichts. Er ließ Ludwig reden. Er stand da wie ein Lehmgötze und hörte zu. Ludwig war von Anfang an der Sieger. Er merkte es nur nicht und redete immer weiter. Und zuletzt war es kein Sieg mehr. Was sollte man von so einem halten? Das war ein Spintisierer. Bestenfalls.

Pauline sah dem Lehrer an, daß er dasselbe dachte wie sie. Sie schämte sich für Ludwig. Und verfluchte sich dafür und den Lehrer auch, der offenbar etwas an sich hatte, das Menschen in den Opportunismus trieb.

Ob sie ihm die Schule zeigen wolle, fragte er. Sie ließen Ludwig und den Bürgermeister stehen und betraten das Haus.

»Es gibt nicht viel zu zeigen«, sagte sie.

»Soll ich die Schuhe ausziehen«, fragte er. »Ich will keinen Schmutz hineintragen.«

»Nein, *diese* Schuhe brauchen sie nicht auszuziehen«, sagte sie, und fast wäre ihr noch etwas Schnippischeres eingefallen. Aber leider nur fast. Sie wollte nämlich seinen spöttischen Mund sehen. Sie kam sich so unsprühend vor.

»Und oben wohnen Sie?«

»Ja.«

»Ihr Mann und Sie.«

»Mein Mann und ich, ja.«

»Es wird laut sein am Tag, wenn erst die Schüler hier unten toben.«

»Das wird schon nicht so schlimm werden.« – Nicht ein Satz fiel ihr ein, der Esprit hatte.

Das Klassenzimmer betrachtete er nur von der Schwelle aus. Er gab keine Meinung dazu ab. Dann zeigte ihm Pauline das Lehrerzimmer. Sie hatte sich geweigert, die Vorhänge der Direktorswitwe an die Fenster zu hängen.

»Um die Möbel, um die müssen Sie sich halt selber kümmern«, sagte sie.

Er schritt langsam an den Wänden entlang, als wollte er sie ausmessen.

»Ein schöner, großer Raum«, sagte er.

»Man könnte ihn unterteilen«, sagte Pauline. »Aber wir wollten nicht vorgreifen.«

»Man könnte ihn unterteilen, ja«, sagte er. »Man könnte ihn unterteilen.«

»Man müßte ja nicht gleich eine Mauer hochziehen.«

»Können Sie das – eine Mauer hochziehen?«

»Ja, das kann ich«, sagte sie. »Jetzt kann ich das. Vor zwei Monaten hätte ich das noch nicht gekonnt.«

Er blieb stehen und drückte mit der flachen Hand gegen eine Stelle an der Wand, klopfte mit den Knöcheln dagegen.

»Was haben Sie gesagt«, fragte er.

»Nichts.«

»Sie haben recht, man muß nicht ungedingt eine Wand hochziehen«, sagte er. »Nein, das muß man nicht. Man kann das mit einem Regal unterteilen. Wenn man das will.«

Von draußen war Ludwig zu hören, der immer weiter auf den Bürgermeister einredete.

Der Lehrer schloß die Fenster. »Woher aus Deutschland kommen Sie?«

»Aus Coburg. Sie werden es nicht kennen.«

Er antwortete nicht darauf. »Es wird mir nichts anderes übrig bleiben«, sagte er, »als vorübergehend hier in diesem Zimmer auch zu wohnen. Bis ich etwas gefunden habe.«

»Ja, klar«, sagte sie.

»Ich hoffe, das stört Sie nicht.«

»Natürlich nicht. Wieso auch.«

»Weil Sie sicher damit gerechnet haben, hier ungestört zu sein in dieser Idylle.«

»Haben wir«, sagte sie.

»Na, bis meine Möbel hier ankommen«, sagte er, »werde ich jedenfalls beim Bürgermeister wohnen. Warum haßt ihn Ihr Mann eigentlich?«

Pauline gab keine Antwort. Der Grund dafür war, daß sie über die Frage nachdachte, und dann zu lange nachgedacht hatte. Und auch daß sie keine Antwort wußte. Die Frage paßte so wenig in ihr Leben, daß sie sie beinahe vergaß, noch während sie ihre Gedanken für eine Antwort ordnete.

Der Lehrer blickte ihr fest in die Augen, und sie sah,

daß er ihr Schweigen deutete. So brutal war die Aufforderung, mit ihm gemeinsam über ihren Mann zu grinsen, daß sie sich ihr nur entziehen konnte, indem sie auf der Stelle den Raum verließ.

2

Pauline eilte nach oben, um ein Malzgetränk aufzukochen, sich schnell etwas anderes überzuziehen und sich die Haare auszubürsten, und als sie wieder herunterkam und vor das Haus trat und fragen wollte, ob sich die Herren denn nicht nach oben begeben und eine Tasse mit ihr trinken wollten, da war keiner mehr hier. Grußlos waren sie gegangen. Und Ludwig hatte sich ihnen angeschlossen. Ohne ein Wort zu ihr.

Sie war bestürzt. Schaute um die Ecken. Rief Ludwigs Namen. Ins Leere hinein. Sie lief hinter das Haus und ein Stück über die Wiese in Richtung des Baches. Rief abermals Ludwigs Namen. Sie fühlte sich gedemütigt. Für null und nichtig erklärt. Für nicht anwesend. »Das darf nicht wahr sein«, sagte sie laut vor sich her. »Das darf doch einfach nicht wahr sein!«

Sie riß sich das Haarband vom Kopf und schleuderte es auf den Haufen Bauschutt. Sie hatte sich nämlich das Haar aufgesteckt. Für wen? Ja, für ihren Mann. Natürlich für ihren Mann. Damit er bemerken sollte, daß seine Frau hübsch war. Am ersten Tag in ihren eigenen vier Wänden. Sie hatte einen zarten Schwung im Nacken. Der hatte bisher überall Wirkung gezeigt. Hier für die Katz! Wie jetzt bewiesen war. Natürlich auch für den Lehrer hatte sie sich hübsch gemacht. Damit sein Spott widerlegt würde, und sie in seinen Augen wieder dieses Blitzen des Neides sähe. Und auch damit Ludwig bemerkte, was für Blicke der Lehrer ihr zuwarf. Nun konnte niemand etwas dagegen haben, wenn sie hübsch aussah. Nun sah Pauline hübsch aus für sich allein und die geputzten Schulfenster und die Regenwürmer und die Spatzen und die Hummeln und die Fahne auf dem Dach, die sie selber erst vor kurzem angemalt hatte.

Sie ging nach oben und hockte sich auf einen Schemel und beschäftigte sich mit finsteren Gedanken und mit Herumstieren in denselben. Was sollte sie denn sonst tun? Die Koffer packen und sich aus der Episode stehlen?

Am Nachmittag klopfte jemand unten an die Tür, und sie eilte ans Fenster. Es war ein Bub, und der rief atemlos zu ihr herauf, der Herr Juen lasse ausrichten, er habe eine Debatte mit dem Bürgermeister und komme erst am Abend, dann aber sicher. Dabei strahlte er über die polierten Backen in der Gewißheit, der Überbringer einer guten Botschaft zu sein.

»Welcher Herr Juen!« schrie Pauline den Buben an.

Der vergaß vor Schreck, sein Lachen zu löschen. »Halt der Herr Juen, *der* Herr Juen«, stammelte er. Dann rannte er kopflos über die Wiese davon.

Oh, sie hätte ihm gern die Wascheln lang gezogen, diesem miesmacherischen Fratz, dem! Sie funkte ihm vom offenen Fenster aus nach, bis er sich im hohen Gras verlor.

Ja, freilich, eine Debatte! – »Sehen Sie, Herr Fasching, mein Mann verfügt über eine gewisse Gabe zu reden, und er bedient sich ihrer, um seine Beliebtheit im Dorf zu erhöhen.« – Sie dachte sich das geringschätzige Grinsen des Lehrers dazu, dem ja ganz offensichtlich nichts heilig war, und sie versuchte, den Tonfall in seiner Stimme nachzuahmen. Letzteres gelang ihr nicht. Der Lehrer sprach mit einem mundartlichen Einschlag, den sie noch nie vorher gehört hatte. Er stammte nicht aus dieser Gegend. Ein Einwanderer wie sie.

Aber was für eine törichte Gans war sie dagegen! Ihr war der ganze Himmel heilig. Der Rosenkranz war ihr heilig. Und ihre Wünsche dazu. Und was gab es dafür? Wenn es so war, daß jeder seinen eigenen Teufel besaß, der auf eigene Weise die Fallstricke knotete und über dem vorbestimmten bösen Weg wachte, dann mußte der ihre wahrlich ein zäher Kerl sein. Vielleicht war die Frau, die ihr im Traum erschienen war, ihre Teufelin. Die sie in blinde Gassen führte und dann oben gegen sie auftrat als Zeugin. Und Ludwigs Teufel? Sie erinnerte sich an den Mann, mit dem sie damals vor München durchs Feld und über die Landstraße gezogen war.

Trostreich wäre es jetzt gewesen, jemandem einen Brief zu schreiben. Aber wem? Der Hilla vielleicht. Pauline kramte das schweinslederne Federmäppel aus ihrem Koffer. Steckte es aber gleich wieder zurück. Sie hatte kein Briefpapier. Und eigentlich auch keine Lust, Hilla zu schreiben. Außerdem hafteten an dem Gegenstand Erinnerungen, die sie im Augenblick nicht brauchen konnte.

Sie besaß keinen Spiegel. Ludwig hatte versprochen, ihr einen zu besorgen. Er hatte immer wieder darauf vergessen, und es war ja auch nicht dringend gewesen, denn oben im Elternhaus hing in der Küche ein Scherben über der Waschschüssel. Sie stellte einen Fensterflügel in einen Winkel, der das einfallende Licht spiegelte, und betrachtete ihr Gesicht. Sie glaubte einen ängstlichen Zug um ihren Mund zu bemerken, und das bekümmerte sie. Sie fühlte, daß eine Sprödigkeit sie von innen bedrohte. Das Banalste, was sich in diesem Leben, auf dieser Welt denken ließ, war gewiß eine Debatte mit einem Bürgermeister. Sie, Pauline, war also gerade gut für gesuchte Ausreden. Friß fadenscheinigstes Zeug, da! Und dort: leidenschaftlichste Erörterungen zum Thema Abwasserbeseitigung.

Eine Verzweiflungswut überfiel sie. Was machte sie denn falsch? Sie war immer im Bestreben, etwas durchzuführen, was sie dann doch nicht fertigbrachte. Keiner ihrer Entschlüsse hatte je nur einen Teil, sondern immer das Ganze gemeint. Als sie sich entschlossen hatte, hier zu bleiben, Ludwig eine Frau zu sein, heimisch zu werden in dieser Fremde, da war sie bereit gewesen, dafür ihr bisheriges Leben wegzuwischen. Sie hatte ihre Stadt verlassen, hatte ihre Mittel vertan und hatte ihre Kraft erschöpft. Das war die Wahrheit. Sollte sie beten oder fluchen? – Sie rang die Hände, und da ging es ihr dann schon besser, denn das war bereits Theater. Vielleicht war Theater die Rettung – was man nicht hatte, das konnte man spielen.

Die Müdigkeit zog sie nieder. Sie hatte Muskelkater in den Armen, in den Waden, am Rücken, und die Gelenke in den Fingern schmerzten. Sie setzte sich auf die Matratze, legte den Kopf auf ihre Knie und dämmerte ein bißchen vor sich hin. Ein Erlebnis fiel ihr ein, das tiefen Eindruck bei ihr hinterlassen hatte. Es war am Palmsonntag in München gewesen. Mitten in den Trümmern vor der Frauenkirche führte ein Chor die Matthäus-Passion von Heinrich Schütz auf. Pauline war zufällig vorbeigekommen, sie hatte noch niemals eine so schöne

Musik gehört. Ergriffen lauschte sie, als der Darsteller des Jesus sang: »Mein Vater, ist's möglich, so gehe dieser Kelch von mir, doch nicht, wie ich will, sondern wie du willst.« Und dann der Kreuzestod, das langgezogene »Eli, Eli, lama asabthani« – »Mein Gott, mein Gott, warum hast du mich verlassen?«

Sie schrak hoch, denn wie ein Donnerschlag fuhr ihr ein Gedanke ins Bewußtsein: Warum sagt er am Schluß nicht mehr *Vater*? Wird ihm vielleicht klar, daß er gar nicht der Sohn Gottes ist? Ein Eishauch traf sie. War denn alles, alles, wirklich alles nur Theater?

Sie rappelte sich auf und stapelte ihre Wäsche aus dem Coburger Koffer, zog den dunkelblauen Schlafanzug aus Futterseide über und schlüpfte unter die Zudecke. Sie schlief sofort ein. Sie träumte, aber im Traum noch sagte sie zu sich selbst: Auch Träume sind bloß Theater. Und damit erlosch der Traum, und sie lag allein im Schwarzen.

3

Musik weckte sie. Es war eine Operettenmelodie, die sie kannte. Aber ihr fiel der Titel nicht ein. Die Musik kam aus der Küche. Jetzt wird doch noch alles gut werden, dachte sie. Sie verstand ihre Aufregung von vor einer Stunde nicht – oder wie lange es her sein mochte, als sie ganz die Fassung verloren hatte. Sie räkelte sich auf dem Laken und nahm sich vor, ihren Mann mit unanständigen Worten zu schockieren. Als Rache. Aber erst, wenn der Abend weiter fortgeschritten wäre.

Ein Bild tauchte in ihr auf, das hatte sie sich zurechtgelegt: Sie sitzend auf der Brust ihres Mannes, kehrte ihm den Rücken zu. Betrachtete sein Geschlecht, ohne daß er ihr ins Gesicht sah.

Sie rief seinen Namen.

Zehntes Kapitel

1

Er hatte gewußt, wie es sein würde, wenn er zum erstenmal mit einer Frau schläft. Er wußte das seit seinem siebzehnten Lebensjahr. Er hatte sich den Geschlechtsverkehr nicht in Szenen exemplarisch gemacht. Er hatte auch kein Bild in sich getragen – wie die Frau aussähe. Damals jedenfalls noch nicht. Aber er konnte die Wärme des anderen Körpers an seiner eigenen Haut spüren. Er hatte keine Wünsche, und er schwärmte nicht im stillen. Es war ein Zerren in seinem Unterleib. Ein unverwechselbares Zerren. Und eben die Wärme an seiner Haut. Mehr war es nicht.

Als Ludwig in Ostpreußen gewesen war, hatte sich ihm die Frau eines Kameraden angeboten. Die Frau war gekommen, um ihren Mann zu sehen. Wie war es ihr gelungen, seinen wahren Aufenthaltsort zu erfahren? Hatte ihr Mann die Vorschriften mißachtet und ihr seinen Standort verraten? Wie auch immer – sie war zu spät gekommen. Ludwig hatte keinen Zweifel, daß dieser Mann, dessen Namen er vergessen hatte, daß dieser Namenlose bereits tot war. Verloren für alle und für alle Zeit. Er hatte ihn vom Kartenspielen her gekannt. Und noch etwas wußte er über ihn: Er konnte mit verbundenen Augen jede beliebige Waffe auseinandernehmen und wieder zusammensetzen, und von Mal zu Mal unterbot er dabei seinen eigenen Rekord. Er war immer mit einer Stoppuhr und einer Augenbinde unterwegs, den Gürtel voll eiserner Teufelseier, und bat jeden, der ihm über den

Weg lief, ihm die Zeit abzunehmen. Sonst hatte Ludwig keine Erinnerung an diesen Mann. Nur an seine Uniformjacke erinnerte er sich. Und an noch etwas: daß am Schluß nur noch die Hälfte des Mannes darin steckte.

Die Frau hieß Irene. Ludwig bekam aus ihr heraus, daß auch sie davon überzeugt war, daß ihr Mann nicht mehr lebte. Sie vermutete, er habe sich umgebracht. Selbstmord ist natürlich Diebstahl. Ludwig erinnerte sich, daß er selbst es gewesen war, der den Befehl gegeben hatte, die Jacke dürfe nicht beerdigt werden. Sie lag einen Tag lang in der Latrine. Mitten in einer Blutlache.

»O nein«, sagte er, »ich bin sicher, es war ein Unfall.«

Die Kameraden bestätigten das: »Unfall!« – »Unfall!« – »Unfall!«

Die Kameraden, eine Mannschaft aus Hartguß, respektierten ihn, waren aber froh, wenn er das Zimmer verließ, und sie dachten auch gar nicht daran, ihn zu fragen, ob er Mitglied in ihrer *Branntweinvertilgungsgesellschaft* werden wollte. Den einen oder anderen schüttelte es in der Nacht, und das war bekanntlich ansteckend. Darum gab Ludwig die Parole aus: »Charakter ist, was ihr in der Dunkelheit seid.«

»Wer findet sich denn hier zurecht«, seufzte die Frau, als sie den Flur entlang gingen.

»Gewohnheit«, sagte Ludwig.

Was vor dem Krieg in dem weitläufigen Gebäude untergebracht war, wozu es diente, ob als Schule, als Behörde oder als Kontor eines Kaufhauses, das wußte Ludwig nicht; jetzt war es eine Kaserne, und seine südliche Hälfte war bereits weggeschossen. Das hatte Wochen gedauert und war Stück für Stück geschehen. Als ob sich der Krieg an diesem Ort von diesem Gebäude ernährte. Das erzählten die, die schon länger hier waren, die hatten es von anderen erfahren: daß das Gebäude am Anfang noch unbeschädigt gewesen sei, und daß der erste Angriff lediglich die Außenwand im Süden wegrasiert habe.

Die Frau hatte das Haus durch die aufgerissene Seite betreten, und Ludwig war der einzige gewesen, der sie nicht für ein Gespenst gehalten hatte. Eine große Frau. Die glänzte wie Metall. Ihr Hintern schimmerte wie Silber in dem eng anliegenden Rock. Sie war für die Jahreszeit zu luftig gekleidet. Vielleicht war sie aus einem Wagen gestiegen, der draußen auf sie wartete. Nein, so war es nicht. Die anderen blickten kurz zu ihr hin und wandten dann die Gesichter ab und sprachen die Sätze zu Ende, die sie angefangen hatten.

»Niemand von euch meldet diesen Vorfall, habt ihr verstanden!« Die Kamerden verdrehten nur die Augen. Und Ludwig mußte nachschnauzen. »Ob ihr das verstanden habt!«

»Ja, wir haben verstanden.«

»Das ist ein Befehl!«

Die Kameraden nickten und machten weiter. Es war von nun an verboten, außerhalb des Dienstes mit Handgranaten im Gürtel herumzulaufen.

Ludwig bot der Frau seinen Arm an, dann korrigierte er sich, wand sich aus seinem Wintermantel, der nach Pferd roch, legte ihn der Dame über die Schultern, und so spazierten sie hinüber zur unbeschädigten Seite des Gebäudes. Dort wuchsen drei Tannen, die hatten schon Schneehauben. Ein Laternchen hing zwischen den Wipfeln. Dieser Platz war für die Stabsoffiziere reserviert gewesen. Hier hatten die Herren vor Zeiten auf den Steinbänken gesessen, ein Knie angezogen, das andere ausgestreckt, hatten die Schnurrbärte gezwirbelt und lässig in ihrer Korrespondenz geblättert.

Die Frau interessierte ihn. Weil sie über den Tod ihres Gatten hinaus und trotz all ihrer Trauer und Verzweiflung danach gierte, mit ihm, Ludwig, ins Bett zu gehen. Das hatte sie gesagt. Als sie bei den schneebestäubten Tannen hielten. Sie nannte ihn bei seinem Vornamen, und er durfte Irene zu ihr sagen. Für das vertrauliche Du allerdings sei es noch zu früh. Sie hielt sich an ihm fest, und er mußte den Kopf nicht senken, um ihr ins Gesicht zu schauen. So groß war sie. Und seine Hände berührten seine eigenen Ellbogen, wenn er sie umarmte. So dünn war sie.

»Warum gerade mit mir?«

»Weil gerade mit Ihnen.«

Sie hatte nichts mit Pauline gemeinsam. Ihre Haare blähten sich zügellos auf, ihre Finger waren knochig, und sie knickte die Gelenke nicht ab.

Ludwig hatte um Bedenkzeit gebeten. Nur eine Nacht. Nur eine einzige Nacht.

»Dann geschieht es nicht«, hatte sie gesagt.

»Aber was ist schon eine Nacht«, hatte Ludwig gefleht.

»Morgen fahr ich ab.«

»Wohin um Gottes willen, Irene, wollen Sie denn abfahren?!«

»Nach Hause.«

»Wo ist das?«

»In Pommerland.«

»Nein«, sagte Ludwig, »das glaub ich nicht. Aber es ist schön gesagt.«

»Mein Mann ist tot«, sagte sie, »darum bin ich auf das Lied gekommen.«

»Selbstverständlich«, sagte er.

»Schwanken Sie denn immer noch, Ludwig?« hatte sie

gefragt, weil eine lange Zeit Schweigen zwischen ihnen gewesen war.

»Ich habe eine Frau«, hatte Ludwig endlich geantwortet, »und meine Frau lebt noch.«

»Ach, das ist schön«, hatte sie gesagt. »Aber genaugenommen können Sie das nicht wissen.«

»O doch, natürlich! Sie schreibt Briefe«, hatte er gesagt. »Wir sind ein junges Paar. Wir haben erst vor wenigen Wochen geheiratet. Ihr zum Respekt, Irene, müssen Sie mir eine Nacht Bedenkzeit geben!«

»Morgen will ich wahrscheinlich nicht mehr mit Ihnen schlafen«, hatte sie gesagt. »Weil es morgen schon ein wenig besser geht – damit, daß mein Mann tot ist.«

Er feilschte mit ihr, bis seine Lippen vor Kälte blau wurden. Aber die Frau wollte ihn jetzt und nur jetzt. Da war ihm nichts anderes übriggeblieben, als ihr zu Willen zu sein.

»Ab in die Kolepka!« hatte sie ihm ins Ohr geflüstert.

Die Kameraden hielten sie für ein Gespenst, für ein Gespenst, das man beim erstenmal vielleicht sieht, aber beim zweitenmal schon nicht mehr sehen möchte und deshalb auch nicht mehr sieht; und darum war es durchaus unkompliziert, sie hinauf in den Schlafraum mitzunehmen. Sie zog sich vor ihm aus, da war es draußen noch nicht einmal dunkel. Ihre Brüste sahen aus wie kleine Säckchen, die nur wenig gefüllt waren. Die Schlüsselbeine sprangen hervor. Aber ihr Becken war breit, und sie drehte sich vor seinen Augen, weil sie wollte, daß er auch ihren Hintern betrachtete. Dann erst legte sie sich zu ihm. Sie drückte ihre Hände auf seinen Rücken, nicht die Fingerkuppen berührten seine Haut, sondern die Gelenke, so durchgebogen waren ihre Finger. Sie lag unter ihm und umklammerte mit ihren Schenkeln seine Lenden, und bei jedem Stoß preßte sie ihre Schenkel zusammen und drückte sie nach unten, als wollte sie sein Innerstes aus ihm heraustreiben.

So war es, wenn man mit einer Frau schlief, so hatte es sich Ludwig vorgestellt, seitdem er siebzehn war.

Noch bevor draußen das Abendsignal ertönte, war die Frau wieder angezogen, und als das Signal zu Ende war, war sie verschwunden. Die Sirene befand sich im Süden des Gebäudes, und jeder wußte, wenn der Krieg das nächste Mal vom Haus abbiß, dann würde es keine Sirene mehr geben.

Ludwig war gar nicht mehr aus dem Bett aufgestanden. Das hatte ja keinen Zweck! Hohes Kissen, Decke bis zum Kinn. Kopf wie ein Kegel. Keiner der Kameraden verließ das Gebäude. In der Stadt tobten Wahnsinnige durch die Straßen. Der Dienst war dem Krieg immer ein Stück voraus. Und ohne Sirene würde es bald endgültig keinen Dienst mehr geben.

In dieser Nacht hatte sich Ludwig selbst befriedigt, vor seinen Augen das Bild dieser großen, dünnen Frau mit den nach außen gedrückten dünnen Fingern, und dieses Bild trug er von nun an mit sich. Er befriedigte sich jede Nacht selbst und manchmal auch am Morgen oder während des Tages auf dem Abort.

Als Pauline an jenem Abend im Lehrerzimmer geschaut hatte, wie er nackt aussah, und sie ihn berührt hatte, da war dieses Bild deutlicher als jemals zuvor in ihm erstanden.

2

Die *Debatte* fand wenige Meter oberhalb des Brunnens statt. Aber was ist das für eine Debatte, wenn nur einer redet!

Der Brunnen begann sich zu bevölkern, bereits ein Dutzend Männer war schon da. Handorgeln wurden gespielt, auf Kuhglocken wurde mit Löffeln geschlagen und auf leere Bierflaschen mit Kieselsteinen. Und jeder schaute herauf zu Ludwig und dem *Schiefen* und dem neuen Lehrer. Anstatt zu singen lachten die Männer im Rhythmus ihrer Musik. Gestalten waren darunter, von der Feldarbeit krummgezogen und zu nichts mehr nütze. Der Feierabend war der praktische Zweck dieser Existenzen. Die Frauen wollten später dazukommen. Dann würde es erst richtig losgehen. Kühe kreuzten die Straße, ihre Schellen störten den Rhythmus. Ihre Hinterteile ragten ungewöhnlich hoch auf. Weil sie so mager waren. Es war gar nichts mehr an ihnen, was von Interesse sein konnte.

Ludwig sprach laut und in einfachen Sätzen. Wenn er seine Stimme erhob, wurde es unten beim Brunnen leise. Nur noch sehr fein wurde der Rhythmus geschlagen, gerade so stark, daß er sich nicht verlor. Wenn Ludwig seine Sache gesagt hatte und auf Antwort wartete, brach's unten los, als wär's der Refrain.

So sah Ludwigs Debatte aus. Er tanzte zwei Schritte vor und zwei Schritte zurück, seine Arme ruderten durch die Luft, als führten seine Hände zwei Klingen gleichzeitig. Und jedes Wort war gut gestochen. Es ging gegen den Schiefen. Und nicht um Kanalisation und Wasserleitung drehte es sich. Sondern um die Würde. Sowie um das Weiterleben hier in diesem Dorf. Das war Politik. Sie konnte nämlich auch Trost bringen. Die Politik zerzauste die Gespenster, die Ludwig plagten. Politik war die Zukunft, und die Zukunft war wie der Herbst, vom Frühling aus betrachtet! Ähnlich fern und ähnlich warm.

Der Lehrer verdünnisierte sich bei der ersten Gelegenheit. Politik war das Seine nicht. Nicht mehr.

Und der Schiefe? – Er, unwirsch von Natur, verließ tagsüber die Gemeindestube selten, und an den Brunnen hätte ihn nur eine Katastrophe gebracht. Um den Bürgermeisterposten hatte er sich nicht gerissen. Er war angefleht worden von den Schwarzen. Die Franzosen hatten jede anständige Partei aufgefordert, ein Kontingent von sauberen Kandidaten zusammenzustellen. Wer sauber war, mußte heran. Ein Gedränge gab das keins. Schließlich hatte sich der Schiefe überreden lassen. Aber erst, nachdem er vom Schimpfen erschöpft gewesen war. Obendrein war ihm ein Auto zur Verfügung gestellt worden. Ein DKW als Entgeltung für ein Humpelbein und zwei Jahre Gefängnis. Noch die kleinsten Wege fuhr er damit.

»Schauen Sie den Menschen hier ins Gesicht«, rief Ludwig. »Glauben Sie denn wirklich, daß alle zu denen gehört haben? In diesem Dorf müssen Sie sich Mühe geben, auch nur einen einzigen Hundertprozentigen zu finden. Stimmt's?«

Das letzte war an die unten beim Brunnen gerichtet und wurde quittiert mit Geschnatter und Gerassel und Geklirr.

»Warum glauben Sie uns nicht?«

Der Bürgermeister verzog keine Miene. Ausdruckslos blickte er durch Ludwig hindurch.

»Ich sehe Ihnen doch an, daß Sie uns nicht glauben!« beharrte Ludwig. »Mit den Hundertprozentigen haben wir selber aufgeräumt, lange bevor Sie hier eingesetzt worden sind!«

Die Kuhglocken und Bierflaschen kommentierten, und die Handorgeln titulierten den Schiefen mit schiefen Akkorden als einen, der hier nie geliebt werden wird. Und es war ein Heidenkrach.

Ludwig winkte denen unten beim Brunnen ab und streckte dem Bürgermeister die Hand hin. »Mein Wort, hier gibt es nicht einen einzigen Hundertprozentigen!«

»Es ist nicht meine Aufgabe, einen Hundertprozentigen zu suchen«, bemerkte der Bürgermeister giftig. Prozentangaben ließen ihn völlig kalt. Nur zwei, drei Männer gab es in diesem Dorf, von denen wußte er definitiv und schriftlich, daß sie nicht nur nicht zu denen damals gehört hatten, sondern das Gegenteil. Einer davon war dem Lulatsch da sein Bruder. Und der war ein verrückter Dieb.

Ludwigs Hand blieb in der Luft hängen. Der Bürgermeister starrte ihm ungerührt mitten auf die Stirn. Er haßte die Menschen. Redete mit niemand und stritt mit allen, schon sein Leben lang. Wegen Unbiegsamkeit. Und am meisten haßte er Debatten, in denen erst Gustav und Gasthof durcheinandergewürfelt und zuletzt mit Zungenschmalz falsch wieder zusammengepickt wurden. Seine Augen sahen nur braches Land. In seinem Blick trafen sich Ungeduld und Langeweile. Er wußte um seine Engherzigkeit. Und es war ihm grad wurscht. Und das war der Grund, warum er gegen jeden im Vorteil war. Die witzigsten Philosophenköpfe waren schon vor ihm zu Schwätzern und Schwaflern geworden. Zu Debattören! Prädikanten! Ganz Wien hatte er schon seine Verachtung spüren lassen. Und da wollte ihm dieser

Schulwart, der Leutnant gewesen war, dieser Faselhans, etwas klarmachen über die anderen Hänse hier in diesem Dorf!

»Genau das!«

»Ach!«

»Doch, genau! Debattieren wir!« rief Ludwig. »Messen wir unsere Argumente!«

»Was heißt debattieren? Mit wem debattieren? Worüber debattieren? Ha?«

»Mit jedem«, sagte Ludwig mit Nachdruck, »und über alles.«

Da stirbt der Mensch langsam und elend, außer er hilft sich selbst – im Leben muß er sich helfen und im Sterben muß er sich helfen. Das war Politik. Alles mußte neu benannt werden. Seit einiger Zeit hatte Ludwig wieder angefangen, sich Sätze und ganze Wendungen zu notieren. Das waren Momente eines zierlichen Glücks, da blickte er hoffnungsvoll in die Zukunft, in die eigene und in die der Menschheit.

Da kam Kaspar um die Ecke und ruinierte alles. Der Held des Dorfes. Mit einem dicken, kantigen Bauch unter der Bluse. Und der Bürgermeister humpelte ihm entgegen und hatte ihn schon auf dem Korn: »Was hast du da wieder gestohlen, du Vollrind, du unglückseliges!« dröhnte er. »Du wirst dem Dorf die Soldaten bescheren!«

Am Kaspar durfte man sich auslassen. Den mochte hier nämlich niemand. Nicht einmal sein eigener Bruder mochte ihn. Nicht einmal seine eigene Mutter mochte ihn. Wer mochte den eigentlich! Was für ein Jammerhaufen war doch dieses Dorf! Hochmütige, Kriecher, Schurken und Schmeichler, Besserwisser, Wichser, Ränkeschmieder und Nichtswisser, Skrupellose, Zahnlose, Schadenfreudige, Unbarmherzige und Unglückliche, Einstreicher und Anzeiger! Eine Falle, dieses Dorf! Wo nicht einmal die eigenen Helden geliebt wurden!

3

»Es ist ein Radio«, sagte Kaspar. Er trippelte vor dem schwer schnaufenden Ludwig rückwärts über die Wiese hinauf und umklammerte das Ding unter seinem Hemd. »Es ist für die Pauline. Aber ich möchte, daß du es ihr schenkst.«

»Herrgott, bleib stehen«, japste Ludwig.

Kaspar achtete darauf, daß er außer Reichweite seines Bruders war. Er holte den Apparat hervor und hielt ihn in die Höhe. Ludwig stützte sich auf seine Knie, und eine Weile war er nicht in der Lage zu sprechen.

»Weil ich genau weiß, daß du kein Geschenk für sie hast«, sagte Kaspar.

»Du verdammter Hund«, keuchte Ludwig. »Misch dich nicht bei uns ein!«

»Du hast nichts für sie, stimmt's?«

»Halt dein Maul!«

»Warum hast du nichts für sie? Hast du's vergessen? Du mußt sie über die Schwelle tragen. Das hast du natürlich auch vergessen. Nicht das kleinste Geschenk für den Einstand!«

»Dich geht überhaupt nichts etwas an hier!«

»Dann kann ich ihr das Radio auch gleich selber schenken.«

»Es ist ja doch gestohlen!«

»Es ist nicht gestohlen!«

»Natürlich ist es gestohlen!«

»Und wenn schon, es funktioniert jedenfalls!«

»Du mieser Haufen Scheißdreck, du!«

Ludwig stürzte vor und gab seinem Bruder mit der flachen Hand einen Stoß gegen die Stirn. Ein stechender Schmerz fuhr Kaspar ins Genick, und er ließ den Radioapparat los. Er fiel seinem Bruder vor die Füße. Ludwig hob ihn auf und rannte davon.

Kaspar hatte einen merkwürdigen Laut von sich gegeben. Ludwig blickte sich nicht um. Er lief bis zum Waldrand, stampfte sich einen Weg durch das Brombeergestrüpp, zerkratzte sich die Arme. Die Ärmel seiner Jacke hatte er heute morgen abgeschnitten. Aus Langeweile. Bei den ersten Bäumen wandte er sich um und blickte hinunter ins Tal. Hinter den Eschen beim Bach sah er das spitze Dach des Schulhauses hervorschauen.

Es war jetzt nicht viel später als vier Uhr. Wenn der Bub die Nachricht an Pauline übermittelt hatte, dann hatte er noch zwei oder gar drei Stunden Zeit für sich.

Er betrachtete den Radioapparat. Es war ein elegantes Stück. Schien neu zu sein. Der Lautsprecher war mit golden schimmerndem Stoff überzogen, der Drehknopf war aus Aluminium, das Gehäuse aus hellgrün gebeiztem Holz. Schweizer Fabrikat das Ganze.

Das Wichtigste vorerst war, daß er sich säuberte. Und zwar von Kopf bis Fuß.

Er kannte weiter oben im Tal eine Stelle, dort hatte der Bach eine Steinplatte ausgewaschen. Die Stelle war geschützt hinter einem dichten Wald aus jungen Fichten. Dachse und Füchse hausten dort, und manches Dunkle regte sich gebückt zwischen den Baumstämmen. Ihm dämmerte, daß vollkommene Glückseligkeit nichts anderes bedeutete, als in der Stille mit sich allein zu sein. Er selbst hatte mitgeholfen, die Fichten zu pflanzen. Damals war er zehn Jahre alt gewesen, und sie hatten schulfrei bekommen, um beim Aufforsten mitzuarbeiten. Ein Holzarbeiter hatte den Buben die Stelle beim Bach gezeigt. Sie hatten sich bis auf die Unterhosen ausgezogen und den ganzen Nachmittag im Wasser geplantscht. Ihr steht uns ja doch nur im Weg, hatte der Mann gesagt. Sie waren fast so viele Buben wie Fichten gewesen. Müßte er ein Baum sein ab morgen und hätte er die Wahl, er würde eine Fichte sein wollen. Es war ein Spiel, das er öfters mit Pauline gespielt hatte. Aber das ging anders: Wenn ich ein Baum wäre, was für ein Baum wäre ich dann? Und der andere mußte es sagen. Wenn ich ein Kleidungsstück wäre, was für ein Kleidungsstück wäre ich dann? An diese Frage erinnerte er sich. Und er erinnerte sich, daß Schnee gefallen war, als sie über die Brandsteinsebene spazierten und diese Frage erörterten. Dort waren keine Nadelbäume. Und auf den nackten Ästen der Buchen und Ulmen hielt der Schnee nicht. Was hatte er ihr geantwortet? Das wußte er nicht mehr.

Eine Stunde vielleicht war die Stelle entfernt. Eine Stunde hin, eine Stunde zurück, gewaschen hatte er sich schnell. Die Politik wird meine Rettung sein, sagte er sich wieder und wieder, und wußte eigentlich nicht, was er damit meinte, und wieder war es ein Trost für ihn, sich ein blutschwarzes Loch in seiner Schläfe vorzustellen.

Als er beim Schulhaus anlangte, war es sieben Uhr. Die Tür war nur angelehnt. Er zog unten die Schuhe aus und stieg in Socken die Treppe hinauf. Wenn Pauline auf ihn wartete, dann hätte er eine Erklärung dafür abgeben müssen, warum er sich in seine eigene Wohnung stahl. Er drückte sich in die Küche und lauschte. Einen Augenblick war er erleichtert, hoffte, Pauline hätte das Haus verlassen. Vielleicht um etwas für den Abend einzukaufen. Unten bei der Gemischtwarenhändlerin. Die nichts anderes im Sinn hatte, als die Kundschaft zu rupfen. Und absurdes Zeug zu verbreiten. Daß verwilderte Hunde die Wälder unsicher machten. Und verwilderte Katzen dazu.

Er hustete. Hustete nochmals. Lauter. Dann öffnete er die Tür zum Schlafzimmer.

Kaspar war da. Mitten im Zimmer. In seinem Gesicht stand Entsetzen, er hob den Finger und drückte ihn gegen den Mund. Pauline lag auf dem Bett. Die Bettdecke war um ihre Schultern gelegt, nur ein Teil ihres Gesichtes war zu sehen. Ein Auge und eine Wange waren im Kissen verborgen. Ein tiefes Luftholen preßte sich aus Ludwigs Brust, als er auf das Gesicht seiner Frau niederblickte. Es schien ihm kleiner als sonst. Auch ihre Gestalt, die sich unter der Decke abhob, schien ihm kleiner.

Schnell drehte er sich um und ging hinaus. Er setzte sich an den Küchentisch und wartete. Die Arme grob verschränkt. Er wartete, daß der Zorn in ihm hochstieg. Ein Stück Zorn für Kaspar, dafür, daß er in seine Wohnung, in sein Schlafzimmer eingedrungen war, ein Stück Zorn für Pauline, die an einem so wichtigen Abend, dem wichtigsten Abend ihrer Ehe, im Bett lag und schlief.

Aber bald fiel ihn ein Gefühl von Stumpfheit an, das ihn in den letzten Tagen so oft in die Zange genommen hatte, und er glaubte, es liege vielleicht an dem Haus, daß das einen so kopflahm machte und so seelengepanzert, und er wollte darüber nachdenken. Ob er den klugen Armin von der Molkerei bitten sollte, das Haus auszupendeln?

»Wenn du mich schlägst«, flüsterte Kaspar – er war

plötzlich hinter ihm –, »dann werde ich schreien, ich kann nichts dafür, daß ich dann schreie. Ich will aber nicht schreien. Sie wacht sonst auf. Bitte schlag mich also nicht.«

In seinem Gesicht war solche Angst, daß Ludwig der Rücken kalt wurde.

»Um Gottes willen, Kaspar«, sagt er. »Ich tu dir doch nichts. Was denkst du denn!«

»Du hast mich vorhin geschlagen«, wimmerte Kaspar. »Das vertrage ich nicht.«

»Es tut mir leid, Kaspar. Ich schlage dich nicht. Jetzt schlag ich dich sicher nicht. Nein.«

»Ich bin hergekommen in eure Wohnung, weil ich der Pauline sagen wollte, daß inzwischen sogar du, mein eigener Bruder, mich schlägst.«

»Es tut mir leid, Kaspar. Es tut mir leid.«

»Ich hätte es ihr lieber gesagt, wenn du mit dabeigewesen wärst. Ich will das nicht hintenherum machen. Aber du warst nicht da. Und sie schläft.« Sein Ton war täppisch, und seine Stimme klang nach Flennen. Eine hausgemachte Mischung. Das war die familieneigene Art, zu erpressen und zu bestechen und andere einzuschüchtern und herumzukriegen und schlechtes Gewissen bei ihnen zu erzeugen. Keiner in der Familie beherrschte die Methode so perfekt wie Kaspar. Bei ihm wußte man nicht, ob er nur spielte oder ob ihm tatsächlich zum Heulen war. Ich habe einen hinterlistigen Bruder, dachte Ludwig, einen, der nicht einmal Respekt vor seinem eigenen Schmerz hat.

»Und was machst du in unserem Schlafzimmer?«

»Ich bin ja gerade erst gekommen. Und weil die Pauline nirgends war, hab ich eben auch im Schlafzimmer nachgeschaut.«

»Das glaube ich dir nicht. Das ist doch schon wieder gelogen! Du bist doch schon viel länger hier.«

»Ja, ich wollte Pauline sagen, daß du mich geschlagen hast, damit du den Dreck hast«, zischte Kaspar, und er hob gleich die Hände vor sein Gesicht. »Das Genick tut mir immer noch weh. Ich muß zum Doktor!«

Ludwig überlegte. Er hatte bisher immer einen Ausweg gefunden, und jeder Ausweg hatte sich hinterher als Rettung herausgestellt. War also stets mehr als ein Ausweg gewesen. Denn nur ein richtiger Weg bedeutete Rettung. Er ließ Kaspar nicht aus den Augen, und der behielt die Hände in Abwehrhaltung.

Schließlich erhob sich Ludwig, räusperte sich in einer offiziellen Weise, als wollte er damit den letzten Rest an privater Luft aus dem Hals schicken.

»Es ist etwas ganz entscheidend Wichtiges vorgefallen«, sagte er. »Ich kann es dir im Moment nicht erklären, es ist eine geheime Sache.«

Er wunderte sich selbst über das, was er da sagte. Nichts davon war auch nur den Bruchteil einer Sekunde vorher in seinem Kopf gewesen.

»Was für eine geheime Sache denn«, fragte Kaspar. »Es gibt doch inzwischen keine geheimen Sachen mehr.«

»Ich habe eine Nachricht von der Regierung erhalten«, sagte Ludwig, und es gab keine Möglichkeit mehr, diesen Satz zurückzunehmen.

»Nicht so laut«, sagte Kaspar. »Von was für einer Regierung denn?«

»Von unserer Regierung. Von unserer neuen Regierung, verstehst du, Kaspar. Es gibt eine neue Regierung. Mehr kann ich nicht sagen. Eine neue Regierung ist gebildet worden. Sie ist noch nicht im Amt, und man soll auch nicht herumerzählen, daß es eine neue Regierung gibt. Neue Minister. Einen neuen Kanzler. Ja. Eine neue Regierung.«

»Eine neue Regierung also.«

»Ja.«

»Und wer hat die eingesetzt, ha?« Kaspar strich sich die Haare in die Stirn und versteckte seine Augen hinter diesem schwarzen Vorhang. Aber sein Mund war zu sehen, und der zog sich zu einem Knäuel zusammen, um das Grinsen zu bändigen.

Ludwig kümmerte sich nicht darum. »Der Alliierte Kontrollrat weiß Bescheid«, sagte er. »Es wird doch früher oder später ohnehin eine neue Regierung gebildet werden müssen. Und dann, wenn es soweit ist, dann hat man bereits eine. Es muß alles im Leben vorbereitet sein, Kaspar. Verzeih mir nochmals, daß ich dich geschlagen habe.«

»Und warum hast ausgerechnet du von der neuen Regierung eine Nachricht erhalten?«

Ludwig schüttelte den Kopf. »Ich habe dich geschlagen, und du kannst sagen: Nein, ich helfe ihm nicht, weil er mich geschlagen hat. Aber ich bitte dich trotzdem, mir zu helfen.«

Kaspar sah, daß es Ludwig ernst war, daß es keine Lüge war, und daß sein Bruder Hilfe brauchte, denn sein Gesicht war weiß. Er tat ihm leid, und er ging zu ihm hin und reichte ihm die Hand und flüsterte: »Du kannst dich ganz auf mich verlassen, Ludwig.«

»Ich muß nämlich verreisen«, sagte Ludwig.

»Nicht so laut«, sagte Kaspar. »Sonst wacht sie auf. Wann mußt du verreisen?«

»Jetzt sofort.«

»Aber das kannst du nicht.«

»Ich muß, Kaspar.«

»Aber du kannst nicht einfach weggehen, heute, an diesem Tag! Heute ist euer Einstand hier!«

»Ich kann nicht dableiben, Kaspar.«

»Weiß Pauline davon?«

»Nein, sie weiß es nicht. Du mußt es ihr sagen, Kaspar. Das ist die Hilfe, um die ich dich bitte.«

»Was soll ich ihr denn sagen, Ludwig?«

»Daß ich fort mußte.«

»Und warum sagst du es ihr nicht selber?«

»Du mußt es ihr sagen, Kaspar!«

»Ich kann ihr doch nicht sagen, daß wir beide hier in der Küche gesessen sind, und dann bist du weggegangen. Warum hat er mich nicht geweckt, wird sie fragen. Das kann ich ihr nicht sagen, Ludwig! Niemand könnte das. Vielleicht könnte das irgend jemand anderes, aber ich kann das nicht, Ludwig! Ich kann das einfach nicht!«

»Doch, Kaspar.«

»Im Auftrag der neuen Regierung bist du weggegangen?«

»Ja. Aber das darfst du ihr nicht sagen. Du mußt Pauline sagen, daß ich fortfahren mußte. Daß ich dich vorhin geschlagen habe, das war nur deshalb, weil ich verzweifelt bin, Kaspar, verstehst du das?«

»Ich weiß es nicht«, sagte Kaspar. »Ich weiß es nicht, ich weiß es nicht. Was soll ich denn um Himmels willen Pauline sagen, wenn ich nicht einmal sagen darf, daß du im Auftrag der neuen Regierung fortgefahren bist?«

»Glaubst du mir wenigstens, Kaspar?«

Kaspar schwieg. Er schwieg lang. Sein Kopf senkte sich auf die Brust, und es sah aus, als wäre er im Stehen eingeschlafen.

»Was ist, Kaspar«, flüsterte Ludwig. »Wenn du mir keine Antwort geben willst, dann laß es. Was ist los, Kaspar?«

Er faßte ihn am Kinn und hob seinen Kopf hoch. Da war wieder der verstockte Blick, der für die ganze Familie ein Ärgernis war.

»Ich lüge sie nicht an«, sagte Kaspar. »Ich kann dir leider nicht helfen, Ludwig.«

»Du sagst so und tust dann doch anders«, sagte Ludwig. »Ich muß jetzt aufbrechen, Kaspar. Ich verlaß mich auf dich. Du wirst Pauline das Richtige erzählen.«

Vorsichtig öffnete er die Wohnungstür, und auf Zehenspitzen schlich er über die Stiege.

Als Kaspar unten die Tür hörte, lief er ihm nach. Ludwig war schon auf der Straße. Er rannte in Richtung auf das Dorf.

»Und wann, soll ich sagen, kommst du wieder«, rief Kaspar.

Aber Ludwig tat, als hörte er ihn nicht.

Traurig trottete Kaspar zum Schulhaus zurück. Jetzt gab er sich keine Mühe mehr, leise zu sein. Er setzte sich in die Küche, steckte den Radioapparat ein und suchte einen Sender. Nur zwei Sender waren auf dem Gerät zu empfangen. Ein österreichischer und ein schweizer. Der schweizer brachte Musik.

Operettenmelodien.

Vierter Teil

Elftes Kapitel

1

Das entsprach nicht ihrer Natur: daß sie sich im Sarkasmus einnistete wie in einem miefigen Turm und sich selber in die Hand gratulierte, wenn sie zufällig dort hockte, wo Dreck von der Decke fiel. Not hielt bei ihr nicht lang. Noch gestern war sie an der Kirche des Heiligen Sebastian vorbeigegangen, hatte sich nur flüchtig bekreuzigt, das Kirchenschiff aber nicht betreten; denn ihr ganzes Leben war ihr als ein Hohn erschienen. Ob sie Gott verhöhnte, oder ob Gott sie verhöhnte, das war einerlei. Sie war gefaßt darauf, daß die Art und Weise, wie sie mit Ludwig zusammenlebte, sich nach theologischem Fachurteil als eine Sünde herausstellte. Am Sonntag in der Kirche ging sie bei der Eucharistie nicht nach vorne, um die Kommunion zu empfangen. Eine Sünde und eine Zumutung! Der katholische Glaube gab klare Weisungen, wie sich ein verheiratetes Paar zu benehmen hatte, was es zu tun und was es zu lassen hatte. Da drängte nicht nur die Sehnsucht, da drängte auch eine Pflicht. – So hatte sie gedacht und eine rechthaberische Resignation war in ihr gewesen und schlichte Wut. Wut. Weil einem ja schlecht werden konnte vor dem Leben, das sie sich da selber gewählt hatte. Freiwillig! Was sie nicht alles auf sich genommen hatte, um hierher zu gelangen in dieses Nest! Absurd! Du bist nur noch ein Scherben, hatte sie zu sich selber gesagt. Wehe, der Hund von Ägypten ließ seinen Rachedurst an ihr aus! – Und dann war doch ein einigermaßen gelungener Nachmittag gefolgt. Man wußte nie und man konnte nie wissen. In solchen Sätzen äußerte sich ihr Mut. Und der Mut setzte sich durch. Von Stunde zu Stunde meldeten sich neue Hoffnungen. Sie waren immer plausibel, zwar niemals überaus glänzend und oft sprichwörtlich bis ins Lächerliche hinein, aber sie schupften Pauline hinüber auf die gute Seite. Und dort gehörte sie hin. Sie eignete sich weder für selbstrichtende, selbstgerechte Zerknirschung noch für euphemistische Schwarzseherei. Wut war Wut für sie, Reue war Reue, und Hoffnung hieß, wenn man wußte, worauf man sich freuen durfte.

Mit Schulbeginn kamen die Sachen des Lehrers an. Vom Fensterchen in der Abstellkammer aus schaute Pauline zu, wie ihm Ludwig dabei half, den Lastwagen abzuladen. Es war ein bescheidener Hausrat. Ein kleiner quadratischer Tisch aus rötlich poliertem Holz, die Teile eines metallenen Bettgestells, eine Federkernmatratze, dann ein Stück, das aussah, als hätte es der Lehrer selber gezimmert – eine mannshohe offene Kiste mit einem geblümten Vorhang davor, diente als Schrank wahrscheinlich. Der Kleinkram war wohl in den verschnürten Pappschachteln untergebracht, schätzte sie, die Wäsche in den beiden schwarzen Lederkoffern, die mit Riemen und Spagaten zusätzlich gesichert waren. – Sie konnte sich diesen Mann gut an der Reling eines Schiffes stehend vorstellen. – Und dann war da noch ein wuchtiger Gegenstand, der in eine Plane gewickelt war. Der mußte Gewicht haben, die beiden Männer plagten sich mit ihm. Brüllend stemmten sie ihn von der Ladefläche. Der Fahrer des Lastwagens fläzte währenddessen seelenruhig auf der Kühlerhaube und ließ sich die Sonne auf seinen stachligen Hals scheinen.

Ludwig und der Lehrer unterhielten sich noch eine Weile im Hof und lachten miteinander. Sie kehrten dem Haus den Rücken zu, und Pauline, oben hinter dem Fensterchen, konnte nicht verstehen, was sie sprachen. Die meiste Zeit war nur die Stimme des Lehrers zu hören. Und Ludwig – was außerordentlich war – hörte zu. Auf dem Stromdraht, der zum Haus führte, saß ein Dutzend Stare aufgereiht nebeneinander, und die Vögel schienen wie Pauline und Ludwig dem Klang der Lehrerstimme zu lauschen. Einen guten Klang hatte diese Stimme. Sie stieg tief aus der Kehle empor, war kräftig und voluminös, konnte aber gleich in ein melancholisches Heisern versinken, als wäre er über einen dem Ohr des Lauschers fernen, unausgesprochenen Gedanken in Zweifel geraten.

Die Glatze des Lehrers glänzte. Er reichte Ludwig gerade bis zur Schulter. Er trug ein weißes Unterhemd mit kurzen Ärmeln, wie es Pauline bei den amerikanischen Soldaten in Coburg gesehen hatte. Sein Körper war breit und unbeweglich. Die Beine hatte er leicht gespreizt. Ludwig daneben wirkte graziös wie ein Tänzer. Ein Artist. Ein Jongleur. Der Lehrer war ein Boxer. Einmal stieß ihn Ludwig mit dem Ellbogen an. Das sah nach Kumpanei aus, und das mißfiel Pauline.

Später fragte Ludwig, ob es ihr etwas ausmache, dem Lehrer am Vormittag während der großen Pause eine Tasse Kaffee nach unten zu bringen. Der Lehrer habe nämlich diese Idee geäußert.

»Diese Idee?«

»Ja.«

»Ist das eine Idee, wenn ich ihm Kaffee koche?«

»Das drückt man im Englischen so aus, glaub ich.«

»Und warum fragt er mich das nicht selber«, sagte sie.

»Er ist schüchtern.«

»Der!«

»Du kennst ihn ja gar nicht.«

Seit seiner Ankunft, als sie ihm die Räumlichkeiten gezeigt hatte, waren keine zehn Worte zwischen ihr und dem Lehrer gewechselt worden. Wenn sie sich unten im Flur begegneten, lächelte sie ihm zu, und er nickte mit dem Kopf und sagte »Guten Tag« oder »Hoffentlich wird es ein guter Tag« oder »An so einem Tag muß man hinaus«, und sie antwortete etwas in derselben Art. Er konnte übrigens ihrem Blick nicht standhalten. Es machte ihr Vergnügen, das festzustellen.

»Und was meint er mit Kaffee?«

»Halt eben Kaffee.«

»Malzkaffee? Zichoriekaffee? Oder vielleicht sogar euren *Columbia*-Feigenkaffee.«

»Was weiß ich.«

»Das kann ich mir nämlich nicht vorstellen! So etwas will man doch nicht trinken. So etwas muß man vielleicht trinken. Aber wollen tut man das nicht. Ich nehme natürlich an, daß er Bohnenkaffee wünscht.«

»Ich werde ihn fragen«, sagte Ludwig.

»Das brauchst du ihn erst gar nicht«, spöttelte Pauline. »Es gibt nämlich nichts anderes als Malzkaffee oder Feigenkaffee oder Zichoriekaffee oder für den Anspruchsvollen ein Gemisch aus allen dreien. Leider, Ludwig, leider!«

»Ich werde ihn trotzdem fragen, was für einen Kaffee er haben will.«

Am nächsten Morgen lag vor der Wohnungstür ein Kilopaket Bohnenkaffee der *Nestlé Alimentana Company* mit englischer Beschriftung. Und ein gefalteter Bogen Papier: »Mit freundlichem Gruß und Dankeschön. Kurt Fasching.«

Pauline war ganz aus dem Häuschen.

»Siehst du«, sagte Ludwig, »es soll ja nicht mehr sein als eine kleine Gefälligkeit.«

»Eine kleine Gefälligkeit«, wiederholte sie empört. »Das ist wahrscheinlich der beste Kaffee der Welt!«

»Aber geh!«

»Ludwig, Ludwig, was weißt du von Kaffee!« Sie hielt ihre Nase in das Paket und ging schnurrend wie eine Katze durch die Küche.

Ludwig kicherte und schüttelte den Kopf. »So wichtig ist das für dich? Du solltest dich sehen!«

»So wichtig, ja!« Plötzlich blieb sie stehen und starrte, teils wirklich in Panik, teils die Panik parodierend, Ludwig an. »Um Gottes willen!« rief sie. »Was soll ich damit?«

»Mit dem Bohnenkaffee?«

»Wir haben keine Kaffeemühle!«

Also mußte Ludwig noch einmal nach unten. Der Unterricht war schon im Gange. Das ließ ihn kalt. Er holte den Lehrer aus dem Klassenzimmer. Pauline setzte derweil Wasser auf. Alle möglichen Methoden des Kaffeebohnenzermalmens gingen ihr durch den Kopf – für den Fall, daß auch der Lehrer keine Mühle besaß.

Ludwig brachte ein ganz neues Stück aus Messing herauf. Eine arabische Kaffeemühle mit zusammenklappbarer Kurbel. Und noch etwas hatte ihm der Lehrer mitgegeben – einen Karlsbader Filter aus Porzellan. Ludwig konnte Paulines Aufregung wahrhaftig nicht verstehen. »Was soll denn dabei sein, Jesses!«

»Ich sags dir: Wann hast du deinen letzten Bohnenkaffee getrunken?«

»Weiß ich nicht.«

»Aber ich.«

Sie schüttete zwei Handvoll Bohnen in die Mühle und hielt immer wieder im Mahlen inne, um an den zerriebenen Bohnen zu riechen. Und verdrehte die Augen dabei.

»Ich interpretiere das so«, sagte sie. »Daß wir den Kaffee mit ihm teilen sollen. Eine Tasse für dich und eine Tasse für mich und zwei Tassen für ihn. Ich würde mir das im umgekehrten Fall so denken. Das ist sicher kein Schaden für ihn. So einen Kaffee kriegt man entweder umsonst oder gar nicht. Der kostet ein Vermögen, wenn man keine Beziehungen hat. Den hat er von seinen Engländern. Meinst du nicht?«

»Ach, das ist doch alles völlig wurscht! Trink doch einfach eine Tasse, wenn du so eine Lust drauf hast!«

»Ich kann nicht diesen Kaffee aufbrühen und selbst nicht davon trinken. Das kann ich einfach nicht! Das ist ein Ding der Unmöglichkeit! Du siehst das ein.«

»Du bist viel zu früh dran«, sagte Ludwig. »Bis um zehn wird der Kaffee doch kalt!«

»Ich kann nicht so lange warten«, rief sie. »Ich werde ihm dann einen frischen machen.«

»Also«, lachte Ludwig, »nehmen wir an, du hast recht, und er denkt sich, wir sollen auch jeder eine Tasse davon trinken, dann schenk ich dir meine, Line. Dann trink du zwei Tassen! Das hast du dir verdient.«

Ludwig hatte zu tun. Jeden Morgen, nachdem es unten im Klassenzimmer ruhig geworden war, verließ er das Haus, und erst am Abend kehrte er wieder zurück. Manchmal auch erst in der Nacht. Pauline wußte nicht genau, was er zu tun hatte. Er hatte eben zu tun. Eine Arbeit vielleicht. Eine Tätigkeit. Er nehme tätiges Interesse an der Politik, sagte er. Das konnte viel heißen. Sogar Arbeit, ja.

»Vergiß den Heimweg nicht«, sagte sie leise, da war er schon zur Tür hinaus.

Sie trank drei Tassen – nur heute, ausnahmsweise. In Zukunft wollte sie sich mit einer Tasse begnügen. Oder einer halben. Sie ließ sich Zeit. Jeder Schluck war eine Erinnerung an Coburg, an die enge Wohnung in der Eupenstraße, an ihr winziges Zimmer mit dem Photographienblick auf die Veste. Auch den süßen Geruch von Streuselkuchen konnte sie sich dazuphantasieren. Sie kaute den Kaffeesatz und spuckte ihn in den Mülleimer.

Das Geschirr war schäbig. Die Schwiegermutter hatte ihren Kasten ausgemustert. Die Tassen, flach wie Finkennäpfe, hatten keine Henkel mehr, das war billigstes Steingut, übersät mit schwarzen Punkten, die wie Fliegendreck aussahen. Die Unterteller waren an den Rändern rauh und abgesplittert, und die Kaffeekanne war aus Blech. Sie hatte eine schöne Form, aber sie war aus Blech. Auch das Besteck war aus Blech. Und das hatte keine schöne Form. Und wohinein sollte sie die Milch geben? Und den Zucker? Sie wollte sich lieber beim Lehrer entschuldigen, als sich vor ihm blamieren. Vielleicht trank er den Kaffee ohnehin schwarz und bitter. Er sah ihr danach aus.

Sie zog sich eines der beiden Kleider an, die nicht schlecht waren, und rieb sich die Lippen zwischen den Zähnen. Das war besser als Lippenstift. Und die Wimpern feuchtete sie mit Spucke an.

Punkt halb zehn setzte das Kindergeschrei ein. Als hätte jemand einen Schalter betätigt. Sie nahm das Tablett mit Kanne und Tasse und ging nach unten. Herr Fasching stand in der offenen Tür zum Lehrerzimmer und erwartete sie bereits.

»Man hält es nicht für möglich«, sagte er.

»Was denn?«

»Daß das Leben wieder angefangen hat. Das hat doch mit Kaffee zu tun, oder nicht?«

Er bat sie herein. Es sei eine Zumutung von ihm, sie um diesen Gefallen zu bitten, das wisse er wohl, entschuldigte er sich, und darum bestehe er darauf, daß sie jetzt mit ihm eine Tasse trinke.

»Danke. Danke. Vielleicht ein anderes Mal«, wehrte sie ab. Ihre Hände zitterten, und sie schwitzte am ganzen Körper, und ihr Kreislauf machte Mätzchen. Sie war Bohnenkaffee nicht mehr gewöhnt.

Der Lehrer war unrasiert und entschuldigte sich auch dafür. Er habe, sagte er, die größten Schwierigkeiten mit dem frühen Aufstehen. Das rühre noch aus seiner eigenen Schulzeit, da habe er sich einmal beim Fußballspiel ehrenvoll den Fuß verstaucht und in der Folge das Bett hüten müssen, und bei dieser Gelegenheit sei ihm aufgegangen, wie wunderbar es war auszuschlafen, während die anderen aufstehen mußten – ja, und seither falle ihm das frühe Aufstehen schwer...

Pauline nickte. Sie hatte gleich hinauf in die Wohnung gehen wollen. Weil ihr nicht wohl war. Weil sie gewärtig sein mußte, daß es ihr mit einem Schlag schwarz vor Augen würde. Aber unwillkürlich fesselte sie, was der Lehrer sagte – oder vielmehr, wie er es sagte. Die Stimme nahm ihre Einbildungskraft gefangen. O ja, selbstverständlich interessierte sie der Lehrer. Alles an ihm interessierte sie. Ohne deswegen seinem Wesen tiefer nachforschen zu wollen. Das Alleinsein oben war interessant, wenn man wußte, daß hier unten jemand war, den man noch nicht kannte.

»Setzen Sie sich doch«, sagte er.

An den Fenstern hingen keine Vorhänge, sondern Rouleaus aus grobem Leinenstoff. Sie waren heruntergezogen, aber durchlässig genug, daß der Raum von einem milden Licht durchflutet war. In der Mitte des Zimmers prangte ein wuchtiges Möbel mit einer niederen, weit ausholenden Lehne. Ein Lederfauteuil, Modell Chesterfield. An manchen Stellen war der Überzug zerschlissen. Das war also das Ungetüm, das unter der Plane gesteckt hatte. So zentral plaziert strahlte der Sessel eine männlich ernste Gemütlichkeit aus. Das polierte Tischchen daneben wurde abgedeckt von einem beigeseidenen, gehäkelten Deckchen. Und mitten darauf stand ein reliefartiges grünes Stück Gips, das einen Wald darstellte, nicht höher als die Kaffeekanne das Ganze, davor ein fingerbreiter Fleck Wiese, auf die ein Laubsägehirte geschraubt war. Ein wenig absonderlich wirkte das alles.

»Nehmen Sie den Sessel«, sagte er. »Ich habe im Atlas nachgesehen und weiß jetzt, wo Coburg liegt.«

»Als Engländer müssen Sie wissen, wo Coburg liegt«, betonte sie mit gespielter kindischer Entrüstung.

»Als Lehrer meinen Sie.«

»Nein, durchaus als Engländer.« Ohne daß sie sich dagegen wehren konnte, schlitterte sie in einen Tonfall der Konversation, der ein recht albernes Bild von ihr erzeugen mußte. »Wir Coburger sind mit den Engländern nämlich sehr eng.«

»Ach ja?«

»Wir sind nämlich mit dem englischen Königshaus verwandt.«

Das Lärmen der Kinder drang herein, und sie mußten laut sprechen, um dagegenzuhalten, und Albernheiten klingen noch dümmer, wenn sie laut vorgetragen werden.

»Und ihr Mann war Soldat in Coburg, und dort haben Sie sich kennengelernt?«

»Ja.«

»Und es ist Ihnen leichtgefallen, alles zu verlassen und ihm hierher in dieses Dorf zu folgen?« Um seine Mundwinkel spielte wieder diese Abschätzigkeit, die sie schon bei ihrem ersten Gespräch beeindruckt hatte.

»Freilich ist es mir leichtgefallen, meinem Mann hierher zu folgen«, sagte sie, und wie sie es sagte, war es unmöglich, ihr das zu glauben. »Das ist so«, setzte sie nach.

»Das ist schön.«

»Ja.«

»Das ist schön.«

Wenn ich jetzt noch einmal ›ja‹ sage, dachte sie, dann sagt er wieder ›es ist schön‹.

»Ja, das ist schön«, sagte sie.

Und er sagte darauf nichts.

Ein Bedürfnis zu lügen überkam sie. Egal, in welche Richtung lügen. Nur eine Lüge sollte es sein. Besser in die gute als in die schlechte Richtung. Eine kleine Rede wollte sie vielleicht halten. Über das Leben mit ihrem Mann. Daß echte Hingabe sei zwischen ihnen. Erfüllung von lange Ersehntem. Leidenschaft ebenso wie ruhiges, gelassenes Planen. Aber welchen Zweck hätte so eine Rede haben sollen? Doch lediglich den, vor diesem Fremden zu beteuern, daß mehr als nur Quark für Kinder in ihrem Kopf steckte. Und vor allem: daß sie glücklich sei. Daß sie dieses zynische Mitleid aus seinem Mundwinkel nicht nötig habe. Mein Mann und ich, wie Gans und Ganter im Märchen, so flattern wir über der Gegend!

»Sie haben ja gar keine Bücher«, sagte sie.

»Nicht viele, nein.«

Sie spürte es schon die ganze Zeit: Er hatte sich vorgenommen, heute ihrem Blick fest zu begegnen und nicht wegzusehen. Es kostete ihn große Mühe. Es kostete ihn Mühe, ihrem Blick standzuhalten, und es kostete ihn Mühe, dabei nicht zu schlucken. Vielleicht aber wollte er sie mit seinem Anstarren auch nur aus der Fassung bringen. Warum aber?

»Morgen werde ich sehr gern eine Tasse mit Ihnen trinken«, sagte sie und erhob sich. Er antwortete nicht, nickte nur und verzog seinen Mund zu einem Lächeln, das ein freudiges Jawohl ausdrücken hätte sollen, und doch zuviel davon war. Ob es ihm ähnlich ergeht wie mir, dachte sie, daß es aus ihm herausredet und er sich nicht dagegen wehren kann?

»Und was die Bücher betrifft«, sagte er und führte aus, er habe sich als junger Mensch – lange sei's her – der Täuschung hingegeben, er würde nach der Lektüre eines Buches behalten, was darin geschrieben stand, aber heute wisse er... Nein, dachte sie, es ist bei ihm anders als bei mir, er hat einen Hang zum Anekdotischen. Vermutlich, weil er sich seiner Stimme bewußt ist und die Erfahrung gemacht hat, daß sie am besten bei solchen Geschichtchen zur Geltung kommt.

»Jetzt ist die Pause gleich um«, unterbrach sie ihn barsch.

»Also dann«, sagte er.

»Also dann«, sagte sie und, um ihre vorige Abruptheit wiedergutzumachen, ließ sie ein wenig ein Fragezeichen mitklingen – und sie hätte sich gleich dafür anfauchen können, weil der Ton so ekelhaft kokett in der Luft hängenblieb.

»...dann bis morgen«, führte er den Satz zu Ende wie

eine Antwort auf ihr Fragezeichen. Er hob zwei Finger. »Rasiert – ich verspreche.«

»Gut, bis morgen. Bis morgen.« – Hatte das nach Enttäuschung geklungen? Sollte er den Eindruck gewonnen haben, sie habe etwas anderes erwartet? Sie ließ ihn nicht aus den Augen, bis sie die Tür hinter sich geschlossen hatte. Und auch das konnte wieder nur als ein Kokettieren aufgefaßt werden.

Als sie wieder in der Wohnung war, tat ihr der Kehlkopf weh. Er ist ein häßlicher Mann, sagte sie sich, sogar auf den Fingerrücken wachsen ihm die Haare. Sie betrachtete ihr Gesicht in dem kleinen Spiegel, den Ludwig in der Küche neben das Fenster geklebt hatte. Ihre Wangen waren schattig geworden, sie hatte zuviel abgenommen, und unter den Augen zog sich eine lange dünne Falte hin, die auch nicht verschwand, wenn sie das Gesicht mit den Händen straffte. Leider war der Spiegel so klein. Wenn sie sich weiter weg stellte, um wenigstens ihren Oberkörper zu sehen, dann wurde das Bild zu allgemein, es zeigte eine Frau, die keinerlei Vorzüge aufwies. Sie wünschte zu gefallen. Und wieder fiel ihr auf, daß sie sich anders sah, als sie der Spiegel zeigte. Immer waren die Haare ein Problem gewesen. Man konnte nur wenig mit ihnen anfangen. Vor Jahren war ihr der Einfall gekommen, sie mit Wasserstoffsuperoxyd zu behandeln. Es war kein guter Einfall gewesen. Die Haare waren ihr auf dem Kopf zerbrochen. Ein Jahr lang nur Ärger.

Ein zäher Tag dehnte sich vor ihr. Der Sommer war bald zu Ende, am Morgen war es kühl, und wenn man zum Bach ging, um Wasser zu holen, dann vertrug man eine Strickjacke; aber an den Mittagen brannte die Sonne in die Windstille hinein, und die Nachmittage waren dämsig wie im Hochsommer. Die Arbeit nahm nicht viel Zeit in Anspruch. Klassenzimmer und Flur waren schnell gewischt. Um das Lehrerzimmer kümmerte sich Herr Fasching selber. Er wollte das so. Eine Zugeherin hätte genügt. Ein Schulwart mit Gattin war weiß Gott nicht erforderlich.

Manchmal spazierte Pauline ins Dorf, kaufte eine unnütze Kleinigkeit im Laden, eine Handvoll Rosinen oder eine Schaufel Haferflocken. Seife gab es zweierlei, eine billige weiße und eine teure grüne. Obligatorisch beim Einkauf waren nur die Tube Sardellenpaste und der Wecken Schwarzbrot. Dann vertrieb sie sich den Rest des hellen Tages damit, daß sie Erbsen auspalte. Erbsen in Butter, dazu Schwarzbrot mit Sardellenpaste, das war Ludwigs Lieblingsessen. Und hie und da eine Dose Sardinen.

Oder aber sie ›richtete sich her‹. Sie besaß keinen Lippenstift, keinen Augenbrauenstift, keine Wimperntusche, keinen Puder, kein Rouge, nichts besaß sie. Drei Kleider besaß sie. Und ihre Einbildungskraft. Und das genügte manchmal. Nicht immer. Aber manchmal genügte es. Dann stellte sie ihren Koffer mit den Sommersachen mitten ins Wohnzimmer, füllte sich ein Glas mit Waldmeisterlimonade, von der ihr die Schwiegermutter zehn Flaschen gebracht hatte, und spielte mit ihren drei Kleidern. Früher hatte sie sich ihre Kleider selber gewendet. Das eine oder andere hatte sie sogar selber genäht. Wenn sie günstige Schnittware angeboten bekommen hatte. Aber sie hatte wenig Talent dafür. Und eigentlich keine Ambitionen in dieser Richtung. Sie wollte nichts Hingestricktes, sondern höchste Qualität. Es war immer ihre Ansicht gewesen, besser nur ein gutes, teures Teil im Schrank, als zehn minderwertige, billige. Von ihrem Gehalt bei der Handwerkskammer hatte sie sich ab und zu etwas Feines leisten können. Mit Wehmut erinnerte sie sich an die schönen Sachen – nichts Auffälliges, nichts übertrieben Modisches – erinnerte sich daran, wie sie vor dem Krieg durch die Modehäuser in der Spitalgasse und am Steinweg gegangen war – bei Hagenbuch und Krell. Letzteres hatte von außen ausgesehen wie ein Gewächshaus. Wenigstens einmal in der Woche hatte sie sich Zeit genommen für eine Visite. Es war gewesen wie ein Besuch in einer Galerie. Sie hatte die Stoffe zwischen Daumen und Zeigefinger geprüft, war begeistert vom Schnitt oder hatte die Accessoires mit abschätzigen Kommentaren abgetan. Der Chefverkäufer bei Krell, ein gewisser Könner – nomen est omen –, katholisch und untadelhaft im Äußeren wie im Inneren, zu dem die reichsten Kundinnen der Stadt aufblickten wie zu einem rettenden Ratgeber, einem zuverlässigen Wegweiser durch den großstädtischen Chic – Könner behandelte sie, die kleine Pauline Laube, als jemanden vom Fach, ließ ungeniert dicke Brieftaschen stehen, wenn sie den Laden betrat, und seine Verbeugung war mehr als nur eine Andeutung.

Und Schuhe! Schuhe! Leidenschaftlich gern hatte sie sich Schuhe gekauft! Exemplare waren dabei, die konnte man sich getrost als Schmuckstücke auf die Kredenz stellen! Heute besaß sie ein einziges diskutables Paar. Die Kroko aus München, die ihre Füße erwürgten. Und über drei Kleider verfügte sie – ein schönes und zwei, die nicht schlecht waren. Die letzteren trug sie am Sonntag, wenn sie mit Ludwig in die Nachbargemeinde zur Kirche ging. Während der Woche lief sie in dem Drillichzeug herum. Wie ein Mann. Entweder – oder, sagte sie sich. Sie gefiel sich darin besser als in dem kratzwollenen Rock und dem brettartigen Überrock und der verfilzten Strickjacke und diesen wehrhaften Stutzen – Wilma, Ludwigs Schwägerin, hatte ihr diese Unmöglichkeiten geschenkt. Das sei zwar keine Tracht, aber die landesübliche Kleidung der verheirateten Frau. Alle Frauen hier trugen solche Kleider. Sie waren schwer, braun und luftundurchlässig, und die Körper darunter schienen im Schweiß zu gären. Pauline hatte sie nicht einmal anprobiert. Da war ihr das Drillichzeug lieber. Darin sah sie wenigstens nicht wie eine eingeweckte Frucht aus.

Das schöne Kleid aber, das gelbe mit dem Rosenmuster am Kragen, das sie in München erstanden und auf ihrer Fahrt hierher getragen hatte, das Verführerische mit den weit ausgeschnittenen Ärmeln und den winzigen überzogenen Knöpfen auf der Brust, das Kleid, das fast die Hälfte von dem gekostet hatte, was in München ihr Lohn gewesen war – das ruhte verwaist im Koffer. Nicht ein einziges Mal hatte sie es hier getragen. Nicht einmal, wenn sie sich ›herrichtete‹. Es war ein fremder Gegenstand hier. Und wollte fremd bleiben.

Heute aber nahm sie es heraus, glättete es über das Bett und betrachtete es. Sie wurde traurig bei dem Anblick und wehleidig, und schließlich zog sie es sich über.

Sie hörte ihren Namen rufen und wurde aus ihren Träumen gerissen. Es war der Lehrer. Er brachte ihr die Tasse und die Kanne. Er reichte ihr das Tablett über die Stiege hinauf.

»Ich habe sie erst gar nicht wiedererkannt«, sagte er.

Ohne ein Wort nahm sie das Geschirr und eilte in die Wohnung zurück. Sie legte sich ins Bett und deckte sich zu, so daß nur das Gesicht unter der Tuchent herausschaute, und es war ihr gleichgültig, ob dabei das gelbe Kleid zerknitterte.

Es war schon zu lange her, daß sie mit einem Mann geschlafen hatte, viel zu lange, und sie dachte, richtig geschlafen habe ich noch nie mit einem Mann, denn sie hatte eine sehr genaue Vorstellung davon, wie es sein sollte. Nämlich, daß sie ganz in diesen Mann hineinkriechen wollte, daß sich sein Körper um sie legen würde, und sie sich in diesem Körper drehte und überall gleichzeitig seine Haut spürte. Sie hatte jeden Tag darauf gewartet, keine Stunde war vergangen, ohne daß sie sich ausgemalt hätte, wie es sein würde, mit Ludwig zu schlafen. Nein, sagte sie sich, ich habe keinen Ehrgeiz, eine Petersilienkrone aufgesetzt zu bekommen. Das sagte sie sich. Wenn der Lehrer den Mut hatte, es auszusprechen, dann wollte sie es mit ihm tun. Vielleicht morgen schon.

2

In jener ersten Nacht in ihren eigenen vier Wänden war Ludwig um vier Uhr in der Früh nach Hause gekommen. Er hatte sich neben sie gelegt, und sie hatte sich schlafend gestellt. Er hatte ihr einen Kuß auf die Stirn gegeben und ihr den Rücken zugedreht. Sie hatte gehofft, er rieche nach Alkohol. Das hätte wenigstens etwas Melodramatisches gehabt. Trotzdem war sie froh gewesen, daß sie nicht ihre ganze erste Nacht allein auf den sechs zusammengebundenen Matratzen verbringen mußte.

»Danke für das Geschenk«, hatte sie am Morgen beim Frühstück gesagt.

»Das Radio ist Kaspars Geschenk«, hatte er geantwortet.

Sie wußte nicht, wo Ludwig in der Nacht gewesen

war, und sie fragte ihn auch nicht danach. Kaspar hatte gesagt, sein Bruder sei wegen einer überaus wichtigen Sache unterwegs, und er wisse nicht, wann er komme. Pauline war klar, daß die überaus wichtige Sache sie selbst war. Daß Ludwig Angst hatte, mit ihr zu schlafen. Und sie sagte sich, es wird nie mehr etwas daraus werden, nie, nie, nie. Sie hatte die Pflicht, darüber nachzudenken, wie diese Angelegenheit zu Ende geführt werden sollte. Ihr Verlangen war ja nicht rechtlos. Die Ehe war nicht vollzogen. Also war sie nicht gültig. Nicht vor der katholischen Kirche. Warum sollte sie sich nicht auf einen Justamentstandpunkt stellen.

Ja, ihr Gemeinsames war nur noch eine Angelegenheit. In Fällen wie dem ihren gab es Richtlinien, wie vorzugehen war. Aber was kümmerte sich die menschliche Natur um Weisungen! Manchmal, am hellichten Tag, brach der Schmerz aus ihr heraus. Dann steckte sie ihr Gesicht in die Hände, beugte sich weit vor und schluchzte. Ihr Leben war ein böser Traum, und sie konnte jeden Augenblick durchbrechen zu noch Schlimmerem. Gab es denn nichts, das sie wieder emporzog? Das Schwanken des Bodens unter ihren Füßen machte, daß sie alle Kontrolle über sich verlor. Trug das Unglück ihren Namen? Wo sie sich auch umblickte, nirgends war solche Kümmernis zu entdecken! Das waren ihre furchtbaren Stunden.

Sie sah ihr verheultes Gesicht im Spiegel. Welch ein erbarmungswürdiges Gebilde ein unglücklicher Mensch doch war! Sie mußte Obacht geben, daß ihre Seele nicht ins Rutschen geriet und sie in Schwermut verfiel. Sie versuchte, sich zu beherrschen, sprach sich selbst Mut zu. Sagte sich, in fünf Jahren werde ich alles vergessen haben. Fand feine Fäden von Hinweisen, die dafür sprachen, daß sich sogar schon in absehbarer Zeit ihr Dilemma entwirren und sich alles zum Besseren wenden werde. Aber was sie in dieser Minute beschwichtigte, gab sich in der nächsten als Selbstbetrug zu erkennen. – Sie mußte eine Entscheidung treffen. Das war ihre Pflicht sich selbst gegenüber, und sie schob diese Pflicht von einem Tag auf den nächsten. Was sollte sie nur tun!

Am Abend war Ludwig mit einem Damenfahrrad, einem etwas zerzausten Rosenbukett und einem Pfund Bodenseefelchen vor dem Haus gestanden.

»So, das ist dann also mein Einstandsgeschenk«, hatte er gesagt.

Und Pauline: Jetzt wird doch noch alles gut, hatte sie gedacht. Hatte sie wieder gedacht. Und der Kummer war verflogen. Sie umhalste Ludwig und küßte ihn, und er hob sie zu seinem Gesicht.

Sie liebte das Fahrrad von der ersten Sekunde an. Es war schwarz und klobig und selbstverständlich war es gebraucht, sicher schon zehn Jahre alt. Sie fuhren ein Stück weit taleinwärts, Ludwig trampelte, sie saß auf dem Gepäckträger. Sie juchzten und machten Unsinn und kehrten erst zurück, als es schon dunkel war. Sie schoben das Rad, und Pauline ging mit erhobenem Haupt und staunte über den dicht ausgestirnten Himmel, und sie hätte eine Hymne anstimmen mögen. Aber in der Nacht war Ludwig lange in der Küche gesessen, und Pauline im Wohnzimmer, das Ohr am Radioapparat, und schließlich war sie zu Bett gegangen. Und er hatte gewartet, bis er glaubte, sie sei eingeschlafen.

Und am Tag darauf war alles gewesen wie immer. Er wisse aus zuverlässiger Quelle, daß die Franzosen gleich zu Beginn des nächsten Jahres Wahlen in den Gemeinden zulassen würden, vielleicht schon vor Jahreswechsel, und er, Ludwig, würde dann hier für das Amt des Bürgermeisters kandidieren.

Eines Abends legte er etwas Zusammengefaltetes vor sie auf den Tisch.

»Das ist eine Zeitung«, sagte Pauline. »Und weiter?«

»Das ist die einzige unabhängige Zeitung, die im Land zugelassen ist«, sagte er.

»Und was ist dabei die Überraschung?« fragte sie.

»Ich bin Korrespondent dieser Zeitung, Pauline. Ab heute.«

Die Zeitung bestand nur aus einem einzigen Bogen.

»Das ist wirklich eine Überraschung, Ludwig!«

»Ich werde kleine Artikel schreiben. Über: wenn etwas passiert hier.«

»Wo hier?«

»Hier im Dorf... im Tal...«

»Was soll hier schon passieren«, lachte sie und setzte sich auf seinen Schoß und drückte ihn. Denn das war inzwischen üblich geworden – daß sie sich küßten, daß sich Pauline auf seinen Schoß setzte, daß sie sich liebe Worte ins Ohr flüsterten, die Versprechungen enthielten, die bis ans Lebensende reichten, daß sie sich umarmten und still vor sich hinschauten, als wären sie in ihr Glück versponnen. Und das alles war weiter nichts als dünne, lauwarme Luft.

»Hier passiert doch nichts, worüber man schreiben könnte«, sagte sie.

»Wir verdienen damit Geld«, rief er, und sie mußte von seinen Beinen heruntersteigen, denn jetzt brauchte er Raum, um mit seinen Armen die bevorstehenden Spannweiten auszumessen. »Es ist vorläufig nicht viel, was wir dabei verdienen. Einen großen Hintergrund kann ich uns damit jetzt noch nicht schaffen, das weiß ich. Aber das wird meine Zukunft, das weiß ich auch, Pauline, verstehst du. Politik machen oder über Politik schreiben! Vielleicht beides, Pauline. Vorerst werde ich die Artikel mit der Hand schreiben. Oder ich diktiere sie dir, und du schreibst. Deine Schrift ist schöner und leserlicher. Das Schönste am Leben ist die Zukunft. Wenn uns überhaupt etwas aufrecht hält, Pauline, dann die Zukunft. Vielleicht können wir uns schon bald eine Schreibmaschine leisten. Vielleicht werde ich irgendwann zu einer großen Zeitung gerufen, vielleicht nach Wien! Ich ende nicht als Schulwart, das schwöre ich dir. Nicht in einer Zwergschule, die gar keinen Schulwart braucht. Nein, Pauline. Ach, ich habe das Gefühl, daß ich etwas wert bin!«

»Ja«, rief sie zurück, »darüber spaltenlange Abhandlungen!« Er merkte ihren Spott nicht.

Hatte er in den letzten Tagen schon ähnlich gesprochen? Ihr war nichts davon geblieben. Sein Gesicht strahlte. Nie war er ihr jünger vorgekommen. Er erinnerte sie an den Buben mit den kleinen, breiten Bauernzähnen, der in der Ecke des Schulhofs aus den übriggebliebenen Brettern eine Theaterbühne zu bauen versuchte. Konnte sie sich vom Charakter ihres Mannes noch ein Bild geben?

»Gehen wir Fahrrad fahren«, sagte sie.

Sie radelten wieder taleinwärts – Ludwig trat in die Pedale, Pauline saß auf dem Gepäckträger –, dann schoben sie gemeinsam das Rad zum Bach hinunter und beobachteten die Vögel, die auf den aus dem Wasser ragenden Steinen hockten. Ludwigs Miene hatte sich verfinstert.

»Also, erzähl mir noch einmal von deiner neuen Aufgabe«, sagte Pauline ängstlich. Es war, als ob er sie nicht hörte.

Sie machte sich Sorgen um ihn. Oft ließ er seine Mahlzeit unbeendet auf dem Tisch stehen, weil er in seine Träumereien versank. Sein Gesicht bekam einen starren Ausdruck, sein Blick war ohne Betrachtung. Es war ihm anzusehen, daß sein Denken ein automatisches Grübeln war, und dieses Grübeln umgab ihn wie eine Wand. Pauline war sich sicher, daß es ein quälender Automatismus war, der in solchen Augenblicken über Ludwig herrschte. Seine Wachträume mußten wie Heimsuchungen für ihn sein, stellte sie sich vor. Die über ihn herfielen und ihn aus jeder Ordnung rissen. Sie versuchte es mit Späßen. Früher hatte das geholfen. Aber für Possen und Parodien fehlten ihr nun Zutrauen und Überzeugtheit. Ihre Späße waren flach und flau und erreichten nichts gegen diese verstockte Schwermut.

Meistens aber saß Ludwig nur verträumt da und sah schläfrig drein. Als wäre das Leben eine Aufgabe, bei der innere Anteilnahme nicht vorausgesetzt wurde. Daß er, wie eben noch, in Feuer geriet, wenn er über die Zukunft sprach, das hatte nichts zu bedeuten. Er war dann nicht näher an der Welt und bei ihr, als wenn er schwieg. Und noch nie war er ihr so weltabgewandt und verlassen vorgekommen wie jetzt, da er neben ihr auf den warmen, glatten Bachsteinen saß. Sie fragte sich, was ihm wohl durch den Kopf ging. Seine Augenbrauen waren ein wenig hochgezogen, wie wenn er sich über etwas amüsierte. Dabei starrte er festgenagelt ins Leere. Als Kinder hatten sie sich solche Blicke gegenseitig mit der Fingerschere abgeschnitten.

»Was denkst du«, fragte sie. – Nun also doch! Und sie hatte sich so sehr vorgenommen, sich nie dazu verführen zu lassen, lauthals seine Seele zu zergliedern, hineinzulärmen in seine Nachdenklichkeit. Zu der er schließlich ein Recht hatte, auch wenn sie seine Frau noch so befangen machte. »Bitte, bitte, Ludwig, sag mir, was du denkst«, wiederholte sie flehend.

»Nichts«, sagte er.

»Man denkt doch nicht nichts, Ludwig. Man denkt doch immer etwas.«

»Weißt du, warum ich die Stelle gekriegt habe«, fragte er plötzlich.

»Bei der Zeitung?«

»Nein, ich meine die Stelle als Schulwart.«

»Nein, ich weiß es nicht«, sagte sie.

»Weil ich der Bruder von Kaspar Juen bin«, sagte er. »Das ist die Wahrheit, Pauline.«

Pauline wußte nicht, ob sie Ludwig noch liebte. Die Frage war ihr unangenehm wie die Frage nach einer Krankheit. Sie fürchtete nämlich, die Antwort laute nein. Aber das wäre eine Zerstörung gewesen. Eine Krankheit zum Tode. Und deshalb ließ sie diese Frage nicht zu.

In der Nacht, als sie allein im Bett lag und darauf wartete, daß Ludwig meinte, sie sei eingeschlafen, spann sie den Roman weiter, den sie am Nachmittag begonnen hatte. Sie drehte sich zur Wand, schämte sich und war niedergeschlagen. Sie preßte die Lippen aufeinander, fest entschlossen, kein Wort zu erwidern, wenn Ludwig, was nicht zu erwarten war, mitten in der Nacht ein Gespräch begänne.

Lange lag sie wach. Es ist überall dieselbe Welt, sagte sie sich, und sie ist nicht besser als man selbst und nicht schlechter. Wie jämmerlich doch ihr Dasein war! Als ob ihr Leben dadurch einen Sinn bekommen sollte, daß sie allmorgendlich diesem Mann mit der interessanten Stimme, der in diesem Moment ein Stockwerk unter ihr auf seinem Metallbett lag, eine Tasse Bohnenkaffee brachte.

Aber es war doch schön, sich auszumalen, wie es eben dieser Mann anstellen würde, sie zu verführen.

Das war ihr neuer *Roman* ...

Zwölftes Kapitel

I

Es wären die ersten Tage im Oktober, die Sonne ließe sich unten im Tal bei der Schule erst gegen Mittag sehen, da würde Pauline ihr zitronengelbes Kleid anziehen. Es war zu dünn für den frühen Morgen, und eine Strickjacke darüber wäre ratsam gewesen. Sie wußte, daß sie reizend aussah in dem Zitronengelben, es war ja schließlich das Raffinierteste, was sie besaß. Sie hatte sich ein wenig Duft auf die Ohrläppchen gelegt. Die letzten Tropfen ihres erbarmungswürdigen Parfums. Sie wartete nicht, bis die große Pause begann. Diesmal ging sie ohne Kaffeekanne nach unten. Sie betrat das Lehrerzimmer, setzte sich in den Chesterfield und schlug die Beine übereinander. Pünktlich auf die Minute begannen die Kinder zu schreien, und Pauline hörte sie durch den Flur trampeln, hinaus ins Freie.

Als der Lehrer Pauline sah, schloß er schnell die Tür hinter sich. Die Hände im Rücken an der Türschnalle, blieb er stehen. Er trug einen Cutaway und als i-Tüpfelchen eine schwarz-grau gestreifte Hose.

»So hältst du Unterricht«, sagte Pauline.

»Warum nicht?«

»Du bist wirklich ein Snob.«

Er zuckte mit der Schulter – großspurig und subaltern in einem.

»Wunderst du dich gar nicht, daß ich heute ohne Kaffee heruntergekommen bin«, sagte sie.

Er lief puterrot an, eilte mit leicht eingeknickten Knien

zu ihr hin und nuschelte irgend etwas. Pauline meinte zuerst, es sei Englisch.

»Ich möchte nicht, daß du Englisch sprichst«, sagte sie.

»Ich spreche nicht Englisch«, sagte er.

»Du wunderst dich also nicht, daß ich ohne Kaffee gekommen bin«, fragte sie nochmals.

»Ich werde die Schüler nach Hause schicken«, sagte er. »Es kann hundert Gründe dafür geben, warum wir eine Stunde früher fertig sind.«

»Nein, das will ich nicht.« Sie blitzte mutwillig mit den Augen. »Sag mir, was denkst du, warum ich ohne Kaffee zu dir gekommen bin? Sag es mir!«

»Das heißt, daß du mit mir schlafen willst«, sagte er. »Ich werde die Schüler doch nach Hause schicken. Es wäre verantwortungslos.«

»Ich will nicht, daß du die Schüler nach Hause schickst«, sagte sie wie nebenbei und von oben herab, »und ich will auch nicht mit dir schlafen.«

»Dann komm nie wieder hier herunter«, sagte er.

»Das weiß ich noch nicht.«

»Es ist schlimmer als eine Hurerei! Weil es nicht einmal eine Hurerei ist, und es ist typisch, daß du eine Deutsche bist.«

Sie wollte nicht, daß er so mit ihr sprach. Das strich sie aus ihrem *Roman*.

»Warum hast du dann dieses Kleid angezogen?« Er strich mit den Händen über den Stoff an ihrer Schulter.

»Ich erlaube dir, daß du meine Brust angreifst«, sagte sie. »Aber ich möchte nicht, daß du Englisch dabei sprichst. Ob du mich verstanden hast?«

Er hatte die Angewohnheit, obszöne Dinge zu sagen, wenn er sie berührte. Sie wollte das nicht hören. Manchmal sprach er Englisch. Sie vermutete, daß es dieselben Dinge waren. Sie berührte ihn nie. Das wäre ja noch schöner gewesen! Und sie blieb bewegungslos, bei allem, was er tat. Er wollte sich in ihrer Gegenwart selbst befriedigen. Sie hatte es ihm nicht erlaubt. Er solle warten, bis sie gegangen sei. Sie treibe es zu weit, hatte er zu ihr gesagt.

»Dann versperr deine Tür und laß mich nicht mehr herein«, hatte sie geantwortet.

»Hast du keine Angst?« hatte er gefragt.

»Wovor sollte ich Angst haben?«

»Vor mir.«

Sie lachte nur.

»Gehört jetzt Lügen auch dazu?«

»Was ist eine Lüge?«

Wenn er sich unterwürfig gab, schwamm seine großartige Stimme den Bach hinunter: »Du hast gesagt, daß du, wenn du ohne Kaffee kommst, mit mir schlafen wirst.«

Das hatte sie gesagt, ja. Und wenn schon! Es war völlig zwecklos, darauf zu pochen. »Habe ich eben gelogen. Na! Hab ich dich eben angeführt. Na!«

An den Nachmittagen gingen sie sich aus dem Weg. Meistens verließ der Lehrer das Haus und kam erst in der Nacht zurück. Meistens betrunken übrigens. Sie wußte nicht, wo er sich herumtrieb. Huren gab es keine, im ganzen Land nicht eine. Einmal sah sie ihn im Auto des Bürgermeisters durch das Dorf fahren. Da streckte sie ihm die Zunge heraus. Aber wenn sie gemeinsam mit Ludwig den Lehrer traf, dann war sie charmant und gesprächig, und sie stimmte Ludwig zu, daß der Lehrer ein zuvorkommender Mensch sei.

»Ludwig sagt, du seist ein zuvorkommender Mensch.«

»Was würde dein Mann sagen, wenn ich ihm eine Geschichte erzählte?«

Und ihre patzige Antwort: »Tu es!«

Umgekehrt: Sie wollte dem Lehrer eine Geschichte erzählen. Sie bat ihn, er möge sich, während sie erzählte, zwischen die Fenster an die Wand stellen.

»Lehrer, Lehrer an die Wand!« sagte sie.

»Nein, das tu ich nicht«, sagte er.

»Bitte«, sagte sie, »mir zuliebe! Dann laß ich dich auch noch was an mir machen.«

»Nein«, sagte er, »das tu ich nicht. Irgendwann muß einmal Schluß sein!«

»Du kannst mir die Augen verbinden und dann alles tun, was du willst.«

»Nein, nein«, sagte er. Seine Stimme, sonst so – hinreißend –, klang jetzt mißtönig. Sie holperte über die Worte. Samt und sonders kläglich der Mann. Entgeistert. Bekümmert. Spendierte Bohnenkaffee. War also als Gönner zu betrachten. Innerlich schlicht. Alles andere als verwegen. Weinerlich: »Nein, ich will das alles nicht! Ich will das alles nicht mehr!«

»Aber freilich willst du es«, sagte sie, und sie erzählte ihre Geschichte, ob er sie hören wollte oder nicht. Sie schwelgte im Genuß ihrer Überlegenheit und ihres Wagemuts und dachte, irgendwie mache ich alles anders als andere Leute und, ihn werde ich kirre machen, diesen Undurchschaubaren, schau, wie Fensterglas ist er jetzt. Und sie erzählte, daß sie es hier, genau in diesem Zimmer, mit ihrem Mann gemacht habe.

»Da war noch kein Boden da, da waren noch keine Fensterscheiben da, und die Wände waren noch nicht verputzt. Jeder, der draußen vorbeigekommen wäre, hätte hereinschauen können.«

»Ich will das nicht wissen«, sagte er.

»Ich will es aber jemandem erzählen«, sagte sie.

»Aber nicht mir.«

»Willst du nicht wissen, wie wir es gemacht haben?«

»Nein, das will ich nicht.«

Dann sagte er wieder, sie solle augenblicklich diesen Raum verlassen. Er hängte noch etwas Englisches an.

»Ach Gottchen«, sagte sie nur und schnalzte mit der Zunge.

Fast jeder ihrer Besuche endete damit, daß er sie hinausschmiß. Wenn sie ging, lächelte sie schräg. Oft hängte sie noch etwas Abgeschmacktes an. Zum Beispiel: »Das Geschlechtliche, mein Freund, ist ja nur Beiwerk der Liebe, die Liebe aber ist das Leben selbst.«

Manchmal veranstaltete der Lehrer Freiübungen im Hof. Dann hüpften die Kinder wie Affen auf allen vieren im Kreis, und Pauline, die vom Speicherfenster aus Publikum spielte, schickte ihnen vom Wasser her Tiere zu, die zwar Tiere waren, sich aber wie Menschen aufführten, wie Bettler nämlich. Kratzbürstige Elendsgestalten. Das waren ihre Träume. Für sie durfte sie nicht zur Verantwortung gezogen werden. Die Bettler benahmen sich wie die Schweine. Verwahrlost waren sie. Ihre Gesichter waren helle Flecken auf dem dunklen Grund ihrer Lumpen. Bleichsüchtige Schmarotzer, die sie in die Zwicke nehmen und Verhöre mit ihr anstellen wollten. Sie zwingen wollten zur Preisgabe all ihrer Hoffnung. Sie vermehrten sich, schossen heraus aus Maulwurfshügeln. Zirpten wie Grillen. Ließen sich nicht verscheuchen. Pauline wachte mitten in der Nacht auf und schrie. Einer der Bettler habe Läuse in ihre Richtung geworfen. In ihrer Benommenheit durchlebte sie ein bestürzendes Gefühl des Verlorenseins. Ihr Nachthemd war naßgeschwitzt. Ihr Mund war spröd. Da hat ihr Ludwig ein Glas Wasser gebracht, hat sie in seine Arme genommen und hat sie getröstet. Er liebe nur sie, und er wisse, daß bald alles gut werde. Er sage das nicht nur so, er wisse es.

Ihre Seele war rein. Für ihre Träume durfte sie nicht zur Verantwortung gezogen werden.

2

Eines Tages tauchte Ludwig gegen Mittag auf. Unerwartet. Pauline war gerade mit den Fußböden fertig, sie kehrte die Steinstufen vor der Schultür, da sah sie ihn, die Hände in den Hosentaschen, den Weg herunterschlendern. Schon von weitem winkte er ihr entgegen. Er flankte über den Weidezaun und lief über die Wiese auf die Schule zu. Er schien guter Laune zu sein.

Pauline war auf der Hut. Im Haus war es still. Der Lehrer machte seinen Mittagsschlaf oder er war ausgegangen. Es war an einem Mittwoch. Da hatten die Kinder nachmittags schulfrei.

Sie sei nicht vorbereitet, sagte Pauline, aber Ludwig sagte, das mache nichts, er sei nicht wegen des Essens gekommen. Er setzte sich nicht, blieb an der Küchentür stehen.

»Weswegen denn?« fragte sie. Sie drehte ihm den Rücken zu, öffnete den Vorratskasten, ohne ihm etwas zu entnehmen, schob die Töpfe auf dem Herd zurecht, als kochte sie Luft. »Ist deine Arbeit denn schon fertig?«

»Du weißt, daß ich keine Arbeit habe«, sagte er.

»Aber doch«, sagte sie, »das ist doch Arbeit, was du machst.«

»Nein, ist es nicht«, sagte er.

Sie musterte ihn verstohlen. Aber sie konnte nichts Außergewöhnliches in seiner Miene entdecken. Das beruhigte sie ein wenig. Ludwig war es noch nie gelungen, sich zu verstellen, es war gar nicht seine Art.

»Deinetwegen bin ich gekommen«, sagte er.

»Milch haben wir und Eier und Mehl«, sagte sie. »Für Kaiserschmarren reicht es. Kein Zucker ist da.«

Ludwig stellte sich hinter sie und drückte ihre Schulterblätter an seine Brust. Sie spürte, daß er ihren Busen betrachtete, und daß er ihre Schultern deshalb so stark an sich drückte, damit sich ihre Brüste deutlicher abhoben.

»Der Lehrer hat sicher Zucker«, sagte er. »Ich werde uns schnell welchen von ihm ausborgen.«

»Er ist nicht da«, sagte sie.

»Ich kann's ja versuchen«, sagte er. »Vielleicht hat er nicht abgesperrt, dann hol ich mir einfach ein paar Löffel voll. Vielleicht hat er auch noch Rosinen oder gedörrte Zwetschgen. Wäre doch was, oder?«

»Vielleicht«, sagte sie.

Er ließ sie los und war schon zur Tür hinaus, als sie sich umdrehte.

Sie rührte den Teig an. Es war alles anders als sonst, das fühlte sie. Aber es löste nur eine gelinde Betroffenheit in ihr aus, ein kaum recht zur Kenntnis genommenes Beben ihrer Nerven. Wurde das Glück unter der Hand vergeben wie Bohnenkaffee? War denn nicht mehr für sie übrig als Willkür und Zufall? War sie nicht mehr wert als ein Stück, nach dem man griff, grad wenn einem danach war? Hatte diese verwinkelte Angelegenheit, die ihre Ehe war, alle Gefühle heruntergespannt – die Leidenschaft auf die Ebene von Sympathie, den Schmerz auf ein vorübergehendes Unwohlsein? So viele Tage waren vergangen, seit sie hier gelandet war, und rückwärts betrachtet waren diese Tage alle gleich, egal, was geschehen war. Was würde sie einer Frau raten, die ihr diese Geschichte erzählte? Und dennoch, sie hatte eine Vorahnung: Am Abend, so lautete die Vorahnung, würde sie auf diesen Tag zurückblicken wie auf eine ganze Woche oder sogar auf einen ganzen Monat. So wie sie heute auf die Abende zurückblickte, als sie in Coburg in ihrem Zimmer gesessen und Briefe geschrieben hatte. An ihren Verlobten erst. Dann an ihren Gatten. Was an jenen Tagen unbedeutend gewesen war, das hatte die Erinnerung herausgeblichen. Nur ein feiner Ton war übriggeblieben. Aber der würde halten bis in ihren Tod.

Ludwig kam mit einer Tasse Zucker zurück. »Ich weiß gar nicht, wie du auf die Idee kommst! Er sitzt draußen in der Sonne und liest.«

Sie goß den Teig in die Pfanne. Ludwig stellte sich wieder in ihren Rücken und wieder drückte er ihre Schulterblätter an sich. Sie hackte auf den Teig ein und ermahnte sich, jetzt ja nicht hysterisch zu werden, denn sie spürte ein Schluchzen in ihrer Kehle kitzeln. Heute wird es geschehen. Sie wußte, sie würde recht haben. Die Art, wie Ludwig sie berührte, war anders. Sein Griff war anders. Das registrierte sie. Sie habe begonnen, die Dinge gelassener zu betrachten. Das hatte sie geglaubt. Noch vor einer Minute hatte sie das geglaubt. Wenn das nun doch das Glück war, dann hatte es sich hereingemogelt wie jemand, der zu spät dran war. Sie mußte ihm helfen. Und das kostete sie große Überwindung. Aber es galt ja, ihre Liebe neu erstehen zu lassen. War das denn gar nichts?

Sie aßen beide nicht viel. Sie pickten die süßen Klümpchen mit der Gabel auf. Und sprachen beim Essen nicht.

Dann standen sie Angesicht zu Angesicht. Er wollte

sich zu ihr niederbeugen und sie küssen, aber sie drehte sich schnell um und drückte wieder ihre Schultern gegen ihn. Sich zu ihr niederbeugen und sie küssen, das hatte er schon so oft getan, das wollte sie nicht mehr haben. Sie haßte es sogar. Es bedeutete ihr gar nichts. Es war so viel wie eine Gaudi. Es war immer ein Abschluß gewesen, ein Signal für ›Beendet!‹ Sie lehnte ihren Kopf zurück und drückte ihre Brust so weit heraus, wie sie nur konnte. Wenn er das haben wollte!

Aber dann war es vorbei, und sie setzten sich wieder.

»Ich muß gehen«, sagte er. »Dann bis zum Abend.«

»Ich denke, du hast gar keine Arbeit«, sagte sie.

»Oh, doch, natürlich habe ich eine Arbeit! Es ist nur nicht so eine Arbeit, wie die andren haben. Aber Arbeit ist es schon.«

»Bleib hier«, sagte sie.

Seine Augen waren traurig. »Vielleicht bleibe ich doch noch eine Minute«, sagte er. Sie nahm seine Hand und streichelte sie. Aber sie hatte nur wenig Geduld mehr.

»Bleib hier«, drängte sie, »bleib einfach den ganzen Tag hier. Und arbeite dafür morgen um so mehr.«

»Ja, ja, vielleicht bleibe ich doch noch eine Minute«, sagte er wieder.

»Legen wir uns aufs Bett!«

»Ah, das machen wir besser am Abend«, sagte er, »dann habe ich auch Zeit. Dafür braucht man Zeit.«

»Ich will dich nur festhalten«, sagte sie. »Mehr will ich doch nicht! Bitte!«

»Rauchen wir noch eine Zigarette«, sagte er, und nun beugte er sich doch zu ihr nieder, und, den Mund auf ihren Lippen, sagte er: »Heute abend, Pauline, ich weiß, daß es heute abend geschehen wird.«

»Es muß«, sagte sie.

»Ja«, sagte er, »es muß.«

Sie zögerte einen Augenblick, dann sagte sie: »Also gut, ich möchte doch eine Zigarette mit dir rauchen.«

Erleichtert griff Ludwig in seine Brusttasche und zog die zusammengerollte Papiertüte mit Tabak heraus.

»Rauchen wir draußen«, sagte sie. »Beim Bach möchte ich gerne rauchen.« Es war Ludwig recht, es war ihm sehr recht.

Auf der Sonnenseite saß der Lehrer auf seiner blauen Decke. Er lehnte mit dem Rücken an der Wand des Schulhauses und hielt ein Buch auf den Knien. Er nickte Ludwig einen Gruß zu. An Pauline blickte er vorbei. Ludwig sagte ein paar Worte und nochmals Dankeschön für den Zucker. Der Lehrer murmelte darauf etwas. Die Einsilbigkeit, die er an den Tag legte, jagte in Pauline das Blut auf. Dieses Aus-dem-Mundwinkel-Sprechen machte sie verrückt. Sie setzte eine gnädige Miene auf. Als sie schon ein Stück weit vom Haus entfernt waren, drehte sie sich rasch um und sah, daß er aufgestanden war und den Hals nach ihnen reckte.

Sie stapften durch das moosige Gras, Pauline wollte nicht zur Kiesbank hinunter, wo die Kinder im Sommer badeten und wo sie an den Samstagen die Wäsche wusch, sie wollte ihre Zigarette weiter oben rauchen, bei den gestutzten Weiden. Die Baumkronen zweier Eschen neigten sich zueinander und sahen aus, als zettelten sie eine stumme Verschwörung an.

Ludwig drehte ihnen Zigaretten. Es war dies die einzige Verspieltheit an ihm, die ihr je aufgefallen war. Das Stück, das ihm schöner gelungen war, zündete er zuerst an und gab es hinüber in Paulines Mund.

»Ich möchte, daß du mich noch einmal so an dich

drückst wie vorhin oben in der Küche«, sagte sie, und dabei schlug sie die Augen nieder.

So, wie es Pauline gewollt hatte, standen sie eine Weile und sogen so heftig an ihren Zigaretten, daß die Glut bald länger war als der unverbrannte Teil, und als sie die Stummel ins Wasser warfen, faßte Pauline Ludwigs Hände und legte sie sich auf den Busen. »Du mußt sie drücken, daß es weh tut«, sagte sie.

Wenn der Lehrer ihnen gefolgt war, um sie zu beobachten, dann würde ihm nichts anders übrigbleiben, als sich hinter ihnen im Weidengebüsch zu verbergen, dachte sie. So würde er aber nur Ludwigs Rücken sehen. Also machte sie einen Schritt zur Seite, damit der Beobachter, falls es ihn gab, sie beide von der Seite anschauen konnte. Er sollte sehen, wie ihr Mann sie umschlungen hielt. Sie öffnete die oberen zwei Knöpfe ihres Kleides, ließ dabei Ludwigs Hand nicht los und schob sie in den Ausschnitt. Wenn sie nun ihre Schultern gegen seine Rippen preßte, würde der Beobachter, falls es ihn gab, ihre nackte Brust sehen, wie sie in der Hand ihres Mannes lag. Wie gern wäre sie selbst die Beobachterin gewesen!

Sie schlenderten gemächlich zur Schule zurück. Von weitem schon sahen sie den Lehrer auf seinem Platz sitzen. Er saß, wie er vorhin gesessen hatte, den Rücken an der Wand, das Buch auf seinen Knien. Aber das besagte ja alles nichts.

Ludwig hatte den Arm um ihre Schulter gelegt, Pauline umschlang seine Taille.

»Ich dachte, Sie fahren heute noch nach Bregenz«, sagte der Lehrer.

»Ja«, sagte Ludwig, »ich wollte fahren. Aber der Bus ist jetzt schon weg.«

»Ich wollte auch nach Bregenz«, sagte der Lehrer.

»Ich fahr mit dem Wagen des Bürgermeisters. Wenn Sie wollen, nehme ich Sie mit.« Er faltete sorgsam die blaue Decke zusammen und folgte ihnen ins Haus. »Dann warte ich auf Sie«, sagte er.

Oben in der Küche legte Pauline ihre Hand auf Ludwigs Geschlecht. Nur eine halbe Sekunde lang. Wie zum Schwur. »Du hast es versprochen«, sagte sie.

»Heute abend«, sagte Ludwig.

»Heute abend.«

Dann ging er.

Sie setzte sich im Wohnzimmer ans offene Fenster, stellte den Korb mit der Wäsche, die zu richten war, neben sich und machte sich an die Arbeit. Die warme Luft trug ihr die letzten Gerüche des Sommers zu.

Ludwig hatte ihr eine Verlängerungsschnur zurechtgeklemmt, nun konnte sie das Radio an jede beliebige Stelle in der Wohnung tragen. Sie suchte einen Sender mit Musik und lauschte dem süßen Spiel der Geigen.

3

Am Abend setzte sie einen großen Topf Wasser auf den Herd, ließ ihn kochen und mischte sich im Holzzuber ein Bad zurecht. Den Zuber hatte sie ins Wohnzimmer gestellt, und zwar so, daß sie durch das Fenster den scharlachroten Himmel über den Bergen sehen konnte. An den Hängen brannten Feuer, Strähnen von weißgelbem Schwalch lagen über dem Tal. Schwalben segelten am Fenster vorbei. Ich werde eine Arbeit annehmen, dachte Pauline. Irgendwo wird man eine Schreibkraft brauchen, die ein Büro führen kann, wie hier in dieser Gegend noch nie ein Büro geführt worden ist.

Am Nachmittag war die Schwiegermutter gekommen und hatte Tomaten und Paprika und gelbe Rüben gebracht. Sie sei gerade auf dem Weg gewesen, sagte sie. Sie hatte Pferdeäpfel von der Straße gesammelt, einen ganzen Blecheimer voll. Sie wollte aber nicht in die Wohnung hinauf.

»Warum denn nicht«, hatte Pauline gefragt.

»Ah, man soll die jungen Leute allein lassen!«

»Es ist niemand da. Ich habe Bohnenkaffee.«

Sie wollte trotzdem nicht. Mit dem Absatz hackte sie in die Erde. »Hier könntest du auch was anpflanzen nächstes Jahr«, sagte sie und blickte Pauline kalt ins Auge. »Gemüse ziehen. Tomaten. Gurken. Bohnen. Radieschen.«

»Das würden die Kinder dann alles wegessen, noch bevor es reif ist.«

»Oder Rosen. Gleich jetzt. Es ist ein günstiger Mond. Ich geb dir die Hälfte von den Roßbollen ab, wenn du willst.«

»Nein, danke. Die Rosen würden die Schüler nur abreißen und sich an den Dornen verletzen.«

»Ist auch wieder wahr.«

Dann hatte sie sich davongemacht. Hatte sich immer wieder umgedreht und etwas gemurmelt.

Pauline hatte eine halbe Stunde gewartet, dann war sie mit dem Fahrrad zum Laden gefahren und hatte zwei Schaufeln Reis gekauft, eine Tüte mit süßem Paprikapulver und hundert Gramm – zehn Deka – Speckwurst. Zwiebeln waren zu Hause. Sie bräunte die Zwiebeln, schnitt die Wurst in Würfel, brutzelte sie mit den Zwiebeln an, putzte das Gemüse und setzte alles zusammen auf niedrige Hitze. Während das Gemüse garte, war sie ins Bad gestiegen. Wenn Ludwig das Haus betrat, wollte sie mit dem Reis anfangen. Das Ei wurde dann erst ganz zum Schluß unter das Letscho gerührt.

Sie schloß die Augen, rutschte im Zuber etwas nach vorne, so daß auch ihre Schultern unter Wasser waren, und hörte der Schlagermusik aus dem Radio zu. Sie dachte an Coburg und an ihre Freundin Hilla Medicus. Die war immer so verrückt nach Schlagern gewesen. Was wohl aus ihr geworden war? Ob sie endlich einen Mann gefunden hatte? Sie erinnerte sich, was Hilla einmal gesagt hatte: »Du mußt ihm das Wasser zu trinken geben, in dem du deinen Busen gewaschen hast, dann kommt er nicht mehr von dir los.«

»Aber Hilla«, hatte sie geantwortet, »wie kann ich ihn denn dazu bringen, so viel Wasser zu trinken!«

Aber Hilla hatte nicht auf den Witz geachtet und gesagt: »Dann koch mit dem Wasser, mach ein Gulasch und gieß mit dem Wasser auf, das gilt auch.« Und Hilla hatte gesagt, sie werde es ganz bestimmt so machen, wenn sie nur ja erst einen eigenen Schatz habe.

Pauline nahm sich vor, ihr doch einen Brief zu schreiben. Vielleicht noch heute nacht. Ein Brief von einer, die ausgewandert war. Nun erst war ans Seßhaftwerden zu denken. Wofür würde sich Hilla interessieren – außer für das Private? Dafür, was es hier zu essen gab. Ja nun, im großen und ganzen dasselbe wie bei euch, liebe Hilla. Pauline hatte einen Korb Hagebutten gesammelt – für Hiftenmarmelade. Auch Riebel, die Landesspeise aus Maisgries, verstand sie inzwischen passabel zuzubereiten. Sie war von Nachbarsfrauen zum Kuchen eingeladen worden und hatte im Gegenzug Nußtaschen gebakken – mit einem Zuckerguß, da haben die Frauen Augen gemacht – auf das Prischen Pfeffer kommt es an. Die Kochkünste der Frauen hier bauten auf Bescheidenem, aber Butter gab es ohne Beschränkung. Pauline durfte sich einbilden, dieser Gegend ohne Wissen und Wollen den Blätterteig gebracht zu haben. Das Kuchenbacken war vorübergehend in Mode geraten wie ein neu aufgekommenes Vergnügen. Pauline dagegen hatte das Finden und Zubereiten von Parasolpilzen gelernt – schmeckt am besten paniert, liebe Hilla. Oder Sauerampfer in den Salat – auch etwas Neues, vorzüglich und bekömmlich. – Ja, es hatte auch Momente völliger Zufriedenheit gegeben, ausgelöst von Erwägungen, die den allernächsten Bedürfnissen galten – Trockenheit nach Wolkenbrüchen, Sättigung, Ordnung der klappernden Dinge in der Küche.

Sie stieg aus dem Zuber, legte sich Ludwigs Mantel über die Schulter und trat in die Küche. Vor Schreck zuckte ihr ein roter Blitz durch die Augen, und sie mußte sich am Tisch festhalten, damit sie nicht vornüber kippte. Denn da stand der Lehrer. Er streckte beschwichtigend den Arm nach ihr aus.

»Es ist nichts, bitte«, sagte er.

»Mein Mann wird gleich kommen«, sagte sie und verschluckte sich dabei. Sie bekam einen Hustenkrampf und hielt sich die Gurgel.

»Was ist denn, um Gottes willen«, rief er und klopfte ihr mit der flachen Hand auf den Rücken.

Pauline wehrte ihn ab. Sie konnte nicht reden. Ihr Hals war zugeschnürt, und sie rang nach Luft. Erst allmählich fing sie sich wieder.

»Das ist verrückt«, sagte der Lehrer, »daß sich ein Mensch so erschrecken kann. Ich habe gerufen. Hört man das hier heroben nicht?«

»Nein«, drückte sie heraus. »Bitte, mein Mann wird gleich kommen.«

»Wissen Sie«, sagte der Lehrer, »wissen Sie, ich muß mich jetzt grad hinsetzen, weil Sie mich so erschreckt haben. Sie haben mich erschreckt, weil Sie so erschrocken sind. Das ist mir doch noch nie passiert! Ich dachte, Sie hätten mich gehört. Ich schwöre, ich wollte Sie nicht erschrecken.«

»Ich glaube es Ihnen ja«, sagte Pauline. Sie lachte nun über sich selbst, ein wenig gezwungen, das schon. »Ich weiß wirklich auch nicht, was da in mich gefahren ist!«

»Man darf so einen Schrecken nicht auf die leichte Schulter nehmen«, sagte er. »Es hat Leute gegeben, die waren von so einem Schrecken weg Stotterer. Oder es verkutzt sich einer so sehr, daß ihm eine Ader im Auge reißt.«

»Jetzt ist es ja schon gut«, sagte sie. Was verkutzen heiße, fragte sie. Er machte es ihr vor. Es war ein Schlucksen und ein verzweifeltes Nach-Luft-Ringen. Vielleicht ist er der Teufel meines Mannes, schoß es ihr ein. Vielleicht trotzdem, obwohl er Ludwig in allem am entferntesten ist. Es war ihr nämlich, als hätte sie dieselbe Situation schon einmal erlebt.

Der Lehrer machte keine Anstalten zu gehen. Er blieb auf dem Küchenstuhl sitzen. »Das riecht gut«, sagte er.

»Wissen Sie«, sagte sie wieder und kam sich schon dumm dabei vor, »mein Mann kommt gleich.«

»Nein, er kommt nicht«, sagte der Lehrer. »Tut mir leid. Ich meine, er wird nicht vor Mitternacht kommen. Ich soll Ihnen das ausrichten. Darum bin ich hier. Tut mir leid.« Er erhob sich und wischte verlegen über die Tischplatte. »Tut mir wirklich leid. Wirklich.« Dann wandte er sich mit einer leichten Verbeugung zur Tür.

Ob er das kann, darauf achten, daß ich nicht schwanger werde, dachte sie. »Schlafen Sie mit mir«, sagte sie. Das Blut schoß ihr ins Gesicht, aber sie schaute ihn gerade an.

»Das dürfen Sie nicht sagen«, sagte er.

»Ich weiß, daß Sie es wollen.«

»Ich habe Ihnen niemals Anzeichen gegeben, daß ich so etwas will.«

»Aber Sie wollen es doch!«

»Das geht aber niemanden etwas an.«

»Doch. Mich geht es etwas an.«

»Ich habe Ihnen nie eine Andeutung gemacht. Ich weiß nicht, wie Sie darauf kommen.«

»Schlafen Sie mit mir«, sagte sie nochmal und war wieder über ihre eigenen Worte erstaunt.

Er ließ die Arme sinken. »Bitte«, sagte er, »ich habe hier alles zu verlieren.« Aber er ging auf sie zu und streichelte ihr mit den Händen übers Haar und berührte mit den Fingerkuppen ihre Stirn, kaum daß sie es spürte.

»Ich hätte es nie gesagt«, sagte er. »Aber ich kann nichts für meine Gedanken. Das Schönste sind Ihre Augen.«

Sie umfaßte seinen Körper und spürte den festen, fleischigen Rücken unter dem Hemd.

»Habe ich Ihnen denn Anlaß gegeben?« fragte er wieder. »Sagen Sie ganz ehrlich!«

»Aber ja, natürlich«, sagte sie.

Sie wühlte sein Hemd aus der Hose, schob sein Unterhemd über die Brust. Die Brust war voll krauser Haare, und der Bauch stand vor wie eine in den Leib gesunkene Kugel. Ein fröhlicher Bauch eigentlich.

Sie führte ihn ins Schlafzimmer. »Zuerst will ich Sie sehen!« sagte sie.

Seine Haut war dunkel. Er hatte schwere Oberschenkel, und sein Geschlecht war dicht und schwarz behaart. Sein Penis zeigte krumm nach oben.

»Können Sie das, aufpassen, daß ich nicht schwanger werde?«

»Ich glaube schon«, sagte er.

»Das ist mir zuwenig.«

»Das hängt auch von Ihnen ab«, sagte er, und er grinste etwas verschämt. »Wenn ich mich darauf verlassen kann, daß Sie mich dabei nicht allein lassen.«

»Tu ich schon nicht«, sagte sie.

Sie öffnete den Mantel und empfing ihn. Ihre Beine hingen über die Bettkante. Ihre Hände flatterten über seinen Rücken und sein Gesäß. Sie machte keinen Hehl aus ihrer Not.

Ludwig bestieg auf seiner Seite das Bett und lag bewegungslos und stumm. Er meinte, sie schlafe längst, es war drei Uhr vorbei. Er streckte seine Hand nach ihr aus, berührte ihren Rücken und strich sanft über den Stoff ihres Nachthemdes. Leise sagte er ihren Namen.

Pauline schlief nicht. Und sie antwortete ihm nicht gleich. Sie lag mit weit geöffneten Augen da, mehr denn je überzeugt, daß man den Dingen nicht auf den Grund gehen dürfe. Dann antwortete sie ihm.

Er schloß sie in seine Arme und drehte sie auf den Rükken. Er wollte sich auf sie legen. Sie schob ihn weg.

»Nein«, sagte sie.

»Wir haben es uns versprochen«, sagte er.

»Ja«, sagte sie, »dann halt morgen.«

»Bist du ganz wach?« fragte er.

»Ziemlich«, sagte sie. »Möchtest du etwas essen?«

»Nein«, sagte er.

»Komm, schlafen«, sagte sie.

»Bist du wirklich ganz wach?«

»Aber was ist denn?« fragte sie.

»Wir haben früher so schön geredet in der Nacht«, sagte er. »Als du auf der Ofenbank gelegen bist, Pauline, und ich auf dem Boden daneben.«

»Das will ich aber nicht mehr«, sagte sie.

»Aber warum denn nicht?«

»Das bringt die schlechten Träume zurück.«

»Du hast mir nie erzählt, daß du schlecht träumst.«

»Auf der Ofenbank habe ich schlecht geträumt.«

»Hättest du etwas gesagt!«

»Ist auch nicht so wichtig.«

»Und warum soll das daher kommen, weil wir vor dem Einschlafen noch geredet haben?«

»Das können wir ja wieder tun«, sagte sie. »Morgen.«

»Ich würde dir aber gern jetzt etwas erzählen, Pauline.«

»Was würdest du mir gern erzählen?«

»Ja, ich weiß eben nicht, wie ich anfangen soll.«

»Was ist es denn, Ludwig?«

»Ich war in Wahrheit gar nicht in Polen stationiert, Pauline.«

»Das ist doch jetzt vorbei, Ludwig. Ich bin müde.«

»Ich war in Königsberg stationiert.«

»Das willst du mir erzählen?«

»In der Nähe von Königsberg.«

»Und weiter?«

»Später dann war Königsberg eingeschlossen. Ich bin früher weggekommen.«

»Und?«

»Was und?«

»Was willst du mir denn sagen?«

»Ist es für dich so lästig, wenn ich mit dir rede?«

»Nein. Aber ich dachte, du wolltest mir etwas erzählen.«

»Es interessiert dich nicht.«

»Das weiß ich jetzt doch noch nicht.«

»Die Front verlief damals um Königsberg herum.«

»Der Krieg ist seit anderthalb Jahren vorbei, Ludwig.«

Er schwieg. Beleidigt. Sollte es so zwischen ihnen enden? Mit einem Gezänk über einen Frontabschnitt in Ostpreußen?

»Ludwig.«

Er antwortete nicht.

»Erzähl es mir morgen, Ludwig«, sagte Pauline.

4

Noch zweimal ließ sie sich vom Lehrer nehmen. Beide Male am darauffolgenden Tag. Dann packte sie ihre beiden Koffer, und mit der letzten Oktobersonne verließ sie den Ehemann und das Dorf und das Land auf demselben Weg, auf dem sie gekommen war.

Dreizehntes Kapitel

I

Ihre gemeinsame Sache war vernichtet. Unwiderruflich mißlungen. *Vorbeigelungen.* So hätte es ihr Cousin Manfred ausgedrückt. Hals über Kopf hatte sie die Wohnung verlassen. Sie war sich nicht einmal sicher, ob sie ohne neue Papiere die deutsche Grenze überschreiten durfte. Sie wußte nicht, wohin sie gehen sollte. Sie wußte nur, daß jede Minute, die sie noch in dem Dorf zubrachte, peinvoll wäre.

Gern hätte sie sich von Kaspar verabschiedet. Sie vermutete, daß er diesmal nicht zu ihr helfen würde. Und obwohl ihr das nun ja gleichgültig sein konnte, da sie zurück in eine ganz andere Welt fuhr, bedrückte sie der Gedanke, daß es im Dorf niemanden gab, der sie in guter Erinnerung behielt.

Sie nahm alles Geld mit, das in der Wohnung war. Das verursachte ihr keinerlei Gewissensbisse. Wie hätte sie es anständig anstellen sollen? Außerdem – als Gattin – war sie in natürlichem und einleuchtendem Recht. Das Geld reichte ohnehin nur für eine Fahrkarte nach München.

In München ging sie in das protestantische Mädchenheim, in dem sie ja noch zwei Monate zuvor gearbeitet hatte. Sie mußte der neuen Leiterin, einer Schwäbin, den Paß zeigen, und da war deutlich vermerkt: römisch-katholisch. Und sie erhielt die Anstellung nicht. Die neue Leiterin kannte kein Erbarmen. Eine Nacht durfte Pauline im Heim schlafen. Natürlich nicht in ihrem ehemaligen Zimmer. Sie bekam ein Bett im Schlafsaal zugewiesen. Die meisten Mädchen von damals waren noch da, sie umringten sie, baten sie zu erzählen, erzählten dann aber doch lieber selber, alle gleichzeitig. Sie umarmten, küßten Pauline mit einer Herzlichkeit, die ihr merkwürdig und unverdient erschien, weil sie nicht glauben konnte, daß sie hier solche Zuneigung geschaffen hatte.

Die Mädchen setzten dann schließlich doch durch, daß Pauline so lange bei ihnen im Schlafsaal übernachten durfte, bis etwas anderes für sie gefunden war.

Tagsüber war sie auf Suche – nach Arbeit und nach einer neuen Unterkunft –, aber sie strengte sich nicht an. Sie bummelte durch die Stadt, staunte darüber, wieviel Schutt schon weggeräumt worden war. Frische Fundamente waren ausgeschachtet. Bauplätze abgezäunt. An den Abenden und an den Wochenenden half sie eifrig im Heim mit. Sie wollte sich unentbehrlich machen. Aber die Heimleiterin durchschaute sie. Eine böse Frau, ausgetrocknet bis in die Achselhöhlen. Welk und ohne Güte.

Wenige Tage vor Weihnachten, just an ihrem Geburtstag, mußte Pauline ausziehen. Die Mädchen hatten Geld für sie gesammelt. Es war gerade so viel, daß sie sich davon ein Lebkuchenherz kaufen konnte. Sie sah bei einem Straßenhändler ein Lebkuchenherz, da war ihr Name mit Zuckerguß draufgeschrieben. Das hielt sie für ein gutes Zeichen. Der Händler war ein junger Bursche, zwanzig Jahre erst. Er führte Pauline auf einem steilen, sandigen Weg durch die Ruinen, zum Schluß mußten sie über einen Mauergrat balancieren und durch ein Fenster einsteigen. Er stellte sie seiner Verlobten vor. Die arbeitete in einem Verpackungsbetrieb. Die beiden stammten aus Mannheim, die Frau hatte ihre Eltern bei einem Luftangriff verloren. Sie bewohnten zwei Zimmer, von denen eines offen war. Das heißt, eine Wand fehlte. Aber sie mußten dieses Zimmer mitbezahlen, als wäre es bewohnbar. Sie mußten auch für eine Küche mitbezahlen, aber da war gar keine Küche. Ein paar Tage blieb Pauline.

Die Bemühungen von Elfriede, so hieß die Frau, waren vergebens: In der Verpackungsfirma war kein Bedarf für eine weibliche Hilfskraft.

Pauline dachte, niemand braucht mich, und ich selbst brauche mich auch nicht mehr. Das ihr beschiedene Los schien erfüllt. Sie wurde störrisch wie ein Esel. Setzte sich auf die gestapelten Ziegel vor dem Berg, der einst der Bahnhof gewesen war, und sagte:

»Aus. Ich bin mit meiner Weisheit am Ende.«

Einer, der vorbeikam, sagte: »Es geht auch dumm weiter.«

»Manche Menschen sind anspruchsvoll!« rief sie ihm nach.

Und auf einmal war die beste Laune da. Wie zurückgekehrt aus der Gefangenschaft. Alles Vergangene war schließlich ein unersetzlicher Verlust. Was hinter einem lag, wurde eingetauscht gegen das, was vor einem lag. Um das zu verstehen, war Weisheit nicht nötig. Ihre Liebe war ein spurloses Ereignis gewesen. Na, und wenn schon! Es hatte sich erwiesen, daß sie ein Produkt des Zufalls war. Na, und wenn schon...

Sie klopfte wieder bei ihrem protestantischen Mädchenheim an, und an der Pforte wartete ein Brief auf sie. Papier dreckbraun und zerbrechlich wie getrocknete Blüten. Ein Brief aus Coburg. Das war nicht das Beste, was hätte passieren können, aber es ging immerhin etwas weiter.

Sie hatte ihren Eltern geschrieben und sie gebeten, ihr Geld zu schicken, damit sie die Fahrt nach Hause bezahlen könnte. Sie hatte ein Postamt in München angegeben, und tatsächlich war das Geld angewiesen worden. Den Brief hatte die Mutter geschrieben. Er enthielt keine Fragen. Das bedrückte Pauline. Sie kam sich wie ein Fall vor, über den zu sprechen tunlichst vermieden wurde. Aber was blieb ihr anders übrig, als nach Coburg zu fahren.

Rechtzeitig zum Weihnachtsfest kam sie an. Und es war, wie sie befürchtet hatte. Niemand stellte Fragen. Nicht einmal Otto. Nicht einen unverschämten Haken entdeckte sie in seinem Gesicht. Das hieß, ihr Fall war als schwerwiegend eingestuft. Und das war er ja wohl auch.

Bei Hilla Medicus schüttete sie ihr Herz aus. Versuchte es zumindest. Sie spazierte mit ihr über die Spitalgasse. Kaffee gab es keinen. Der Sarottimohr in Kaisers Kaffeegeschäft nickte wieder mit seinem Wuschelkopf. Über dem Bogen des Spitaltores hing ein achtzackiger Weihnachtsstern aus Reisig. Da und dort waren schon wieder elegante Handschuhe, Pelzkrägen, Schuhe zu sehen. Oder ein herübergeretteter Nerzmuff. Es ging aufwärts. Doch, es ging aufwärts. Da gebe es welche, die träumten bereits von einem Auto. In zehn Jahren vielleicht, wer weiß. Sagte Hilla und meinte damit durchaus auch sich selber. Sie war verlobt inzwischen. Er war Eisenbahner. Aber das besage nichts, er lerne auf seinen Ingenieur. Der Krieg habe ihm um wenige Wochen dazwischengefunkt. Aber weiß Gott ihn nicht aus der Bahn werfen können. Den nicht. Ein Herzhafter. Erwin Schempeshofe. Schade um das schöne Medicus. Das sei, sagte sie, aber auch ihr einziger Einwand gegen eine Heirat.

Hilla, die jüngere, war immer auch diejenige gewesen,

die Pauline bewundert hatte, die ihr nachgeeifert hatte. Nun verhielt sie sich so, als wäre sie am Ziel und Pauline noch meilenweit davon entfernt. Vettelhaft war sie geworden, die Hilla. Hausbacken. Und quengelig, wenn es nicht gleich und perfekt nach ihrer Nase ging. Ihre offene Gradheit von früher war im Begriff, sich in Hoffart zu verwandeln. Sie war in Schwarz wegen irgendeiner Cousine. Zuspruch und Linderung waren von dieser Seite für Pauline nicht mehr zu erwarten. Nie mehr, wahrscheinlich.

Pauline bekam ihre alte Stelle in der Handwerkskammer. Es hatte sich nichts verändert. Die fuchtelnde Natur von Herrn Peters – ihrem Trauzeugen – hielt noch immer die Nerven im Büro in Spannung.

Kommerzienrat Grimm seufzte und legte Pauline die Hand in den Nacken. »Ist es nicht glücklich verlaufen«, fragte er.

»Nein, nicht«, sagte sie.

Den Hofgarten mied sie, es gelang ihr nicht, die lieblichen Eindrücke von damals aufzufrischen, und sie sagte sich, ich will's auch gar nicht. Aber sie hätte es schon wollen. Sie kam nicht zu Rande, mit allem nicht.

Zu Hause zog sie selbstverständlich aus. Die Mutter versuchte manchmal, mit ihr über Otto zu sprechen. Er gerate auf Abwege, benehme sich hochfahrend und respektlos und trage so einen amerikanischen Mantel mit weit ausladenden Schultern und sage nicht, woher er ihn habe; sie, die Mutter, predige und predige; selbst der Vater sei ohne Einfluß. Trost wurde von Pauline verlangt. Ausgerechnet von ihr! Und energisches Vorgehen. Das machte sie rasend. Und machte ihr auch ein schlechtes Gewissen.

Selbst der Vater war von ihr abgerückt. Sie spürte es.

Sein schelmisches Zwinkern war nur mehr eine überkommene Gewohnheit. Früher, bei verwandter Gelegenheit, hätte er sie in ihrem Zimmer aufgesucht und ihren Rat erbeten. Er war alt geworden in den vergangenen zwei Jahren, seine Schultern waren nach vorne gesunken, seine Kraft und auch sein Wille reichten nicht mehr aus, um kategorisch zu werden vor seinem Sohn. Ihr angebeteter Papa – sie brauchte das nur zu denken, da wollte sie auch schon allein sein mit sich und einem Kopfkissen.

Sie mietete sich bei einer alleinstehenden Dame ein, einem Fräulein Montag, das an die siebzig war und nach Lavendel und Kernseife roch. Es war ein altmodisches Zimmer mit einem winzigen Fenster nach Westen. Pauline hielt sich nicht gern darin auf. Sie suchte sich einen neuen Bekanntenkreis.

Das Residenzcafé in der Judengasse eröffnete in diesen Tagen wieder. Es war renoviert worden, milde Farben, gelenkige Formen, und an den Wochenenden und manchmal auch an den Werktagabenden ging Pauline dorthin, um zu tanzen. Es spielte eine Vier-Mann-Kapelle. Wenn die Musik abbrach, standen die Paare auf der Tanzfläche still. Sie hatte die Bekanntschaft eines Abteilungsleiters gemacht. Er arbeitete in Brandts Kaufhaus in der Spitalgasse. Das war das erste Haus in der Stadt. Sie hatten sich bei einer Jungbürgerfeier kennengelernt. Er war eigentlich gar nicht eingeladen gewesen, hatte lediglich einen Bekannten begleitet. Pauline kümmerte sich im Auftrag der Handwerkskammer um die Lehrlinge und die Gesellen. Er hieß Georg, stammte aus Schlesien. Hatte alles an die Polen lassen müssen. – »Alles heißt alles, den sächlichen wie den personellen Anhang.« – Ein einziges Mal sagte er das, in seiner nasalen, an Hochmut und Verwöhntheit gemahnenden Sprechweise, ein weltläufiges Lächeln auf den Lippen, die Augenbrauen schräg nach oben gezogen. Er war schon Mitte Fünfzig. Ein Mann mit tadellosen Formen. Ein vollendeter Kavalier. Ein Schauspieler aus einem Film, in dem weder der Erste noch der Zweite Weltkrieg stattgefunden hatten. Schön war er nicht. Seine Ohren und seine Wangen hatten eine leicht violette Färbung. Das Haar war onduliert. Er schenkte Pauline Blumen und zartbittere Schokolade in Satinpapier. Für diesen Mann gab es kein Schrecknis, das sich nicht mit Ironie in verdaubare Happen zerlegen ließ.

Ihre gemeinsamen Besuche im Residenzcafé hatten stets etwas melancholisch Feierliches an sich. Georg – »Schorsch« – liebte es, ihren Bekannten eine melodramatische Leidenschaft vorzuspielen. Er küßte ihre behandschuhte Hand. Setzte dabei einen verschleierten Blick auf. Wenn sie allein waren, war er spaßig, und es machte ihm nichts aus, daß er als ihr Liebhaber nicht in Frage kam. Einen einzigen kinoechten Versuch hatte er unternommen. Am ersten Abend, als er sie nach Hause brachte. War dann aber sichtlich erleichtert gewesen, als ihm Pauline klipp und klar erklärte, sie wolle das nicht. Er schlug vor, sie solle ihn als eine Art väterliches Wesen betrachten. Seine nachlässigen, etwas müden Zärtlichkeiten in der Öffentlichkeit ließ sie sich gern gefallen.

Mit keinem Wort erwähnte sie ihm gegenüber, daß sie verheiratet war. Er war nicht einer, der auskundschaftete, aber auch nicht einer, der die Ohren zudrückte, wenn geredet wurde. Und über Pauline wurde geredet.

»Erzähl mir von deinem Mann«, sagte er eines Tages.

Pauline erzählte einige Nebensächlichkeiten. Er war so taktvoll, nicht weiterzufragen. Von da an traf sie sich immer seltener mit Georg. Irgendwann schlief der Kontakt ein.

Zuweilen spazierte sie über den Schloßplatz zur Kirche St. Augustin. Sie fühlte sich gestärkt, wenn sie ein Gesätzchen vom Rosenkranz betete.

2

Und dann – sie war nun schon seit zwei Jahren wieder in Coburg – verwandte sie ihren kleinen Sommerurlaub und ihre kleinen Ersparnisse dazu, um in den Süden zu fahren. In Lindau stieg sie in einer Pension ab. Von der Plattform unterhalb des steinernen Löwen, der zusammen mit dem Leuchtturm die Hafeneinfahrt bewacht, blickte sie über den Bodensee zum österreichischen Ufer. Die Wolken hingen tief über dem gelbgrauen Wasser. An manchen Stellen stieß die Sonne ihre Lanzen durch. Pauline hatte Sehnsucht.

Inzwischen war auch die Schiffahrt wieder aufgenommen worden. Pauline kaufte sich ein Billet und setzte nach Bregenz über. Sie ließ sich keine Zeit zum Nachdenken und Planen, sie stieg in das Postauto, ohne sich vorher zu erkundigen, wie sie wieder nach Bregenz und dann nach Lindau zurückkommen könnte.

Je weiter sie ins Tal hineinfuhr, um so vertrauter wurde ihr die Gegend, und wie im Traum muteten ihr die zwei Monate an, die sie hier verbracht hatte, wie ein Wunder, das an den Rändern schon zu vergilben begann.

Sich selbst sah sie barfuß und in zerschlissener Hose, die ihr zu lang war und im Staub schleifte.

Das Postauto hielt neben einem überdachten Christus. Dem war Stechlaub hinter die ausgebreiteten Arme geklemmt worden. Der Kopf hing weit über die Brust und war grau und rissig, denn das schmale Dach schützte gerade noch den Körper vor dem Wetter. Den Kopf schützte es nicht. Unter seinen Füßen steckte eine Dose Ata Scheuermittel mit gelben Blumen. Ein Mann mit einem hohen spitzen Filzhut stieg aus dem Omnibus. Ohne sich umzudrehen winkte er dem Fahrer einen Gruß zu.

Als Pauline die Kirche am Hang sah, bat sie den Chauffeur, aussteigen zu dürfen. Sie lief über die Wiese und spazierte auf dem schmalen Weg, der unterhalb des Dorfes am Bach entlangführte, taleinwärts. Wenn ihr hier jemand entgegenkam, den sie kannte, dann bestand keine Möglichkeit auszuweichen. Und wenn es Ludwig ist, dachte sie, und er will mich noch oder er will mich wieder, dann gut. Die Luft war diesig, und der Berg am Ende des Tals sah aus wie eine graue Wolke.

Sie war eine Stunde gegangen, als sie am Schulhaus ankam. Sie hielt sich bei den Weiden versteckt und spähte hinüber zum Gebäude. Alles hatte sein Ansehen bewahrt. Nichts war verändert. Nur die Fensterläden schienen ihr heller zu sein. Hatte die Farbe doch nicht gehalten?

Kein Laut war zu hören. Wie sie diese heißen, starren Nachmittage genossen hatte! Noch war sie nicht eingeladen, wieder daran teilzunehmen. Oder bildete sie sich das alles nur ein? Manchmal überschnitten sich Bilder aus ihrer Erinnerung mit Szenen aus ihren Romanen. Aber auch ihre Romane waren ein Teil jener schattenhaften Tage. Das Vergangene blickte in ihr Leben, und ihr war, als hätte sie seither die Existenz einer müden Frau geführt. Als hätte sie nichts weiter getan, als die Stirn auf die Faust gestützt. Die Schläfrigkeit der vergangenen Jahre schien sich in diesem Augenblick erst von ihr zu lösen. Sie näherte sich der Schule, spähte durch ein Fenster in den Klassenraum. Die Stühle standen verkehrt herum auf den Pulten. Die Schüler waren in den Sommerferien.

Pauline faßte sich ein Herz und trat ein. Sie ging nach oben, klopfte an die Wohnungstür. Sie klopfte noch einmal, rief »hallo!« Dann drückte sie die Klinke nieder.

Ein Blick genügte, um zu wissen: Hier wohnten fremde Leute. Sie schlug die Tür hinter sich zu und eilte von Panik ergriffen nach unten.

Der Lehrer Fasching versperrte ihr vor dem Lehrerzimmer den Weg und sagte ihren Namen. Tatsächlich hatte sie gar nicht an ihn gedacht. Sie erinnerte sich wieder an diese lebhafte, vieler Wandlungen fähigen Stimme, und sie wollte in den Boden versinken vor Scham. Er trug dieselbe Jacke, die er getragen hatte, als sie ihn zum ersten Mal sah.

»Komm herein«, sagte er und faßte sie am Ärmel. »Ich nehme zwar nicht an, daß du mich suchst.«

»Eigentlich nicht«, sagte sie. Er wußte Gelassenheit zu bewahren. Sie nicht.

»Du suchst deinen Mann, stimmt's?«

»Ja.«

Der Lehrer hatte keine Ahnung, wo sich Ludwig aufhielt. Erst, sagte er, habe er gewartet, daß sie wieder zurückkomme. Schließlich habe er die Hoffnung wohl aufgegeben. Er sei ausgezogen, fortgezogen. Ein Ehepaar aus einem Nachbardorf habe die Stelle des Schulwarts übernommen. Er, der Lehrer, wohne immer noch hier im Lehrerzimmer. Natürlich habe es im Dorf Gerede gegeben. Was sonst noch passiert sei? Der Schiefe sei nach wie vor Bürgermeister. Diesmal gewählt. Mit überwältigender Mehrheit übrigens. – Darüber, was zwischen ihm und Pauline vorgefallen war, sprach der Lehrer kein Wort.

Sie verzehrten gemeinsam ein kleines Abendbrot. Das Zimmer sah genauso aus, wie es Pauline in Erinnerung hatte, der lederne Chesterfield prangte noch am selben Platz, neben der Tür stapelten sich die in Decken verschnürten Gegenstände, das Stück Fahne vor dem selbstgezimmerten Kleiderschrank war noch dasselbe.

Der Lehrer hatte etwas Leutseliges dazugewonnen. Schließlich sagte er, wenn Pauline die Nerven habe, hier in seinem Zimmer zu warten, werde er sich das Auto des Bürgermeisters borgen und sie nach Einbruch der Dunkelheit hinüber nach Lindau fahren.

»Schämst du dich mit mir im Auto«, fragte sie.

»Natürlich nicht«, sagte er. »Aber es muß ja nicht unbedingt noch mehr Gerede geben. Es dreht sich dabei nicht um dich, sondern um mich. Man will mich hier nämlich verheiraten.«

»Ich glaube nicht, daß mich einer erkennen würde«, sagte Pauline.

»Ich glaube es auch nicht«, sagte er. Pauline war flott gekleidet und stark geschminkt. Und sie hatte einen blonden Kopf voll neuer Locken.

Während sie auf ihn wartete, ging ein Wolkenbruch nieder. Der Regen dauerte nur wenige Minuten, dann war der Himmel wieder hell. Pauline sah durch das Fenster die Gewitterwolken über den Bergen verschwinden. Ihre Ränder glühten wie Asche nach einem Brand. Im Licht der untergehenden Sonne leuchteten die Berghänge in den Grundfarben. In den Pfützen auf dem Schulhof spiegelte sich rosenrot der Abendhimmel.

Als der Lehrer kam, war es Nacht. Er stellte erst gar nicht den Motor ab. Ohne ein Wort stieg Pauline ein. Durch die kleine ovale Heckscheibe des Autos warf sie noch einen Blick auf das mondbeschienene Gemäuer der Schule.

Als sie sich in Lindau vor der Pension verabschiedeten, und er ihre Hand länger hielt, als ein Gruß dauert, da wurde Pauline traurig, und sie sagte es auch. Sie genoß seine kleinen Liebkosungen. Er fragte, ob er ein Zimmer in der Pension nehmen sollte. Damit man ihn überhaupt hineinlasse. Er sagte, er würde gern noch einmal mit ihr schlafen. Ein letztes Mal.

»Ich weiß es nicht«, sagte Pauline. »Vielleicht tut es mir leid, wenn wir es nicht tun, und vielleicht tut es mir leid, wenn wir es tun. Ich weiß es einfach nicht.«

»Es kann nichts Schlechtes daran sein«, sagte er. »Wir sind kein Liebespaar, und de facto bist du frei.«

»Aber was ist dann Gutes daran«, fragte sie. Sie erinnerte sich, daß er ihr einmal erzählt hatte, man habe ihn in England zwischenzeitlich für einen Juden gehalten. Und das habe durchaus etwas Gutes für ihn gehabt. Vordem hatte man ihm nämlich des öfteren vorgeworfen, daß er nicht gern sterbe. Einem Juden dagegen gönnte man ein langes Leben. Er hatte sich sogar den einen oder anderen jiddischen und hebräischen Ausspruch angeeignet. Den für ›Glück und Segen‹ hatte sich Pauline gemerkt.

»Laß mich nachdenken«, sagte sie.

»Über so etwas denkt man nicht nach«, sagte er. »Das tut man oder tut man nicht.«

»Ich muß aber darüber nachdenken.«
»Morgen sagst du bestimmt nein.«
»Wir werden uns wahrscheinlich nie wieder sehen.«
»Ach, das habe ich schon einmal gedacht.«

Er versprach, er werde sich nach Ludwigs Aufenthaltsort erkundigen und ihr schreiben.

»Hazloche un broche«, sagte sie zum Abschied.

3

Erst ein halbes Jahr später erhielt sie seinen Brief. Ludwig wohne in Wien, er arbeite bei einer Reinigung und lerne in Abendkursen auf seine Matura. Womöglich sei er schon fertig damit. Er habe die Absicht geäußert, Jus zu studieren. Oder Volkswirtschaft.

Pauline überlegte sehr lange. Sie war immer überzeugt gewesen, daß Gott jedem Menschen einen zweiten Menschen zur Seite erschaffen hatte. Aber wo stand geschrieben, daß daraus Glück erwachsen mußte? Nirgends. Und wenn das finsterste Verhängnis über sie hereinbräche, es ließ sich nichts daran ändern, wem sie angehörte.

Hier wurde sie nicht gebraucht. Sie kündigte bei der Handwerkskammer, verabschiedete sich von niemandem und fuhr nach Wien.

Im Winter des frühen Jahres 1949 stand Pauline in der Neustiftgasse, Höhe Neubaugasse, im siebten Wiener Gemeindebezirk und betrachtete am Himmel das Sternbild des Orion. Die Luft war lauwarm. Am Nachmittag war ein Föhnsturm über Wien gebraust, und die Menschen hatten sich auf die Straße gestellt und den Himmel betrachtet. Sie sagten es nicht, weil es unhaltbar war, aber ihnen allen schien der Himmel höher zu sein, als sie ihn je in ihrem Leben gesehen hatten. Und das blieb so bis zum Abend. In der Nacht erlosch diese Einbildung. Die Sterne waren außerhalb der Höhe, die gemeint war.

Pauline ging durch die Tür, die in das große Tor zum Haus Nummer 52 eingelassen war. In der Einfahrt war es stockfinster. Der Boden war mit kopfrunden Pflastersteinen ausgelegt. Sie mußte achtgeben, daß sie mit ihren hohen Schuhen nicht umknickte. Sie zündete ein Streichholz an und steuerte, die Flamme mit der anderen Hand abschirmend, auf die linke Stiege zu. Sie brauchte noch ein Streichholz, um den Lichtschalter zu finden. Die Treppen umkreisten einen Personenlift. Pauline mißtraute dem Gefährt. Sie ging zu Fuß bis ins Dachgeschoß. Zwei Türen führten in den Speicher, die dritte hatte ein Namensschild unter der Klingel: Ludwig Juen.

Sie wartete, bis ihr Puls nicht mehr so wild hämmerte, dann drückte sie auf den Klingelknopf.

Ludwig öffnete.

»Schrei nicht«, sagte sie und kicherte dabei.

Weder Umarmung noch Händeschütteln eigneten sich zwischen Tür und Angel. Mit dem wenigen, das die Eheleute sich sagten, fielen sie sich obendrein ins Wort. Als er dann zu fragen anfing, sagte sie:

»Laß mich halt rein, Ludwig.«

Sie hatte sich vorgenommen, keine Fragen zu stellen und keine Fragen zu beantworten, ehe nicht geklärt war, wie sie zueinander standen.

Sie sagte: »Wir tun es sofort oder ich geh wieder. Auf der Stelle.«

Er nickte, schloß die Tür ab und half ihr aus dem Mantel. Da erst sah sie, daß ihm der linke Arm fehlte. Sie erschrak so sehr, daß sie erst gar nichts sagen konnte. Sie zeigte nur mit dem Finger auf den aufgebundenen Hemdsärmel.

»Wir tun es sofort und reden später«, sagte Ludwig.